Meu Doce Prazer

Uma continuação docentemente explosiva!

Vanessa de Cássia

Meu Doce Prazer

UMA CONTINUAÇÃO DOCENTEMENTE EXPLOSIVA!

Editor:
Wagner Veneziani Costa

Produção e Capa:
Equipe Técnica Madras

Revisão:
Silvia Massimini Felix
Maria Cristina Scomparini

Dados Internacionais de Catalogação na Publicação (CIP)
(Câmara Brasileira do Livro, SP, Brasil)

Cássia, Vanessa de
Cherry bomb : meu doce prazer / Vanessa de
Cássia. -- São Paulo : Madras, 2016.

ISBN 978-85-370-1021-1

1. Ficção brasileira 2. Ficção erótica I. Título.
16-05778 CDD-869.303538

Índices para catálogo sistemático:
1. Ficção erótica : Literatura brasileira
869.303538

Madras Hot é um selo da Madras Editora.

MADRAS EDITORA LTDA.
Rua Paulo Gonçalves, 88 – Santana
CEP: 02403-020 – São Paulo/SP
Caixa Postal: 12183 – CEP: 02013-970
Tel.: (11) 2281-5555 – Fax: (11) 2959-3090
www.madras.com.br

Para as minhas garotas

Larissa Oliveira, que amou Thomas desde sua primeira aparição, e me fez acreditar nele a partir desse momento.

Daya da Silva, que sempre foi uma beta extremamente possessiva. Ela não pediu mais de Thomas, ela exigiu. E aqui está, flor! Nunca me abandone, por favor.

Aline Lovegood, que vibrou com cada linha. Obrigada por sua fascinação!

Mary Lira, a *Cherry* mais querida com quem tive a honra de dividir esta história. Espero te inspirar sempre e para sempre.

Ana Carolina Gonçalves, por se apaixonar a cada nova história! Sou sua sogra literária.

Luanna Nascimento, a cerejinha voraz que sempre me lê diversas vezes!

Essas mulheres me inspiram por acreditar em meu trabalho. Então, essa história é para vocês. Nunca desistam de seus sonhos, pois, enquanto eu puder escrever e representar meu mundo para vocês lerem com tal excitação, eu farei.

"Somos excitadores *de mente, corpo e alma..."*

Vanessa de Cássia

Hello dad, hello mom
Im your ch ch ch ch ch Cherry Bomb

Ass: Wild girl

Queria ter coragem
Para falar deste segredo
Queria poder declarar ao mundo
Este amor
Não me falta vontade
Não me falta desejo
Você é minha vontade
Meu maior desejo
Queria poder gritar
Esta loucura saudável
Que é estar em teus braços
Perdido pelos teus beijos
Sentindo-me louco de desejo
Queria recitar versos
Cantar aos quatros ventos
As palavras que brotam
Você é a inspiração
Minha motivação
Queria falar dos sonhos
Dizer os meus secretos desejos
Que é largar tudo
Para viver com você
Este inconfesso desejo

"Inconfesso desejo", *Carlos Drummond de Andrade*

PARTE I

UMA PROPOSTA *Bombástica*

Observando o Corpo Pegar Fogo...

A sede de conhecimento parece ser
inseparável da curiosidade sexual...

Sigmund Freud

Flora

Holy fuck, aquela era a melhor das sensações! Um paraíso escondido em um pequeno segredo na ponta de sua língua. Aquela mesma que me varria e remexia todo o meu ser.

Céus, *ele* tinha uma língua tão macia *e* quente *e* nervosa *e* firme *e* possante... Oh, *God*!

Remexi meu corpo para aprofundar melhor a sensação que me invadia. Só que mantendo o autocontrole na casa do cacete, né?

Senhor amado, fui abrindo um pouco mais as pernas, pois era exatamente assim que o desejo reverberava. Aquele descontrole era algo fervente que me invadia, o úmido de ambas as partes. De meu sexo que escorria e da boca *dele*. E eu me lembro bem do sabor e da maciez que ele tinha escondido por trás daquele sorriso *sexy* e maravilhoso. A boca dele era a melhor parte do corpo... *beeem*, até eu conhecer seus dedos tatuados, e aguardava ansiosamente conhecer aquele que estava perigosamente duro por trás de seu jeans surrado.

Aleluia, hoje eu iria foder forte!

Entreabri um olho e, quando espiei lá embaixo, quase tive um treco. Era muito risco de tatuagem para uma pessoa só. Era muita beleza para um único homem. Era incompreensível o que eu estava me deixando fazer, mas que se foda!

Que. Se. Foda.

Um olhar de chocolate derretido e totalmente perverso me encontrou. *Ele* continuava sem parar de me chupar, me encarando com aqueles olhos magníficos que sorriam com cada forte lambida que afundava em meu sexo, e que me fazia enlouquecer! Mãos... Aquelas mãos grandes me abriram. Dedos firmes e frenéticos me levavam ao delírio. Estava prestes a gozar... caindo... derretendo... me contorcendo... era a maldita hora de pular!

Mas ele saiu. *Damn it!* Homem malvado.

Mirei meus olhos naquele corpo atlético, musculoso, naquela barriga repartida como se tivesse feito os gominhos com dedos gentis e habilidosos. Não era possível ser tão belo, tão gostoso!

Ele abriu o botão.

Gosh, ele deslizou o zíper sem perder sequer um segundo de contato comigo. Apesar de estar tão longe, seu olhar castanho-esverdeado por trás daquele leque que eram seus cílios queimava e ainda me dava prazer.

Sua calça foi abaixada só até a entradinha sensual, oblíquo delicioso dos infernos! A boxer azul me matava de desejos, pois ali tinha mais tatuagens, mais desenhos confusos que eu queria lamber ligando cada linha. Ameacei levantar o corpo, mas ele puxou minhas pernas, me trazendo até a beira da cama. Abriu mais minhas pernas e por fim tirou a preciosidade para fora... *Holy shit!* Era grande.

Não, porra! Era IMENSO!

Eu quero. Eu quero. Eu queeeero! Não podia existir tal beleza, mas, sim, estava ali apontado para mim. Eu era um alvo fácil, e aquela flecha deveria me acertar em cheio. Destruir tudo de bondade que existia em meu ser. Aquilo era uma bomba. Perigosa.

Oh, come on, boy! – era meu olhar implorante. E o dele me engoliu.

O *boy* magia segurou aquela tora e veio descendo com o quadril. Queria que arrancasse tudinho e ficasse nu por cima de meu corpo frágil, mas ele sempre soube como fazer. Ao chegar, encostou aquela cabeça gorda e molhada contra meu sexo.

I get crazy!

Esfregou uma... *pulsou.* E continuou a esfregar... duas... até não ter limites. Gritei. Aquela parte macia e melosa de nossos corpos estava unida. Um deslizar até penetrar sua cabeça e senti um líquido intenso. Um grito abafado dele.

– Vou gozar, *cherry*! – apertou a ponta de sua dura ereção mais firme em meu clitóris. E... Ahhhhh... Começou a esporrar contra meus lábios vaginais abertos por seus dedos tatuados. Deixou todo o seu líquido quente enquanto eu também esguichava, gozava intensamente como ele. Gozava sem parar.

O cara pendeu a cabeça pra trás e gostosamente gargalhou. Roubando a cena e meus últimos espasmos.

Quem era ele? Bem, ele era um maldito filho da puta que perturbava até meus sonhos molhados...

Thomas Moura.

Thomas tinha voltado da Califórnia fazia dois dias, depois de ficar por seis meses após o jantar de meu noivado – aquele mesmo, onde meia dúzia de pessoas me viu gozar com uma calcinha vibratória. Juro, eu quis matar Paulo, já que depois da sobremesa ele contou para todo mundo em alto bom som sua maldita façanha. Eu não tinha onde enfiar a cara, mas sorri e desmenti, contudo ninguém acreditou em mim. *Damn it.*

Ainda bem que Paulo não estava mais deitado no mesmo lençol que eu. Tinha saído cedo para ir à academia, já que iriam reformar e uma construtora iria visitar para acertar os detalhes. Ele me deixou ressonando sozinha, o que foi um conforto maior, já que estava me masturbando dormindo.

Aff, eu acordei molhadinha! Nos dois sentidos; suando pelo esforço e com uma maldita poça de excitação no meio das pernas, pois estava com os dedos afundados em meu sexo quente e latejante. *Ele me fazia gozar sonhando...* Que loucura!

Como não o vi ainda, deve ser por isso toda essa minha *ansiedade*. Paulo tinha me contado cheio de alegria que seu melhor amigo estava de volta.

Tá vendo, sua maluca, é a porra do Melhor Amigo de SEU *Noivo!*

Agora, onde é que estava com a merda dos pensamentos, eu não sei, bem, sei sim, estava focada no pau grande dele...

Jesus, me faça esquecer esse maldito sonho!!! E tenho dito, oras bolas.

Ohh... as bolas... o pau.

Uma dor na vagina me fez levantar de vez, tirando os dedos encharcados dali. Tomei um banho gelado e rápido. Coloquei um top e o short de cotton. Separei a – *gigante* – camiseta da academia com que Paulo fez questão de me presentear. Acho que era para o tamanho dele, e eu sempre amarrava na cintura, já que era imensa.

Preparei um delicioso café forte, tomei sozinha e olhava para o relógio na parede da frente na cozinha. Os ponteiros fazendo seu lento tique-taque e roubando o silêncio da casa. Estava no *flat* do Paulo, ainda acertando as coisas de como ficaríamos daqui a um mês, quando chegasse, enfim, o dia de dizer *sim*. Estava marcado, era definitivo, iríamos nos casar.

Ohhh... Aleluia!

Estou ouvindo anjos cantando?! Digam amém, meu povo! Flora e Paulo vão se casar! Daqui a exatos 30 dias eu serei a sra. Castelan. Flora Castelan. Soava tão digno, tão amor que eu suspirava todas as vezes.

Terminei de comer as bolachinhas e limpei as pontas dos dedos, uma mania que Paulo ama, já que as esfrego toda vez que algo como farelo me irrita. Quando está por perto, ele os leva até aquela boca pecaminosa e os lambe. Isso me excita sem moderação, e sempre faço mais vezes só para ele me deixar extasiada com suas delicadas e magníficas chupadas lentas...

Ao levantar, apertei as coxas com a sensação da lembrança, respirei fundo me distraindo da vontade e fui a passadas largas até o sofá, afundei confortável. Iria esperar que desse o horário de sair. Agora eu dava aulas à tarde para os "*aborrecentes*" e à noite para os adultos. Gostei de como as coisas estavam seguindo, mas estava muito ansiosa pelas abençoadas férias que viriam logo. E o horário da manhã eu reservei para a academia, e hoje voltaria a ter aulas com a Poly.

Aquela garota me conquistou de vez com sua simpatia e energia. Ave Maria, ela acaba comigo em diversos exercícios puxados e me deixa toda quebrada, mas só de ver um início de tanquinho na barriga já me alegra! Poly criou uma turma com uma modalidade nova. Quando inventei o nome, ela quis me matar. Pois era apenas Boxe, mas comecei a remexer o quadril no espelho em uma das aulas, ela se inspirou e adorou, pois agora seus movimentos para a luta têm algo dançante. Claro, ela e seu *hip hop* moderno. Aquilo é empolgante, então dei o nome de BoxeDance. Ela surtou de começo, mas agora aceita. Somos 12 mulheres e é uma agitação só.

Polyana, Joyce e eu ficamos muito próximas e sempre saímos para curtir. Apenas nós três, e essas duas são um sucesso absoluto na rua. Imaginem duas loiras de mãos dadas! É muito para a imaginação masculina. E, confesso, feminina também.

Algum tempo atrás minha melhor amiga, Amanda, não gostou muito dessa proximidade toda com as meninas, mas hoje ela *aceitou* (leia-se *engoliu*) essa história de que somos melhores amigas. Bem, se escutar isso de minha boca, ela me ataca um livro do tio George (a edição especial da *Dança dos Dragões* com suas humildes 1.455 páginas!) na cabeça!

Dei três pulinhos para me aquecer e olhei no relógio novamente. Em pleno sábado quente, lá estava eu indo para a academia de meu gostoso. Esse esforço todo era só pra ficar igualmente gostosa. E bem, me divertir um pouco que fosse, só por ter a presença ilustre de meu Paulo.

Dei uma corridinha até a porta, peguei a minibolsa a tiracolo e segui animada. Hoje eu queria cometer uma leve loucura lá no vestiário...

Passei pela catraca e cumprimentei Humberto, era ele quem cuidava da recepção por um período, quando as meninas saíam para dar a aula. É novo ali e está se acostumando com nossa maluquice. Caminhei pelo corredor largo e o cheiro de testosterona, limpeza e perfume misturado já me abatia. Abri meu armário e deixei minha pequena bolsa, peguei a camiseta e, dobrada, a deixei por lá.

– Cadê a turma das três, Beto? – gritei ao voltar uma parte do corredor e ver o forte cara que estava sentado atrás do pequeno balcão.

– Sei não, Flor! – na academia todo mundo me chamava assim. Era carinhoso.

– Acho que os caras vão vir mais tarde, muito calor! – concordei com um sim desconcertado enquanto prendia a juba de cabelo.

– Entendi, as meninas já estão no salão?

– Sim, acabaram de ir – agradeci com um aceno. – Boa aula, gata! – piscou um olho.

Deixa seu chefe ouvir isso, viu... – pensei, rindo para ele.

Saí saltitante e já tentando me aquecer para o que viria. Enquanto caminhava, resolvi ligar o celular e coloquei em uma *playlist*; daqui a pouco só ouviria coisa pesada e apreciar algo alegre era o que eu precisava.

Enfiei os fones no ouvido e *Shake It Off* agitou meu corpo. Parada no corredor, dei duas reboladinhas com os quadris, alegre conforme as batidas. Enfiei o celular no short e fui remexendo pelo vasto corredor. Olhei pra trás e nada, muito menos ao redor. Então no refrão agitado pela Taylor, balancei loucamente os braços e bumbum. Remexi mais um pouco, fechando os olhos e mexendo conforme as batidas; quando dei por mim, uma parede rígida me atingiu e mãos foram envolvidas na cintura, descendo...

No susto, pulei e quase caí pra trás, mas braços firmes e tatuados me seguraram... Oh, *Gosh*, ele era sempre lindo. Sem moderação. Senti uma vertigem ao encarar aqueles olhos risonhos e perturbadores.

Um dia, eu vou me acostumar a não ficar sem ar perto dele... Uma boca chegou muito perto da minha, mas desviou e foi até a orelha, tirou com os dentes um dos fones.

– Cuidado, rainha! – um suspiro meu e uma mordida dele. Bem ali, naquela partezinha sensível. – Está fazendo ceninha? Achei um show bem particular – outra mordidinha me atingiu e o choque me deixou molhada. – *Sexy...* – agora foi na boca. Sem pedir permissão invadiu com sua língua, roubando meu restinho de juízo.

E a única coisa que minha cabeça gritava era: vestiário. *Vestiário, porra!*

– Paulo... – gemi, e quando olhei por cima de seus ombros quase morri de vergonha. Todos os seus alunos estavam ali. Droga. Excitada na frente de todo mundo.

Como se isso fosse novidade! A maioria deles já te viu em situações beeem piores... de quatro, amarrada em algum saco de pancada, ou mesmo toda aberta em um tatame!

– Você está fazendo um show bem pior, me excitando na frente deles! Pare. Agora – grunhi, agitada, me afastando dele. Como Paulo estava com seu tradicional short agarrado e com aquela proteção no pau, não aparentava tanto que estava excitado, mas todo mundo sabia. E eu sentia!

– Chegou agora, *love*? – ele se afastou um pouco, levando todo o seu calor. Disfarcei arrumando a roupa que nem estava fora do lugar e tirei o outro fone que ainda estava ali tocando os acordes finais da música.

– Sim, estou indo encontrar as meninas. Pensei que não estivesse aqui! – e assim que mencionei isso, vi seu olhar brilhar e seu sorriso tortinho ficar preso no canto. Eu sei, seus olhos miravam minha barriga. E estavam com a seguinte pergunta: *cadê sua camiseta*?

– Está no armário – respondi cruzando os braços. Paulo gargalhou.

– Amo você – segurou meu rosto e soltou um delicioso beijo. – Preciso ir, tenho treino agora. E pra você, uma boa aula, *dear* – piscou, ganhando toda a minha atenção.

– Te amo – sussurrei assim que nos abraçamos.

– Eu sei.

Deu um último tchauzinho e foi com sua trupe. Acenei rapidamente para todos que me olhavam disfarçando. Sorri alegre. Eles o respeitavam tanto.

Cheguei logo ao salão em que treinava e empurrei a grande porta preta. Assim que entrei, meu corpo ficou em estado de choque. Já disse, eu sempre as via junto, mas da forma em que estavam era... tenso.

– Oi! – falei, um pouco sem jeito.

As duas ainda estavam abraçadas, e senti de longe um pouco do tesão compartilhado. Ao entrar, Joyce estava praticamente comendo Poly com os lábios! Era um beijo intenso, já que os cabelos dela estavam uma bagunça. E outra, a mão disfarçadamente de Joyce saiu de dentro do short de sua namorada. Corei muito ao notar o movimento.

– Entra, gata! – foi Joyce, que tinha a voz mais doce, que ordenou.

Engoli em seco e não sabia bem como reagir.

– Desculpe o desconforto – Poly mencionou e suas bochechas estavam vermelhas.

– Relaxa, deveria ter batido na porta! Pra que existe aquele maldito recado ali, né? – dei de ombros e entrei. Cheguei mais perto delas e as cumprimentei com um beijo no rosto. Cacete, elas estavam *ardentes*... e isso estava me deixando... sei lá.

– Acredita que hoje as meninas cancelaram? – Poly avisou, e Joyce estava do outro lado mexendo nas barras.

– Jura? Por quê? – perguntei, curiosa e também chateada.

– Esqueceu também, né, gata? É o aniversário do filho da Paloma! Esquecemos geral... – apontou um zigue-zague entre ela e Joyce.

Sei bem onde estava a cabeça das duas... – pigarreei.

– Nossa, que fora! Esqueci.

– Mas podemos fazer alguns exercícios que não fez na quinta, quer?

– Pode ser, mas você não tem nada agora?

– Não! Estamos aqui todinhas pra você! – não sei, depois do que vi, isso me fez corar.

Uma curiosidade de perguntar, saber mais, sei lá. Meu corpo esquentou de uma forma que jamais reconheci. As duas me fitavam com profundidade. Ou eu estava maluca, ou estava vendo isso mesmo. Deslizei a língua nos lábios só para umedecê-los, já que a secura me atingiu.

– Hum, podemos fazer isso – concordei, sem olhar para elas, e dei uns pulinhos olhando no espelho. Agitei os braços, mas sentia dois pares de olhos me *comendo*.

– Vamos lá então! – já disse que a voz da Poly é rouca, e a forma com que ela mencionou isso fez os pelos de meu corpo se agitar. Que merda é essa?

Experimente isso! – ouvi ao longe minha consciência e uma agitação subiu pelas pernas. Eu precisei fazer muuuitos exercícios para me distrair.

Depois de uma hora e meia, quando meu corpo já gritava e pedia arrego, agachei para o último ritmo. E, quando olhei para o espelho, além das duas estar sorrindo em minha direção, outro sorriso encantador apareceu.

Era *ele* de verdade. Ai, meu Deus!

Assim que notei aquele homem lindo e quente e gostoso, a costura do meu short atingiu meu sexo, gemi internamente mordendo o lábio inferior. Para subir era um exercício fácil, mas da forma em que me encontrava era uma porra difícil. Os pesos que estava segurando acima da cabeça quase caíram para trás, mas sustentei e subi, antes que gozasse daquela forma.

Agora eram três pares de olhos em cima de mim. *Calor*.

– Olá, menino! – brinquei assim que me virei e vi que estava bem atrás de mim.

– Que saudade, Flora!

Foram três palavras que acenderam meu corpo todo. Poderia ter sido só saudade mesmo da parte dele, mas seus olhos incrustados em minha barriga que suava longas gotas diziam que sua frase era toda errada.

– Ah, Thomas, senti muita saudade, e aí, como está? – tentei disfarçar e não fui ao seu encontro. Estava muito suada e com o corpo agitado na mesma proporção.

– Vem cá, *sweetie*! – mesmo sendo sensual sua fala, ali havia realmente carinho.

Thomas é um tesão de foder com os neurônios, sem dúvidas, mas sabíamos nos comportar.

– Estou grudenta! – fiz careta, mas ele me puxou pela cintura. Arrastando meu corpo pequeno até o seu, tão imenso.

O cheiro de homem gostoso me atingiu. Ele estava todo vestido, mas era como se estivesse nu me abraçando. Eu podia sentir cada pedacinho de músculo. Que raiva!

– Está maravilhosa...! – sussurrou perto de meu ouvido, e dava para tocar nas reticências que deixou ao fim da frase.

– Obrigada. Você está ótimo, quanto tempo ficará? – me afastei dele, Thomas notou.

– Quase dois meses, preciso resolver algumas pendências e ficar para o casamento do ano, né?! – sorrimos juntos. E nisso, vi as meninas juntando as coisas.

– Esperem, eu vou ajudar – avisei e dei as costas para Thomas, mas, assim que vi pelo espelho, corei. Ele descaradamente olhava minha bunda. – Ei, pare com isso – acertei um forte tapa em seu ombro largo.

– Ai, foi incontrolável!

– Diz isso pro seu amigo.

– Cê' é louco! – disse brincalhão e cruzou aqueles braços grossos no peitoral ainda maior. E aquelas *mãos tatuadas*... oh, *Lord*.

Simplesmente não apaguei as lembranças, eu as afoguei no mar do pecado. Eu vou queimar no mármore do inferno com esses pensamentos cretinos, só acho!

– Estamos prontas, nos falamos depois, foi ótima a aula. Beijos, Flor – as meninas só acenaram e nos deixaram sozinhos. *Perigo*. Senti o ar mudar.

– Tá gostosa pra caralho, viu? Ufa, precisava dizer isso – sua cara de cretino ficou aliviada.

– Cachorro! – quase o chutei, mas ele se livrou de meu pé.

– Olha, você me conhece, sabe que sou mesmo! – piscou, enquanto eu revirava os olhos.

– Que bom te ver por aqui, Thomas. Vamos marcar algo – desviei completamente o assunto, ele segurou o sorriso tortinho e chegou muito perto quando ronronou.

– É claro que vamos, gata.

Sua única frase era uma ordem escondida. Um pedido. Uma oferta bombástica.

Depois de nos despedirmos, resolvi ajeitar a bagunça no banheiro e lavar meu rosto. O banho estava programado para depois das 5 horas, quando Paulo tivesse terminado seus treinos e, enfim, me traçaria ali mesmo. Nossa, eu já estava atiçada com a possibilidade.

Beto não estava mais na recepção, sinal de que as meninas já foram e o liberaram também. Caminhei dessa vez para o lado oposto, onde ficavam os vestiários. Na parte do fundo estava um silêncio profundo, e tenho quase certeza de que o treino de Paulo não chegou ao fim, já que não havia a bagunça dos meninos por ali.

Sorri ao jogar a toalha no ombro e me lembrar do que foi essa tarde. O calor que senti e a estranheza de tudo. Isso era só uma novidade esquisita, mas que...

Ahhh... ahhh... ahhh...

Ouvi baixinho.

Ahhh... ahhh... ahhh...

Aumentou mais um pouco.

Assim... chupa... ahhh...

No mesmo segundo meu sexo pulsou e minha saliva travou na garganta. Um quente invadiu minha calcinha, fazendo-a ficar molhada na hora!

Ahhh... humm... assim...

Instantaneamente levei uma mão à boca e outra ao meu sexo. Andei lentamente sem fazer barulho, aqueles assoalhos sempre rangiam quando não podiam. O barulho da água não se sobrepunha no som agitado de bocas e ais. Ele deixava ainda mais excitante. Eu sabia quem estava ali. E nem precisava olhar, mas queria, muito.

Joyce e Polyana. As duas estavam transando no chuveiro do vestiário!

Curiosidade sexual. Tensão em cada terminação nervosa. E lá, bem lá embaixo, um calor novo, experimentação.

Dei mais dois passos e consegui atingir um ponto do espelho, a porta estava aberta. Mordi a boca, era tão quente, tão excitante que me travou.

Joyce estava de joelhos, chupando Poly com avidez. Com as mãos segurando os peitos pesados enquanto ela se balançava. Contorcia-se na boca que recebia seu sabor. E nunca, nunquinha em minha vida achei que isso seria excitante. Mas, vendo ao vivo as duas, era muito tesão para não fazer nada com meu corpo. Entretanto, me deu medo. Eu me sentia excitada, mas se alguém visse? Se elas me vissem ali, espiando uma cena tão quente! Ahhh... mas eu não poderia ir embora, eu queria ficar e ver até as duas gozarem.

O que não demorou muito, já que Poly estava chegando ao clímax, pois seu gemido aumentou e seu corpo mostrava isso também. E assim que atingiu, sacolejou lindamente. Joyce subiu beijando-a, chupando agora os mamilos rosados e duros. As duas começaram a se beijar, línguas, puxões e uma pegada sem igual. Toquei meus seios e senti os mamilos duros, não podia arriscar a levar os dedos dentro da calcinha, eles não iriam querer sair até me deixar gozar! Mas eu latejava e pingava.

Não importava quem estava ali. Aquilo era sexo ao vivo, e era excitante pra cacete! Quando achei que não veria nada além dos beijos, dos ais, dos gozos, Joyce me tira dois pênis de borracha bege-claros que estavam dentro de uma mochila no chão. Fitei o movimento, Joyce os colocou na parede, um de cada lado. Ficando uma de frente para a outra, penetrando o sexo ali. Babei vendo os quadris que loucamente iam e vinham.

Droga, eu acho que iria gozar junto. Engoli a saliva contendo o gemido. E foi no mesmo instante que levei teimosamente meus dedos até minha boceta que elas gozaram e me fizeram gozar!

Era uma loucura! Uma porra de loucura! Eu gozei vendo duas mulheres se pegando!

Arregalei os olhos e saí em disparada dali.

Meu coração ainda batia em um ritmo louco e agitado como uma bateria de escola de samba, e sentia meu rosto ferver horrores. Tudo em mim pegava fogo! Lavei o rosto na água corrente do banheiro ao lado das salas de treinamento, e agora nem sei como vou olhar para as duas! Bem, elas não sabem que espiei, certo? Então não há motivos para se envergonhar, é só ficar quietinha e...

– Estava te procurando – uma mão acertou minha cintura, e com o singelo toque dei um pulo.

– Nossa, não faça isso! – corei ao ver Paulo com o olhar confuso.

– Está fugindo de alguém? – brincou, chegando junto. Meu medo era dele sentir meu fervor. – Acabei meus treinos, vamos para casa? – gemi com sua fala, ele notou. – Hum? – me persuadiu a contar com seu olhar matador.

– Vamos ao vestiário masculino? – não iria sugerir o feminino, vai que as duas ainda estavam se pegando lá!

– Jura? – seu olhar másculo acendeu na hora. E meu tesão ainda estava presente.

– Absoluta! Tem alguém por aqui ainda? – questionei, já puxando suas mãos. Ele veio sem hesitar.

– Estão do outro lado! – deu de ombros e me seguiu.

Quase corremos pelo corredor. Ao chegar, chutei a porta com tudo e o puxei para cima de mim. Não queria perder tempo, eu precisava, bem, na verdade, *necessitava* ser penetrada.

Assim que abaixamos nossa bermuda, Paulo viu minha avidez, e sorriu alto por isso.

– Menina, que vontade!

– Estou louca, *boy*, coloca tudo!

Sem precisar chamá-lo, ele já veio segurando uma perna com facilidade e me penetrando profundamente contra a parede. Gemi alto ao receber com volúpia toda a sua ereção dentro de mim. Abrindo caminho para a felicidade sem retorno de quando iria acabar. Eu poderia ficar a noite toda com o pau dele dentro de mim e não ligaria!

Paulo socava calmo e acelerado, combinando as bombeadas ritmadas cheias de tesão. Esse cara sabe foder, *my Lord*!

Quando estava chegando um dos momentos mais intensos, Paulo no mesmo instante me pegou no colo e levou até o grande banco no centro do vestiário. Sentou-se me deixando por cima, sem ao menos sair de dentro. Era tão gostoso senti-lo todinho. Firmei as pernas no assento largo e comecei a cavalgar lentamente, descendo, subindo e sentindo toda aquela grandeza.

– Assim, *baby*... Docinho, desce, rebola, geme, Flora...! – aquela puta voz doce de verão estava ali me fazendo cometer loucuras e amá-lo para sempre.

Levantei só mais uma vez o quadril e, quando desci, gozamos! Inclinei meu corpo para trás enquanto ele chupava o colo dos seios escondidos. Trepamos com metade da roupa, sem nos importar, pois o contato era tão intenso que não precisava de mínimas apresentações. Mas, por um instante, desejei que houvesse mais gente por ali assistindo a nosso prazer, desejando estar em nossa pele, sentir a mesma tensão que senti ao observar um sexo alucinante. Apertei os olhos e sorri, poderia isso virar realidade?

Sim.

Como um passe de mágica, *ele* estava ali. Só nos observando em silêncio profundo. Mas eu vi duas coisas: seu tesão e seu pau duro por trás da bermuda de luta...

Holy fuck!

Thomas saiu dali assim que Paulo ameaçou levantar, cinco minutos depois do gozo. Sorrimos satisfeitos, mas eu não abri a boca para falar nada. Só fiquei esse longo período olhando nos olhos cinzentos e penetrantes de meu homem. Era tão profundo quanto a ereção que estava dentro de mim. Gostei da sensação. E foi então que de minha boca saíram as mais idiotas palavras.

– Já transou com mais gente... tipo *ménage*? – eu me vi vermelha como tomate ao olhar para o espelho e ver que era uma enorme idiotice.

– Uau, *love*, que pergunta depois do sexo gostoso! – mordeu meu ombro e deixou um beijo a seguir.

– Sem constrangimento, é só uma questão – dei de ombros e comecei a me limpar.

– Já fiz – Uma quentura me dominou. Eu não sabia bem o que era.

– Tem vontade de repetir...? – questionei baixinho, nem sei se ele ouviu.

– Tá falando *sério*? – resolvi encará-lo, não sabia ao certo se estava bravo ou confuso.

A palavra certa: perdido.

– Estou, oras, por que o susto? – só sei de uma coisa: eu estou fora de mim.

Cale-se, dear!

– Quer mesmo saber? – falou, estranhamente calmo. – Estamos de casamento marcado, o que isso significa? – questionou, ainda muito calmo.

– Poderia ser uma despedida... – mordi o canto do lábio. Paulo chegou muito perto e sentiu minha retraída.

– Mulher, você quer acabar comigo? – gemeu, muito excitado, e vi sua ereção voltar a crescer. – De onde tirou isso? – perguntou, mordendo minha orelha.

– Não sei, poderíamos tentar experimentar algo novo... – ronronei.

– Tá me fazendo uma proposta? – fiz que sim, dando de ombros levemente.

– Vai aceitar? – esperei uma resposta, mas acabei vendo em seus olhos cinza brilhantes. – Pode ser com mulheres – acho que de vermelho meu rosto passou a ficar roxo. E Paulo estava pálido. Que contraste!

– Caralho, Flora! Tá mesmo bem? – tocou minha testa e mais uma vez se aproximou, apertando meu corpo contra o seu. Senti-me sem ar.

– Estou otimamente bem. Quer ou não quer? – encarei seu olhar vibrante.

– É claro que quero, porra!

Devorou-me em um beijo enlouquecedor, mas logo tirou os lábios ligeiros e me encarou firme.

– Tem alguém em mente? – Sorri e tenho certeza de que ele sabe muito bem.

– Precisa ser alguém que confiamos.

– E depois disso, vai querer um homem? – isso me atingiu em cheio. Não tinha pensado nessa situação, mas... engoli em seco e ele notou. – Posso fazer isso por nós, mas será quem eu quiser! Porque, como você mesma disse, precisa ser alguém em que confiamos.

Roubou outro beijo. Caralho, eu sabia muito bem quem seriam essas pessoas. Só não sei se eu estava preparada!

Ajeitei tudo no lugar e esperei Paulo voltar. Ele foi trancar a academia e dispensar a turma. Éramos um casal muito maluco. *Oh, God!* Quem diria que alguns meses atrás eu não via graça em sexo, e hoje estou prestes a participar de orgias, *ménages* e sei lá mais o quê! *My Goodness!*

Sentei novamente sobre o banco, esperando meu noivo voltar. Só que senti uma presença bem ali, escondida. Levantei e fui até o canto. Seus olhos observadores me encaravam de volta. Droga, essa não seria uma boa hora.

– Eu ouvi – assim que escutei sua voz, encontrei-o, e ele estava com o pau na mão. *Oh Lord,* era... *shit*... era tão... *crap*... tão ENORME.

– Thomas... isso... é... pare!

Ele continuou a se masturbar em minha frente. Incontrolavelmente.

– Eu ouvi tudinho, Flora. E *quero*! – o vaivém de seu movimento era encantador.

– Você é imenso...

– Se gostou de ver, imagina o estrago que faço? – faltou-me ar. – Eu vi você gozando e, já disse, eu aceito. Só vou esperar ele perguntar, mas você já sabe. Eu quero.

– Isso só foi uma loucura, o calor do momento, nós não sabemos se irá rolar!

– Faça acontecer – ronronou, e vi a cabeça do seu imenso pau inchar.

– Até parece... – sorri nervosa e não consegui desviar do maldito pau lindo dele.

– Sabe o que estou pensando agorinha? – fiz que não.

Jesus, é claro que eu sabia! Em putaria.

– Estou pensando aqui, Flora, eu queria ver o Paulo chupar esses peitões, me deixando beijar sua boca, enquanto me enterraria todinho dentro de você, *cherry*...

Ele fechou os olhos. Eu enlouqueci.

Porra. O sonho.

Cherry?!

What?!

Caralho!!!

Cuidado, *Danger!*

Você não tem ideia de que
É minha obsessão?

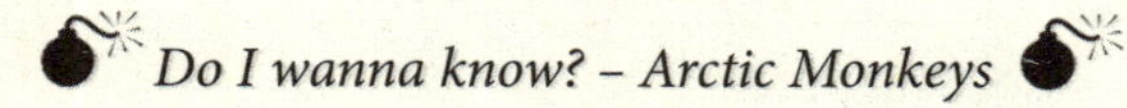

Thomas

Maldição! Era um pecado só de olhar. Mas qual é a porra da parte que meu cérebro derretido em tesão entendia disso? Tentei achar, juro que tentei colocar um pouco de juízo em minhas cabeças e sair correndo dali, pegar a primeira gata que sorrisse em minha direção e fodê-la gostosamente até ela pedir arrego satisfeita, mas não, minhas teimosas mãos foram até a calça; uma delas abriu o botão e a outra deslizou o zíper atrás da dura ereção. Deixei, né? Como impediria esse ato suplicante de não completar o serviço?! Até chegar em casa?

Não, senhor!

Seria muito doloroso. Então ali mesmo puxei meu pau, fechando bem os olhos e lembrando como era linda gozando, em como mordia os lábios, em como cavalgava devagar, descendo, subindo, afundando, deslizando aquela boceta que mal conseguia analisar, mas que queria em minha boca! Em como me olhou após gozar... com ele.

A noiva de meu melhor amigo.

Mordi o lábio e tentei não pensar em três palavras da frase: *noiva, melhor, amigo.*

Não sentia algo do tipo um sentimento por ela. Era apenas aquela "impossibilidade" de que nunca tivemos nosso momento. Eu lembro bem o gosto da boca dela e como sua língua suave deslizou pela minha. E isso me deixou tão atiçado, mas também muito frustrado por nunca poder realizar esse desejo infinito de penetrá-la como eu gosto: forte, intenso, selvagem e sensual! Eu faria loucuras com aquela pequena e deliciosa mulher.

Que era de meu melhor amigo! – agora olhei para meu pau e tentei transmitir essa ideia. Ele me ignorou, como sempre.

Teimoso.

Tudo tinha acabado por ali, eram somente as trocas de carinho e comprometimento. Era muito boa a forma com que Paulo mudou por ela. Flora nunca saberia o quanto ele foi um fodedor nato, como já participamos de diversos jogos malucos, mas hoje ele estava só pra ela. O coração do machão tinha sido vinculado de uma forma que nunca pensei.

Será que um dia eu voltaria a ter essa sensação de amar alguém...?

Náh! Balancei a cabeça e quase ri, só não o fiz porque engoli em seco quando ouvi:

Ménage.

Era isso mesmo? Epa, e com certeza algo me envolveria. Estremeci completamente.

Impossível, cara, não se ilude, mané!

Não impedi a vontade, ainda mais ouvindo aquilo tudo. E melhor, Paulo tinha saído, mas ela estava ali. Era questão de tempo em me achar. Dei um passo para o lado, fazendo um pequeno barulho no assoalho, mesmo imperceptível; ela me veria no caso de sair. Forcei o quadril para a frente e enfrentei a onda de desejos que veio. Mas o que veio foi melhor ainda. O olhar dela. Aquele imenso olho brilhante esverdeado como azeitona. Suas bochechas rosadas e quentes. *Aquilo era por estar me olhando.* Um orgulho do cacete me tomou.

Mencionei minha intenção. Eu ouvi a porra da proposta. E queria. Óbvio. Deixei muito claro.

Continuei a me masturbar com mais avidez, mostrando o brilho intenso que já escorria e fazia minha palma deslizar à beça. Vi a loucura em seus olhos que refletiam meu desejo. Ela me mandou parar, então acelerei para gozar antes que ela me desse as costas. Isso seria meu fim, mas precisava mostrar a ela como era belo eu gozar por ela.

E quando Flora me ignorou por um segundo sobre a frase, e disse a palavra "*imenso*" com sua doce rouquidão, e ainda por cima deixando a pontinha de seu lábio inferior pendurada, juro, já me vi dentro da boca dela!

Respira, cara, respira.

Sinceramente, eu iria gozar a qualquer instante. Só com os malditos pensamentos que surgiam em minha cabeça e soltava pela boca ardente. E foi em uma aproximação enérgica dela que meu pau cuspiu. Não parei de encarar seus olhos que estavam fixos em meu pau gotejante. Viajei dos olhos até sua boca sendo mordida. Apalpei o mais forte que consegui até sair toda a porra de meu corpo. Escorria em meus dedos, fazendo o cheiro forte e masculino serpentear no ar.

Danger.

– Você é um cachorro! – sua voz estava trêmula. – Uma bomba perigosa.

– Esse gozo era para ser na tua bunda empinada, mas o próximo será, *cherry*...!

Rouquidão. Perigo. Fogo. *Bummm*...

Ela deu as costas e saiu. E eu me senti um maldito filho da puta.

Ainda bem que eu tinha a porra da chave da academia, senão, só de castigo, Flora teria me deixado ali. Ela com toda certeza não mencionou a Paulo para não trancar nada, já que eu estava ainda por ali. Então, só de pirraça a danada o deixou apagar todas as luzes e trancar tudo, deixando-me preso. Sorri ao esperar por pelo menos uns dez minutos até pegar a chave no bolso e ir para meu apartamento.

Não olhei nem para os lados, apenas saí cantando pneu e iria relaxar um pouco mais no chuveiro. Eu só queria estar em casa. Novamente.

Eu ficava tanto tempo sem vir para o Brasil, que sempre me surpreendia; não que tivesse esquecido completamente a loucura de Sampa, mas era sempre bem-vinda essa cidade ao meu coração. Os movimentos intensos, o ar poluído e barulhento. O vaivém contínuo. Sempre em rotação. Era maravilhoso estar em meu país. Amava Los Angeles, mas estar aqui era sempre diferente. Sentia-me mais normal.

Passaria o final de semana aqui, e já na quarta-feira iria ver minha família. Estava morto de saudade. Era tanto tempo longe; conversas só por telefone ou via *Skype*. Só que o contato e abraço quente da mãe nunca é demais. E dona Ingrid era tão linda pessoalmente que sempre sentia falta de seu sorriso dengoso. Fora o conforto e respeito de meu velho moderno. Sorri ao lembrar-me da última tatuagem que fez e me enviou todo orgulhoso a foto via *Whats*. Eu era uma cópia dele, e me via exatamente como ele daqui... bem, alguns anos.

Meu *brother* já tão crescido, e não mais aquele moleque magricela. Thiago estava ganhando corpo e virando homem. Espero que não dê trabalho como eu dei. Sempre fui indiscreto, já ele é todo acanhado.

E tem minha linda Cuca Loka! Minha irmãzinha de 5 anos. Um anjo lindo de cabelinhos loirinhos e olhos intensos e curiosos. Essa menina vai ser linda demais quando crescer, e bem, já me preparo psicologicamente para não sair distribuindo socos sem querer. Opa, escapou!

Meu peito se encheu de felicidade plena. Eram somente mais alguns dias e estaria com eles. Todos eles. Até mesmo meus amigos de infância. Aqueles que me aguardavam ansiosamente em nosso Club 13! Eu trazia milhares de novidades, e eles tinham uma surpresa. Foi apenas dito isso, e quase meu coração não aguentava.

Ansioso, bati as mãos no volante conforme a música eletrizante tocava de fundo. Dobrei duas ruas e cheguei ao apartamento que me recebia toda vez que vinha para o Brasil. Foi minha primeira compra oficial com meu dinheiro, fruto de meu trabalho árduo.

Cumprimentei o simpático porteiro que eu não conhecia, mas ele sabia muito bem quem eu era. E faltou pouco para sua dentadura não pular da boca do tanto que ria em minha direção. Sua mão direita quase se quebrou ao meio de tanto que a sacudia. Acenei educado e fui estacionar o carro. Tranquei tudo e caminhei até o elevador duplo. Rapidamente cheguei ao 13º andar, destranquei empurrando com o pesado coturno a porta e a tranquei da mesma forma.

Joguei-me ao sofá antes de entrar no banho de que necessitava. Levei as mãos à nuca e olhei para um ponto na parede, lembrando-me de como foi difícil chegar até aqui e o caminho que ainda estava sendo percorrido.

Minha escalada foi bem árdua e ainda estou buscando a glória. Eu só tenho de agradecer à minha família, pois foram eles que acreditaram nessa loucura e arriscaram o pouco que tinham em sua conta bancária. Porque, fala sério, bancar viagens para LA não era nada barato, e sem patrocínio na época foi tudo quase impossível. Mas batalhei. E foi em minha primeira vitória em Vegas que consagrei o nome: "Moura". E a partir daí choveram patrocinadores. E mais e mais lutas, até que me vi ganhando de tudo. Dedicando-me a tudo. E melhor, devolvendo à minha família cada centavo que peguei na época.

Meu pai sempre foi o cara que me botava no chão. Não me deixava extrapolar. Comecei muito cedo a arte de lutar. Acho que era tão estressadinho, que ele resolveu reverter isso. Inscreveu-me para aprender diversas lutas; confesso, achava um tédio ter de sair em pleno sol de verão para ir ao clube de luta, quando meus melhores amigos estavam sempre na rua brincando ou aprendendo com o tio Guedes a mexer em cada parafuso de carro. Adorávamos isso.

Mas com 11 anos eu já era faixa preta e especialista em pelo menos cinco tipos de artes marciais. E, conforme fui crescendo, aprimorei e me tornei o melhor em cada especialidade. Hoje sou considerado completo nas lutas, mas sempre busco melhorar. Você só é falado enquanto está ganhando, mas sua primeira derrota pode acabar de vez com toda a sua história que foi muito dolorida e sofrida de conquistar; mas a mídia e as pessoas a seu redor não querem saber da parte triste, eles só querem que você entre no octógono e ganhe. Não importa como, mas leve toda grana oferecida na noite. Só assim você é o foda. Só assim você ganha fama.

É, esse é um mundo cheio e completo de filhos da puta.

Depois do banho superquente e demorado, eu precisava me alimentar. Nos dois sentidos. Precisava verificar se tinha alguma gata disponível e, claro, um ótimo pedido completinho em meu amigo Japa.

Mas, como sempre digo, é só ter pensamentos positivos que atraímos coisas boas. E não é que assim que relaxei de boxer no sofá meu celular vibrou na mesinha de centro? Sorri e já imaginava que minha noite teria festinha.

Destravei o aparelho e minha risada fluiu alta. Era uma das gatinhas que adorava brincar. Larissa. Uma ruivinha quente que era da academia. Hoje não a vi por lá, tenho certeza de que a gata já ficou sabendo de minha chegada, e então resolveu investir. Gosto disso.

"Chegou e nem me procurou...? Q coisa feia... tô aqui de bobeira, e vc?"

Ah, moleque! Meu pau vibrou na hora, acordando e dando boas--vindas para a gatinha ainda longe.

"Pensando em comer algo..."

Deixei a safadeza nas entrelinhas. Mas isso não era problema, elas sempre cediam maravilhosamente bem.

"Q tal um japa comigo?"

Ela me conhece tão bem. Sorri e mordi o canto da boca. Ansioso.

"Só chegar, ruiva."

Joguei o celular ao lado e cruzei as mãos na nuca, pensando em que novidade poderia aplicar com ela... O que poderia agradá-la? Hum, sei bem.

"Faça o pedido, estarei aí em meia hr."

Então foi o que fiz. E minha cabeça – as duas – fervia horrores! Eu iria servir essa ruivinha para ela nunca se esquecer de mim. Eu sou um ótimo amante quando quero, mas quando capricho é aquela para nunca esquecer.

O pedido já estava na mesinha de centro, mas, ao abrir a porta e ver o curto vestidinho delineando aquelas belas pernas torneadas, eu precisava ver o que tinha por baixo. E nada.

Não. Tinha. Nada.

Porra, a ruiva danada veio sem calcinha!

Sem. Calcinha.

Chutei a porta, e com sedução puxei seus pulsos, fazendo-a ficar paradinha contra a madeira escura. Minha cabeça deu um giro ligeiro e o nó se desfez assim que subi até a cintura o vestidinho e me ajoelhei ali na porta mesmo. Afastei grosseiramente suas coxas e meti a língua do joelho, passando pela divisão da formosa coxa, conquistada com muito esforço. Mordi e cheguei ao paraíso.

Paraíso.

Deus, eu estremecia sempre ao ver uma boceta boa. Era o paraíso masculino mais perfeito do mundo! Não existia coisa melhor. Se existia, eu desconhecia.

Tremeliquei a ponta da língua em volta de seu sexo ardente. Eu podia jurar que ela exalava quentura só com meu olhar. Assim que atingi a língua, não me controlei. Eu precisava engolir. E não queria mais nada durante a noite. Só comê-la. Só fodê-la com minha boca. Dedos. E mais língua. E meu pau. Ah, sim, ele gritava comigo, querendo sair e aproveitar tanto quanto minha boca. Mas era só dela.

Seu líquido jorrou e o primeiro orgasmo veio de brinde. Afastei seus lábios vaginais com os polegares e desejei só mais um. Meu queixo estava encharcado com sua baba doce, mas eu queria me lambuzar a noite toda. Queria deixar aquele cheiro espalhado em mim. Estiquei o quanto consegui de língua. E olhe que não era pouco. Sempre agradeci nas orações a Deus por ter língua, dedos e pau grande.

Abençoado seja! Sou um maldito de um sortudo!

Assim que minha língua viajou cada centímetro de pele úmida e latejante, ela gritou se sacolejando. Soltando de vez a pequena bolsa vermelha ao chão, pendendo sobre minhas mãos.

– Oh, Thomas.

Quer me deixar louco? É gemer a porra de meu nome após o orgasmo! Orgulho cravou uma mensagem no peito, fazendo-o estufar. Eu dei dois orgasmos de boas-vindas.

– Oi, Lari! – levantei e ajudei a gatinha a se ajeitar.

Agora com seu corpo cheio de adrenalina e as bochechas como duas nuvens rosa, ela parecia envergonhada com meu ataque repentino.

Beijei de mansinho o canto de sua boca, acariciando a doce covinha no lado direito, roçando levemente os lábios. Ela gemeu.

– Você me faz acreditar no homem perfeito, seu cachorro! – falou com um ronronado sensual enquanto abaixava mais o vestidinho florido.

Ela só aparentava ser menininha, mas era um furacão ruivo. E eu não via a hora de trepar gostoso com ela. Estar entre as pernas dela! Firme. Forte. Grosso. Ajeitei meu pau que quase gozou ao analisar como seria pegá-la.

– Lari, eu sou o homem perfeito! – pisquei presunçoso. – Só que não sou de uma só. Infelizmente.

– Sei bem disso, aliás, eu e a torcida do Corinthians! – revirou os olhos escuros. – É por isso minha raiva, você é bom demais para ser de uma só.

– Gata, mas Deus pediu para dividir o pão, sim?! Sou um homem bondoso, adoro dividir – mesmo falando essa besteira, ela riu e me acompanhou até o sofá.

– Isso por enquanto é bom para todas! – piscou, acomodando-se.

Eu adoro essa garota, nunca me cobra nada. Sabe apenas que o que irá rolar entre a gente é um sexo agressivão. No máximo algo docinho, mas o que elas gostam mesmo é a profundidade que atinjo.

– Um brinde ao meu pau bondoso! – falei rindo alto ao pegar as garrifinhas de cerveja que deixei dentro do balde com gelo. Entreguei a dela.

– Um brinde a essa sua boca deliciosa! – sorri e ela continuou. – Oh, Deus, e abençoado seja esse pau duro que só sabe nos fazer gritar e gritar.

Tá vendo, ele sempre está nos agradecimentos. Amém.

E que assim seja o começo da noite maravilhosa que tenho para ela.

De quatro. Vendada.

Ela ainda estava de quatro quando a penetrei pela segunda vez. Ordenei que ficasse assim até meu pau reagir novamente – coisa que durou três minutos. Era o suficiente para ver sua boceta molhada que escorria do último orgasmo. Suas pernas estavam dobradas e ela ainda estava de salto. Seus braços apoiados no sofá enquanto descansava sua cabeça entre eles.

Ela estava satisfeita, mas queria mais. Eu também.

– Larissa – ronronei e ela lentamente levantou a cabeça dos braços. Desperta outra vez. Arrepiada com meu sussurro. – Quero novamente estar dentro de você, menina. É o que quer?

Soltou levemente "*aham*". Endureci. Fiquei com o pau apontado em sua direção. Toquei na base e deslizei a mão, deixando-o mais firme. Ostentei aquela ereção até chegar à sua bunda empinada.

– A que você está disposta, menina...?

Eu podia ouvir seu corpo gritar: a tudo. E ela disse. Não, ela gemeu. Ou urrou, sei lá, meus ouvidos estavam sensíveis demais. Apertei a ponta da cabeça de meu pau entre os dedos. Uma dor gostosa me fez pender a cabeça para trás e urrar mesmo antes de penetrá-la.

– Vou me enfiar gostoso aqui... – meu polegar ficou vasculhando o pontinho favorito da mulher. Socando pequenos tremeliques ali dentro, enquanto me masturbava vagarosamente. Eu já tinha feito algo intenso, então seria bondoso dessa vez. Assim que meu pau mergulhasse dentro dela, eu iria gozar e a levaria junto ao pulo.

A ruivinha gemia e rebolava contra meu dedo enfiado até o talo. Minha mão umedeceu rapidamente e continuei afundando, mergulhando e deixando vir o orgasmo, já que minha mão não tinha bondade com meu pau.

– Vou botar e tirar, tá bom? – avisei, já que estava sem a camada da camisinha.

Ela concordou com um rosnado.

Assim que meu orgasmo estava vindo e o dela junto, tirei o dedo, levei-o até a boca, sugando o sabor doce. Enlouquecendo. Meti uma vez e tirei. Respirei fundo grunhindo.

– *Cherry*... – era o gosto que eu achava que a boceta da *perturbadora* tinha. Eu a chamei assim.

Enfiei novamente e chupei mais uma vez o dedo. Quando tirei o pau pra fora, Lari gozou e eu me vi gozando como eu faria em Flora.

Gozando por todos os lados. Em sua bunda, costas, coxas e boceta.

Era uma bagunça linda. E, um dia, eu faria nela.

A *cherry*.

Peguei a chave do carro e iria até a academia, Paulo tinha algumas coisas para me contar. Quando recebi sua ligação, meu corpo congelou, pois meu anseio era de receber a proposta. Estava louco por isso. Só que fiz um momento de meditação e rezei com todas as minhas forças para que a proposta soasse normal aos meus ouvidos, que não desse um fora ridículo ao receber tal notícia maravilhosa. Eu só precisava ficar centrado. Só isso. Responderia que iria pensar – mesmo não tendo NADA que pensar –, mas daria uma resposta em breve.

Pro cacete que seria em breve. Eu gritaria sim na primeira oportunidade.

Como eu disse, respeito muito meu amigo. Quando conheci Flora lá na academia, jamais pensei que ela era algo dele. Estava tão fogosa ao meu lado que simplesmente já me vi trepando loucamente. Daí tudo aquilo aconteceu e ela escapou de meus dedos. Ao menos roubei um beijo. Coisa que não foi suficiente para me acalmar, mas estava de bom tamanho.

Parei na frente da academia e a recepção já estava cheia. Cumprimentei os meninos e vi que havia uma turma nova. Todos eles me olhavam admirados. E isso sempre enchia meu coração – mole – de orgulho. Eu queria fazer muito por todos, e ser exemplo para eles deixava não só a mim, mas toda a minha família morrendo de orgulho.

Cheguei perto de uma das portas onde era a sala de Paulo, mas no corredor duas preciosidades estavam rindo e falando alto. Aproximei-me rasteiramente.

– Olá, meninas – deixei o tom rouco. Uma delas se sobressaltou, fazendo meu pau arder dentro da calça. Tentei ao máximo segurá-lo calminho. Ali não era o momento. E ficaria tão visível com a porra da calça apertada. A ruivinha veio primeiro, e laçou seus braços em meu pescoço, puxando meu rosto até ganhar um quase selinho.

– Oi, gato! – olhei de relance para Flora, que só analisava essa nossa troca. Ela estava impenetrável.

– Lari, como está? – belisquei sua cintura, ela deu um pulinho rindo alto.

– Muuuito bem – mexeu no cabelo e mordia aquela boquinha tão boa.

– Ótimo! – pisquei e virei para a outra. – E você? – encarei o verde confuso de seus olhos. Mas tenho certeza de que ela sabia de uma coisa: eu havia fodido Larissa.

Sim, e fiz bem gostoso – foi meu olhar pra ela. Pisquei. E seu olhar era um dedo do meio bem esticado. Qual é a dela?

– O que tem eu? – respondeu, birrenta, e cruzou os braços fazendo aqueles peitões sorrirem pra mim. Eu olhei sem pudor. Ela enrubesceu e soltou as mãos.

Olho mesmo, são lindos e gostosos! – não sei como, mas sempre nossos olhares conversavam. E novamente o dedo do meio surgiu.

– Você tá bem? Parece meio azeda hoje! – brinquei.

– Estou ótima! – *não parece*. Ela me leu novamente e mordeu a porra da boca.

Ela só queria me deixar duro. Só isso.

– Bem, gatinhas, eu vou indo! – acenei para as duas, mas meus olhos foram para Larissa. E de canto de olho eu podia ver Flora nos analisando.

– Me chama de *cherry* de novo.

Fodeu.

– Ah, ele te chama de *cherry*, Lari? – o veneno escorria da boca maravilhosa dela. – Que fofo – falou toda falsa. Eu sabia, Lari não.

– Não é? Thomas sabe o que faz, e como sabe! – era digno Flora ouvir isso, quem sabe só aumentava minhas chances de estar junto em um quarto a três?!

– Nos veremos de novo, em breve. – ela foi saindo e deixou uma reboladinha sacana. Olhei e até entortei o rosto para analisar melhor. Essa menina estava querendo me foder. Mas para foder com força mesmo era o beicinho emburrado que Flora fazia.

Ploft.

Foi o tapa que tomei no peito. Dei um passo para trás e sorri piscando um olho em sua direção enquanto esfregava o tapa ardido. Mordi o canto da boca para não gargalhar.

– Cachorro! – rugiu e saiu também rebolando, mas, antes, seu olhar era um terceiro dedo do meio.

Que farei questão de chupar depois que ela enfiar até o talo na boceta!

Tinha ido até o refeitório. E, da mesa, peguei um pêssego da vasilha de frutas. Lavei a fruta, mas, quando dei a primeira mordida, Poly entrou toda sorridente e me abraçou. Parou de frente, fitando outra mordida na fruta.

– Que foi? – falei, mastigando o restante do pedaço.

– Se eu gostasse de homem, isso seria uma perdição. Você mordendo isso aí me fez pensar loucuras. Essa sua boca deve ser um pecado pra mulherada, né não?

Ouvir Polyana dizer isso era a glória. Ela gostava de mulher e quase nunca comentava sobre esses assuntos. Éramos bons amigos, mas só falávamos de sexo para brincar, mas ela observar esse movimento involuntário me fez gargalhar.

– Nunca reclamaram! – dei de ombros e outra mordida.

– Ainda mais um pêssego, que lembra exatamente a *fruta*! – ela apontou para o pêssego e, quando olhei o centro da fruta, eu ri. Realmente uma boa boceta era como um doce pêssego. Macio, doce, aveludado... Quase fiquei duro, mas eu disse *quase*.

– Vou indo, tenho aula agora. Bem, acho que vou me lembrar dessa boca mais tarde... – ela piscou e isso me enlouqueceu. Porra, eu não perdoava nenhuma mulher que quisesse esse corpinho que o bom Deus me deu! Bastou dizer sim, eu estava dentro!

Rapidamente vasculhei em minha cabeça e, principalmente, no meu corpo para ver se estava duro. Não, ufa. *Ainda* não.

– Como quiser! – pisquei, mas acho que nessa minha frase faltou o "SE" entre as duas palavras.

Com uma caralha de certeza, eu comeria SE *elas* quisessem!

Era só pedir, docinho. Só pedir que eu comeria gostoso. E eu juro que daria um trato nas duas. Sem problema algum.

Olhei pelo vidro e vi a turma toda nos movimentos finais. A aula de Joyce e Poly era muito divertida, já assisti diversas vezes e até mesmo dei dicas para aprimorarem nos movimentos junto com a dança.

Assim que as palmas se agitaram com o fim de mais uma aula, Lari tinha virado e me visto.

– Vamos nos ver hoje mais tarde? – perguntou, melosa.

– Não, gatinha. Vou viajar amanhã cedo. Pode ser quando eu voltar? – ela fez um beicinho que me destruiu.

– Hum, que pena. Mas tá bom, quando voltar me avisa – bem, ela sabe que sempre esqueço, mas decidi fazer graça.

– Que tal uma rapidinha ali atrás? – sugeri ousadamente.

– Ah, Deus, é o que eu preciso!

E eu também, gata. Eu também.

– Ei, cara, vamos até meu *flat*? – ouvi atrás de mim. E isso me congelou.

Porra, seria assim? Sem uma conversa antes? Fiquei sem reação e vi seus olhos cinza e amigáveis rirem de mim.

– Queria conversar com meu *brother* antes de ele ir viajar, porra! – só sei de uma coisa: relaxei completamente, e foi um cacete de tão visível.

– Claro! – pigarreei e vi Flora nos esperando do outro lado. – Só vou pegar minha mochila e podemos ir – ele assentiu e foi até o corpo dela. Abraçou-a por trás e me aguardava. Disfarcei um pouco, confesso, esse convite me deixou tenso pra caralho, mas não seria hoje, né? Acho que não. Ele disse que era só uma conversa amigável, então não teria sexo maluco entre nós três.

Cara, relaxa a porra do seu pau. Acabou de foder a ruivinha... só relaxa, aí!

– Estou de carro – avisei.

– Então nos encontre na portaria – concordei e acenei aos dois. Flora não estava com uma cara muito segura. Será que ela também achava que iria rolar algo?

Vinte minutos depois já estava dentro da sala do meu amigo. Ele estava servindo um drinque e Flora tinha ido até o apê ao lado. Aguardei Paulo chegar. Ele veio com o gelo tilintando no copo até depositar em minha mão.

– Mande lembranças ao tio, um abraço forte à tia e, claro, um beijo bem apertado pra Cuca. E aquele moleque sempre vem por aqui, então mande um abraço por trás! – brincou ao se sentar ao meu lado no banquinho alto. Esticando seu copo ao bater no meu. Viramos juntos a dose de Dalmore.

– Farei isso. Cara, eu não vejo a hora de encontrá-los amanhã, foram longos seis meses de treino pesado, preciso voltar para casa, comer comidinha da mamãe e receber cafuné. A alegria de casa é inigualável. Tenho tudo que quero, mas adoraria tê-los ao meu lado – minha voz apertou na garganta. Ele assentiu.

– Sei o quanto é foda, mas para você deve ser mais – tomou outro gole e me encarou.

– Sim, mas quem sabe eu volto logo – era uma mentira confortável ao meu coração.

– Sabe que está longe disso, né? – meu peito espremeu. – É novo ainda, terá muito mais para conquistar. Em todas as suas vitórias eu fico orgulhoso. Você é um fodido do melhor! – levantou de novo o copo e sorveu mais um longo gole.

– Valeu, agradeço por tudo – fiz o mesmo que ele.

– Isso está seguindo para um caminho muito enfadonho – sorriu ligeiro em minha direção. Seus olhos brilharam. Engoli o restante do uísque e ele fez o mesmo. Levantou e nos serviu mais. – Preciso beber só mais uns goles. E você?

– Também – emendei logo.

– Ótimo. Um brinde à safadeza! – gargalhou e viramos mais uma dose.

– Preciso dirigir, mas adoraria beber todas! – avisei antes de começar e não parar mais nessas doses. Isso iria longe. Muuuuito longe.

– Vai voltar e cumprir isso, viu, menino? – acertou um murro brincalhão em meu ombro. Iria revidar, mas gargalhei.

Duas doses já me deixavam ligadão. Inferno. Eu queria muito que ele soltasse logo a porra da proposta, mas senti medo de dizer sim na hora. Tinha treinado essa porra, mas me sentia um adolescente prestes a beijar pela primeira vez.

– Crê que irei me casar daqui três semanas? Cara, isso é louco, não? O quê? Um ano e meio atrás estávamos trepando loucamente sem saber nem o nome das garotas – falou do nada. Relaxei.

– Pois é, fico feliz por vocês, conte sempre comigo.

– É por isso que está aqui – bateu dessa vez levemente em meu ombro. Assenti, mas aquele relaxamento de instante se esvaiu com o gole que engoli.

– Sempre. Vocês são especiais para mim – falei entre duas goladas. Quis ser racional e Paulo compreendeu. Acho que nada aconteceria essa noite, eu só estava ansioso. Ele nem pensava nisso! Eu que sou pervertido.

– Sabe o quanto te respeito e confio em você, né? – assenti, tomando mais um gole. Ele também. – Confio em você pra caralho, Thomas, e quero te pedir algo.

Porra! Não seria isso, seria? Deus, que seja, amém.

– Diga.

Outro gole.

– Flora sugeriu algo esses dias, eu fiquei meio sem reação a esse pedido, mas sabe que ela adora me surpreender, né? – fiz que sim. Tentando engolir o líquido que queimava minha garganta e minha cabeça. – Como despedida, ela me pediu para transarmos com uma mulher junto – arregalei os olhos.

Isso, assim, calmo.

– Sério? – falei rápido.

– Sim. Nem acreditei, mas aceitei. Quero fazer essa vontade dela, e bem, a nossa. Acho que será legal, né? – ele só perguntava para não ser assustador. E não tinha um pingo de oferta na voz dele.

– Opa, faça seu melhor, garanhão! – pisquei para animá-lo. – Sabe quem vocês vão chamar? – emendei curioso, mesmo sabendo.

– Sim, as meninas – deu de ombros.

– Tô com inveja de vocês – juro, saiu involuntário, mas ele riu. – Hoje, se elas me convidassem, eita porra, faria essas duas gritarem meu nome enlouquecidas! – brinquei.

– Elas são lindas e acho que Flora confia nelas, então vou fazer o convite. Acha que elas vão aceitar? – *e seriam loucas se não, tendo Flora no meio...* pigarreei.

– Por que não? Seria divertido! – falei a real.

– Será mesmo. E só de imaginar a Flora se divertindo com as duas, porra, fico louco! – eu também, meu caro. Você não precisava me dar de brinde essa imagem.

– É do caralho a cena – brinquei. – As duas são bem gostosas e deve ser de foder ver a cena delas transando – engoli o último gole só para não dizer "as três". Então me adiantei e iria me preparar para ir embora.

– Acha a Flora gostosa?

Engasguei com o que nem tinha mais na boca. Levantei e tossi rapidamente. Isso me tirou o chão e mal tinha ar para respirar.

– Calma, *brother*, é só uma pergunta.

– Porra, Paulo! – tossi mais um tanto e fitei seus olhos curiosos.

– Acha? – encarou-me e queria uma resposta.

– Sim – dei de ombros e apertei minha maldita boca para não sair outro sim antes da hora. Ou qualquer cacete de mil adjetivos que tinha para ela.

– Ótimo, então – não faça isso, caralho.

SIM.

– Posso contar com você sempre.

– Claro – falei educado, e peguei a mochila na mesinha de centro. Precisava ir. – Cara, preciso levantar cedão amanhã; quando voltar de lá, eu venho tomar um porre contigo.

– Podíamos tomar nós três, que tal? – falou já com a porta aberta, e a questão foi jogada assim, do nada.

– Oi?! – a palavra saiu junto com a tosse desesperada. Que porra era essa?

– Sabe o que estou ofertando – falou simplesmente.

Fiquei sem palavras. E foi mais fodido do que pensei que seria.

– Nós três... *juntos*? – questionei da forma correta. Ele assentiu.

Porra, ele ASSENTIU.

– Isso mesmo.

– Hum, entendi. Bem, quando eu voltar, nós poderemos conversar.

Isso, seja honesto. Calmo. Respira.

– Perfeito. Obrigado, Thomas, e boa viagem, irmão.

Abraçamo-nos de forma amigável, como dois bons homens. Logo em seguida ele socou meus ombros e brincou.

– Porra, agora respira, você está quase pálido!

– Você é muito trouxa! – soltei um murro igualmente doloroso nele, e nisso Flora abriu a porta e saiu só de shortinho agarrado e uma blusinha sem sutiã.

Era um brinde e tanto essa visão. Paulo riu de mim, pois minha reação foi desviar os olhos dela.

Respeito, *brother*.

– Tchau, crianças!

Recebi o carinho dos dois em seus olhares, e, sim, porra, eu faria parte disso!

Yes, boy, você conseguiu! Ménage à trois...

Porraaaaa!

O sol que já fazia às 8 horas da manhã era inacreditável! Não sei se era a felicidade que estava por vir, mas tudo, exatamente tudo para mim estava belo. Lá fora é tudo muito bonito, claro, e ainda mais eu morando em Los Angeles, achava que era meu Paraíso particular. Mas estar aqui, sabendo que apenas alguns poucos quilômetros me separavam de minha família, era conforto.

Sempre fui muito família, dou valor àqueles que me amam e torcem por mim. Meu pai foi o primeiro herói. Mostrou-me praticamente tudo. E me ensinou como deveria seguir a vida. Se hoje sou um homem decente é por causa dele. Bem, sou um pouco puto, mas isso é só um charme que adquiri na vida sozinho.

Tive poucas namoradas, confesso, não sou muito de me amarrar, mas acho que, um dia, chegará meu dia. E torço para que seja algo que valha a pena. Ser cretino não é para a vida toda, uma hora temos que sossegar. Quero ter filhos, e ser o cara para eles. Uma esposa, e ser o amante perfeito. Um lar digno de felicidade, do qual cuidarei com o coração. Sonho com isso, e vou achar no momento certo. Mas, enquanto isso, eu vou me divertindo com as erradas.

Meus pais não são tão velhos, me tiveram logo cedo, ambos com 16 anos. Acho eu que naquela época era uma loucura. Não que hoje não seria, mas as coisas mudaram tanto. E o mais lindo de ver nos dois é que esse amor e a chama nunca se apagaram.

Dona Ingrid se arruma toda, foi sempre assim. Uma eterna *pin-up*. E é de babar. Papai morre de ciúmes das delicadas curvas que sua senhora ainda possui. Agora já papai, puxa vida, a mulherada pira no cara. É todo estilo *James Hetfield*, tatuado e charmoso. Mas mamãe era um pouco mais tranquila, e sabe por quê? Ela sempre dizia: *confio no meu taco! E elas não são loucas de mexer no que é meu.*

Quando dei por mim, cheguei. E o *tum tum tum* que meu peito fazia quase me sufocou. Estacionei o carro na porta da linda casa que presenteei a meus pais. Era um orgulho do caralho conseguir dar esse conforto a todos. A casa foi construída por completo. Foi incrível acompanhar mesmo de longe, mas meu pai sempre me enviava foto de cada tijolo e pedra que era colocado para erguê-la.

Desci do carro e, sem trazer nada em mãos, fui até o portão. Parei de frente e encarava a casa. Até que gritei a todo pulmão.

– Ôôôôô de casa! – minha empolgação transpareceu na voz. E não precisou gritar de novo. A porta se abriu e com ela meu coração, meu ar e minha vida ganharam mais alegria.

– Aeeeeee!!! – em um grito só, vieram os quatro em minha direção. A pequena correndo na frente e quase atropelando os vasos de flores.

– Cuidado, Cuca! – gritei, empurrando o portão de ferro para recebê-la nos braços.

– Tom! Tom! Tom! – ela veio gritando e pulou em meu colo. Abracei aquele pequeno corpo gentil de que tanto senti saudade. Ela me beijou em diversos lugares. No nariz, nas bochechas, nos olhos lacrimosos e um beijão de selinho. Sorri alto e mais braços foram envolvidos no pescoço e cintura. Era amor, rapaz. Isso é amor do mais puro.

– E aí, galera! – consegui dizer entre os abraços.

– Vamos entrar, Tom. Vem, gente, larga o cara! – foi o Thi que falou, mas meus pais não me soltaram, e Cuca estava pendurada no meu pescoço, e ficaria ali até domingo. Quando meu coração partiria ao meio ao deixá-los mais uma vez.

– Que saudade de vocês. Quero saber todas as novidades. Mas, antes, quero comer uma deliciosa comidinha da mamãe – urrei, e todos riram de mim.

– Tom, você trouxe uma Barbie princesa? – ela segurou meu rosto com as mãozinhas macias.

– Gi, pare com isso. Deixa seu irmão chegar e descansar.

– Não, mamãe, ele disse, não foi, Tom?

– Foi sim, princesinha, tá lá no carro, daqui a pouco nós pegaremos todos os presentes – prometi com um beijo, ela gargalhou, já que a barba estava crescendo e arranhando.

– Oba! Você me chama para ajudar?

– Com certeza, porque está bem pesado!

Sentei no sofá e ajeitei seu pequeno corpo em minha perna. Papai sorria com amor para mim, e mamãe me olhava carinhosa. Thiago estava enorme e mais musculoso, com os braços cruzados ao lado da escada. Sorri piscando para ele.

– É bom estar em casa. Obrigado por me receberem tão bem. Amo vocês.

Todos os pares de olhos existentes na sala ficaram lacrimosos; era difícil me separar deles, mas, já que estávamos ali, iríamos nos curtir.

– É bom tê-lo de volta, filho – o sr. Pedro concluiu e veio para meu lado, tocando meu ombro.

– Mesmo que seja por apenas alguns dias, mas será muito mimado, viu? – Eu e meu irmão reviramos os olhos igualzinho. E sorri por isso.

– O que tem para esse moleque que voltou de tão longe? – perguntei animado.

– Moleque sou eu, rapaz! – Thiago brincou.

– Que mentira, isso aí é resquício de barba? Quantos fios de pelos, cinco? – brinquei e todos riram.

– Ele acha que tem barba que nem o papai – Cuca brincou, rindo dele.

– Cala a boca, pirralha! – cuspiu, birrento. E vi que nada tinha mudado.

– Olha, querem parar! – mamãe ameaçou com um sorriso calmo.

– Vocês são uns amores! – beijei os cabelos lisos da loirinha e levantei.

– Vai pegar os presentes agora? – falou com o dedinho na boca.

– Simmmm!!! – gritei e saí correndo, fazendo-a vir atrás de mim na disparada.

Todo mundo riu e meu mundo era fantástico.

– Ei, suas bichas, eu fiquei sabendo que aqui é a oficina que tem os mais filhos da puta entendedores de carro da cidade! – cruzei os braços de frente ao Club 13. Aquele era meu lugar. E os caras que estavam mexendo em um Maverick vermelho animal pararam juntos e fitaram de onde veio a voz. E, pela segunda vez no dia, minha felicidade estava estampada na cara.

– O filho da puta chegou! – gritou Sandro. E todos vieram correndo. Preparei-me fisicamente para receber as muralhas contra meu corpo. Travei os pés ao chão. E bummm, eles vieram os três juntos.

Sandro, André e Juninho.

– Caralho, Tom, você disse que iria avisar – Dé me cumprimentou dando um forte abraço repleto de carinho e amizade.

– Quis fazer uma surpresa – falei alegre, enquanto cumprimentava Juninho e depois Sandro.

– Maldito seja, a gente que tinha uma surpresa – Sandro, o rabugento, explodiu.

– Sabe que gosto de surpreender – retruquei.

– Preparado? – Dé falou alegremente.

Quer saber a verdade, eu estava sim. Mas também muito ansioso. Todos eles estavam tão bem. E fazia mais de um ano que não nos víamos. Em minha última visita ao Brasil não consegui vir pra cá, então a saudade sempre apertava. Mas, sabe, o melhor de tudo isso é que eles não me viam como “celebridade”. Aqui eu era apenas o Tom.

– Preparado?! Opa, sempre! – sorri malicioso e iria soltar uma. – Se ainda vir com uma boceta dentro e uma caixa de breja gelada, vocês seriam os melhores – todos explodiram numa risada alta, mas fomos interrompidos por um pigarro feminino.

– Boceta até tem, mas nunca foi pro teu bico – ouvi uma voz fina vinda de trás do capô do carro aberto. E sorri ao saber que *ela* ainda estava ali.

Vivi.

E quando ela saiu dali, meu lado masculino ativou, nem ligando para que ela fosse a irmã mais nova de Juninho, ou mesmo a única menina que cresceu agarrada às nossas pernas peludas.

Não estava nem aí, ela estava muito gata e pro cacete de tão gostosa!

Fiquei momentaneamente em silêncio, só admirando, e ouvi um pigarro. Sinceramente, eu sabia de quem era. Do irmão pé no saco dela.

– Vivi, gatinha, ainda no meio dos peludos! – tentei lembrar mesmo com quantos anos ela estava... vinte e um, talvez. Oh, na idade perfeita! Lambi os lábios, mas com esse movimento tomei um soco no ombro. Olhei de relance ao lado, e Juninho não recuou. Não iria fazer nada, só continuei com um sorriso idiota para irritá-lo.

– Tá pensando o quê? Sou a melhor daqui dessa oficina! Esses bundas moles não entendem nada – pirraçou os caras e veio para um abraço.

Cara, não dá mancada comigo. Fica quietinho, não endureça, por favor! – mentalizei mandando *ordens* positivas ao meu pau engraçadinho e teimoso que nem uma mula.

Vivi estava com uma miniblusinha preta que cobria só os peitinhos pequenos (que cabiam certinhos na boca! Claro, é apenas uma observação óbvia, que fique registrado.) e mostrava a barriguinha lisa e charmosa. As pernas compridas com um jeans muito surrado, cheios de furos por todos os lados e sujo com graxa. Ela estava com alguns rabiscos espalhados pelo corpo, mas foi o da cintura que chamou minha atenção. Eu adoraria ver o que escorria para baixo... Encarei o coturno naquele pezinho pequeno. Respirei fundo e vi os caras querendo rir da minha cara de besta. Já que eu não a via beeem mais tempo do que os rapazes, talvez uns quatro anos, pois essa gatinha tinha mudado de cidade para estudar. E voltou gostosa pra caralho!

Abracei. Apertei e respirei novamente.

– Se você tiver com alguma ferramenta *dura* entre as pernas, eu vou usar meu torno, seu filho da puta!

Juninho era muito trouxa. Ela gargalhou e se demorou em meu abraço. Eu mesmo segurei e deixei a mão escorregar até sua cintura soltando um forte apertão pertinho da tatuagem que adoraria descobrir com a língua. Agora foi ela quem escapou e vi seus olhos cor de mel se aprofundarem em um brilho novo.

Humm, não deve ser mais virgem.

– Ju, pare de ser idiota! – ela mostrou o dedo do meio para ele.

– Tô de brincadeira não!

– Sei que não, *brother*, eu a respeito – de verdade, mas ela bufou.

– Vamos mostrar logo a surpresa! – Dé agitou. E percebi que os olhos dela não saíam de mim. Caralho, isso pode não prestar.

– Estou preparado! – bati as mãos esfregando-as ansioso, e fui atrás deles até o balcão imenso do fundo. Vivi estava alegre e dava alguns pulinhos animados. Os caras falavam sem parar e me senti amado e muito abençoado.

Éramos amigos desde crianças, e montamos esse clube de carros aos 13 anos, e foi o pai de Juninho e Vivi que ensinou todos a mexer com isso. Deixou sua sabedoria para nós, já que partiu dessa para uma melhor.

Eu sou o único que não mexe com a mecânica, mas entendo pra caralho de carro. Eles se formaram e hoje são os mais fodas que conheço aqui no Brasil. E melhor, já levei os três para LA e percorremos as mais diversas fodidas oficinas por lá! Foram as melhores férias de nossas vidas!

– Prepara teu coração, cara! – fiquei mais agitado e cruzei os braços para me controlar.

– Vamos lá!

Pararam em uma parte que tinha algo coberto. Não dava para ver o que teria atrás, mesmo sabendo que deveria ser algum carro que montaram.

– Cinco... quatro... três... dois... um... – contaram os quatro juntos. E tchan nan...

– Oh, caralho! CA-RA-LHO!!!

Eu não podia acreditar no que via. Não podia.

– Gostou? – Sandro perguntou emocionado ao ver minha reação, que já estava com os olhos lacrimosos.

– Caralho, é o... – segurei a emoção e me aproximei do carro fodástico que estava à minha frente.

– Francisco Antônio! – Dé completou.

– Seu primeiro carro. O Fuscão Chico! – Juninho contou alegremente.

Todos nós estávamos emocionados. Eu não podia acreditar em que transformaram meu fusca.

– Estou me especializando em diversas artes e trazendo o *Rat Rod* para oficina. Pra falar a verdade, ele não tá completo, você é quem deve dar a alma pro carro. É o dono quem geralmente faz o Rat, deixando-o com algo especial e único. Só equipamos e fizemos o básico! Mas não ficou foda nosso trabalho? – Não podia acreditar que aquela menina estava tão envolvida em uma oficina e tão radiante com meu carro. Tomando conta daquilo que era uma parte do meu coração.

– Está incrível! Um trampo do caralho! Vocês são fodas! Meu, o carro tá muito show! – cheguei pertinho do meu antigo carro. Eu nunca deixei ninguém vender esse fusca. E meus melhores amigos o deixaram no veneno.

Rebaixado, rodas do Porshe, vidros esverdeados, um bagageiro foda e ainda por cima uma mala marrom com o símbolo do Club 13! O carro estava envernizado, pois Vivi criou as melhores ranhuras na pintura, deixando bem ao estilo Rat. Eu adorei. Alguns adesivos foram cuidadosamente colocados na parte de trás. Para mim estava completo e finalizar aquela belezinha seria um prazer imenso!

– Valeu, galera, estou sem palavras!

– Então vamos bebemorar, assim não precisamos dizer nada, só curtir!

Melhor ideia não havia! E eu fui para um abraço coletivo, estava mais uma vez em meu lar.

Ainda bem que o bar era do lado da oficina. Pois eu estava muito louco. E os caras, nem se fala. Vivi ficou com a gente, mas só tomou um ou dois goles da garrinha de cada um. E estava sorridente pra caralho. Jogamos um pouco de bilhar e depois os meninos foram embora. Fiquei sozinho, mas, quando decidi voltar para casa, acho que não conseguiria essa façanha sozinho. Levantei e tudo rodou. Droga. Eu tinha consciência de que estava ruim, mas eu conseguiria. Já estive pior.

Entrei no carro. Dei partida, mas esperei a tontura passar um pouco. Um corpo entrou no carro, sentando-se no banco ao lado. Uma luz acendeu e apagou com o abrir e fechar de porta. E o carro foi desligado. Olhei para meu lado.

Puta que o pariu. Ela iria me foder de vez.

– Não! – já falei logo. Apesar de mole, estava ciente pra caralho. – Não! – insisti.

– Não estou te pedindo nada, só vou te levar para casa e garantir que volte bem.

– Ah, sim, isso pode.

– O que achou que seria? – não sei bem, mas aquele tom estava meloso demais.

– Tá com quantos anos, Vivi? – questionei. Ela me fitou profundamente.

– Vinte e dois. O que isso tem a ver, por que a pergunta? – questionou, confusa.

– Hum, só pra ter certeza de que não é mais virgem.

Caralho, como soltei uma porra dessa? Vai embora, cara, isso só tá piorando.

– Isso é relevante? – arqueou uma sobrancelha e ficou segurando o lábio.

Merda, não pirraça, garotinha. Eu sei fazer coisas terrivelmente deliciosas com esse tipo de boquinha inocente...

– Depende, se quisesse algo comigo, não iria tirar sua virgindade – fui sincero, e ela bufou alto. – Porra, eu sou o maldito do melhor amigo do seu irmão e te vi crescer... – eu que bufei alto agora.

Que assunto, não?

– Você só tem seis anos a mais, que merda de proteção é essa? – questionou, mas não brava. – E outra, por que acha que quero dar pra você, Tom? – ela ronronou, porra!

Aquela voz de gatinha nova ronronou a porra do meu nome. E acho que estava, merda, eu estava duro como poste de aço.

– Vivi, é melhor você... – senti sua mão na minha coxa. Fechei os olhos.

– Melhor o quê, Thomas? – senti seu hálito em minha orelha.

– Menina, pare agora! Eu posso perder a cabeça... – gemi. E seus dedinhos chegaram logo na ereção.

– Ops, perca... – ela apertou meu cacete no mesmo instante que sua língua invadiu meu pescoço e foi para o ouvido com longas chupadas.

Perdi a porra da cabeça! E do juízo.

Juninho iria me matar, mas primeiro ele iria arrancar meu pau com o torno dele. Já tinha me avisado, mas, quer saber, ela que veio. Não convidei ninguém, e muito menos forcei. Ela está aqui porque me quer!

– Menina, pula pra trás – ela se soltou e pulou ligeira. Tudo muito rápido e eu também já estava ali atrás. Nossos olhos faiscaram juntos.

– Sabe que estou bêbado, não é? – antes de tocá-la, Vivi merecia saber.

– Mas sei que se lembrará amanhã... – lambeu sua boca. E já imaginei no meu pau.

– Você vai foder com minha vida, mas espero que isso fique só entre a gente. Promete?

– Thomas, pare com isso, até parece um adolescente! Eu prometo, não quero Juninho me infernizando. Vamos logo, bota esse pau pra fora! Quero chupá-lo.

– Quer mesmo? – brinquei, antes de chegar com a boca perto da dela.

– Engolir todinho...

– Menina, como você cresceu – apertei seus lindos lábios carnudos.

– Deixe-me mostrar como sei fazer, Tom...

Ela mesma desabotoou meu jeans e puxou a dura ereção, ouvi um resmungo sedutor, mas isso não foi nada. O que ela fez foi tudo!

Ela me engoliu por completo, e só sairia dali até ter me esgotado!

O que eu gosto nessas novinhas? É que têm fôlego pra cacete, e bem, eu só precisava esquecer de que era a irmã de meu melhor amigo.

O que foi bem rápido, viu...

Ahhh, porraaaa! Que boca maravilhosa! Que eu estou fodendo... fodendo... fodendo...

PARTE II

DIVERSÃO A TRÊS

Oi... Lovi!

É Isso que Sinto por Todo Meu Corpo... Febre!

A primeira lei que a natureza me impõe
É gozar à custa seja de quem for...
Marquês de Sade

Flora

Sempre que Paulo e eu transamos loucamente, entro em um estado único de êxtase. Eu me dispo completamente da pessoa que sou e me transformo em nós. É quase um ritual sagrado, mas puramente sexual. Fico completamente em uma nuvem poderosa de prazer; que definitivamente deixa pequenas e profundas bolhas sensacionais que predominam em cada canto de pele.

Sempre após o sexo intenso, vê-lo em pé, indo para algum lugar se limpar, sigo analisando cuidadosamente suas belas costas musculosas e tatuadas. Aquele andar malvado. Um gingado sedutor, com passadas largas e meticulosamente calculado. E a melhor parte é vê-lo puxar aquele pau imponente para limpá-lo. Dá vontade de ficar de joelhos e fazer todo o serviço com a língua!

Eu dominava cada músculo, cada arrepio, cada passada de língua que ele me presenteava. Cada dança entre nossos corpos colados. Eu amava demais esse homem e ainda mais sabendo que ele queria e *desejava* compartilhar o mesmo desejo que eu.

– Por que tá me olhando assim, docinho? – sua rouquidão foi bem-vinda ao meu arrepio.

– Porque você é meu – ronronei como gatinha. Paulo pendeu a cabeça para trás, e sei que esse movimento é involuntário, sempre vem com seus desejos libertinos.

Fiquei em febre de vê-lo cheio de vontade.

– Todinho seu – empinou aquele pau ainda meio duro. Ameacei levantar, mas seu olhar pediu para ficar ali. Exatamente onde estava. Ele voltaria para mim.

Fever. Fever. Fever.

– Eu te amo – confirmei essa saborosa verdade.

– Eu te amo mais!

Deus, aquela piscadinha dele, sempre sem moderação, me deixava sem ar. Caí para trás fingindo ser atingida no peito. Gargalhei e ele veio para cima. Não se importando com mais nada, além de me amar. E dessa vez não seria uma trepada violenta, seria um amorzinho apaixonante. Com direito a orgasmos lentos e sussurros sinceros no ouvidinho; *eu te amo, minha menina. I love you too, my boy.*

Depois de um dia todinho feito para o sol, a chuva veio para dar uma trégua. Aquele relaxamento gostoso e encantamento durante a noite que só ela sabe fazer. Adoro dormir com o barulho da chuva. Dias chuvosos me acalmam. E, bem, quando eu era solteira, isso era a solidão certa. Pegava um livro meloso e iria chorar junto à base de chocolate e um bom romance. E por falar em romance, amanhã iria me encontrar com Mandy, e botaríamos nossa leitura e fofoca em dia. Eu não via a hora! Estava tão animada por conta do casamento, da festa de padrinhos que seria uma semana antes do grande dia. Era tanta coisa que mal podia acreditar! E Mandy tinha uma surpresa, não sei qual, mas estava morrendo de curiosidade!

Eu queria muito falar a ela que teria uma experiência maluca antes do casamento, mas nem sei se irá rolar. Paulo não confirmou nada e muito menos entrou no assunto. Então, vou deixá-lo no controle, pois é ele quem manja dos paranauê todos!

Ao ver Thomas junto ao Paulo na porta do apê, meu estômago revirou em um reboliço incandescente quando dei de cara com os dois sorrindo. Imaginei por um milésimo de segundo os dois com as bocas, mãos, dedos, línguas, paus fincados em mim...

Cacete, eu sei, é uma loucura, mas sonhar não paga imposto, pelo que sei! *Holy fuck!* Era tudo que eu mais queria...

Olhei para o lado, e meu garoto estava quase entrando em sono profundo. Suspirei ao admirar aquelas tatuagens que saíam por todos os lados, a curva dos lábios que já estava ficando relaxada. Era tão belo que nem parecia que destruía dentro de um ringue. Ele é tão firme, tão bom no que faz. E eu sou sortuda pra caralho.

Deixei minha paixão descansar e peguei o livro que estava na mesinha ao lado da cama. Paulo adaptou uma lanterna do meu lado, só para eu não ter de ir para a sala ler. Eu tinha sempre minha leitura antes de dormir.

Estou lendo desta vez um nacional, e amando loucamente. Era tanto sentimento envolvido, tanta emoção em cada linha. Cada vida em palavras. Eu jurava sentir na pele a história de amor sobre Rafa e Vivi. Deus, eu só precisava me acalmar, pois sei que momentos tensos e piores estavam por vir. Estava perdendo batidas a cada página, e era exatamente por isso que era perfeito.

As batidas perdidas do coração sem sombra de dúvidas é um livro quente, sincero e sofrido. É uma explosão de sentimentos a cada novo capítulo. Uma inquestionável história. A melhor descrição sobre sofrer e se reerguer.

Aquele capítulo em especial tinha me deixado abalada. Meus olhos se enchiam de lágrimas novamente. E nesse momento percebi que perdi uma batida... estava simplesmente envolvida, não tinha volta, precisava enfrentar junto deles.

Quando dei por mim, estava lendo e me derramando em longas poças de tristezas. Tremeliquei na cama e deixei o livro pender na barriga. Tapei os olhos e chorei. Chorei por mim, por eles.

– Amor? – senti um toque na coxa. – Flora, o que foi? – dessa vez o toque veio mais forte, me sacudindo.

– O livro... – choraminguei sentida.

– O quê? – sua voz rouca assustada me trouxe à realidade.

– Desculpa te acordar, posso ir pra sala se quiser. – levantei a camiseta dele que estava no meu corpo e limpei as grossas lágrimas incontroláveis.

– Me assustei, pode ficar aqui, *love* – puxou minha mão direita e levou aos lábios. – Nunca vou me acostumar com você chorando por conta dos seus livros. – sorriu beijando ainda mais meus dedos. – Quer compartilhar? – acendeu seu lado do abajur e me fitou na meia-luz.

– Gostaria? – não era uma novidade, Paulo de vez em quando fazia esse agrado.

– Se quiser me contar, estou te ouvindo. O que te afligiu dessa forma? – sentou-se de lado encaixando a cabeça na palma aberta, enquanto a outra mão segurava meus dedos.

– É intenso esse livro, e mostra uma realidade que nunca passei, claro, mas sei que existe... – funguei limpando os resquícios de tristeza.

– Sobre o que está falando?

– Drogas – eu não tinha olhado para ele, encarava a capa do livro, mas ao dizer, Paulo se remexeu na cama. Curiosa, olhei para ele e vi sua expressão séria. – A autora tratou de uma forma limpa e real. Parece que estamos sentindo na pele o que um viciado sente. E dá um nervoso de querer ajudar e a impotência de não conseguir. Sou meio louca, né? – ele não disse nada. Só encarava meus dedos entrelaçados aos seus, e de repente sua mão se afrouxou contra a minha. Fiquei sem entender e não questionei. Meu coração era audível também, já que esperei algo dele e não vinha. Até...

– Flora... – um sussurro doloroso. Fiquei congelada de ouvir meu nome gemido daquela forma um tanto quebrada.

– Que foi? – virei para encará-lo. Agora Paulo não estava mais relaxado e querendo me ouvir. Ele queria ser ouvido. Mais uns minutos cheios de tortura do silêncio.

– Pode não ter sido sua realidade, mas... – apertou os lábios firmes e engoliu a saliva. Fiz o mesmo processo, e tive medo de ele me ver tremendo. – Foi a minha.

What? Deus, será que ele tinha vivido ou alguém próximo? Fiquei sem fala, queria deixá-lo contar o que quer que fosse, mas estava morrendo de medo.

– Primeiramente, se quiser só ouvir, será bom.

Dessa vez seu olhar cinza intenso me encarou com profundeza. Assenti.

– Uns dez anos atrás eu era, bem, estava no auge da carreira, lutava dia e noite, e muitos dias sem cessar. Meu corpo precisava de algo. Foi num clube que conheci uns caras da pesada. E lá em Vegas, tudo pode, é lema, não é? Não precisa de marketing pra contar o quanto esse lugar é contagiante e perigoso.

Uma pausa, outra lembrança, junto à respiração pesada.

– A minha primeira foi só pra conhecer, tirar um barato. Mas isso me pegou de um jeito que não tinha como largar. Era o que meu corpo *necessitava*. Essa brisa era como ter o sol todos os dias na escuridão, compreende? – sua agitação era nova. Tudo em mim estava pinicando.

Somente assenti. Ele voltou a respirar.

– Naquele mesmo ano, fiquei por meses sem lutar, tanto pela cocaína, quanto pelo meu corpo que ficou indefeso. Eu não acreditava que tinha largado o que mais gostava na minha vida por conta de um pó branco! Mas eu *não* largava, fingia um dia ou dois, mas meu corpo gritava. Eu estava descontrolado. Pulei a escala: "*fundo do poço*" e fui direto pro meu *inferno pessoal*.

O que eu sentia em seus olhos eram alívio e dor pela remota lembrança.

– Quebrei meu quarto todinho em busca de tê-la infiltrada todinha até os ossos. E depois desse episódio, ninguém mais ficou comigo. Todos foram embora me deixando com a maldita. Antes de afundar de vez, e morrer cheirando, eu conheci alguém... – apertei os lábios. E sabia o quanto chorava, mas saber de tudo era doloroso. – Não é uma mulher – brincou, mas isso não me deixou menos tensa. – Foi o Thomas. – arregalei os olhos surpresa. – O moleque tinha apenas 18 anos e foi ele quem me tirou desse mundo imundo, nojento e sem futuro. Foi ele, Flora!

O brilho do renascimento permaneceu naqueles olhos pelos quais sou apaixonada.

– Todo esse carinho e respeito que tenho por ele foi por conta disso. Ele devolveu minha vida. Fez com que eu saísse de vez de Vegas e viesse pro Brasil, não que aqui não tivesse, mas ele me ocupava cem por cento. Maldito, porra louca, ele queria tanto ser treinado por mim que me *forçou* a fazer de tudo para reviver. E conseguiu. E naqueles dias de pequenas felicidades eu via que era alguém sem o pó. Que não precisava daquilo. E não usei mais. Foi a pior luta da minha vida, mas eu estava limpo. Pronto para acertar meu caminho e voltar renovado. Eu cresci profissionalmente e ganhei meu respeito. Lembro que isso não chegou a vazar tanto, só os mais chegados estavam cientes. Amigos foram poucos, mas os porcos imundos sugadores de sangue conhecidos por nós como "*os lambe luvas*", quando me viram ganhando e crescendo, vieram atrás. Quando eu mais precisei, não tinha ninguém, só um moleque magricela de 18 anos. E foi pra ele minha vitória. É sempre pelo Thomas que luto... Meu salvador! – apontou uma enorme tatuagem embaixo do muque. Uma cruz que eu achava linda, mas analisando bem de perto junto ao seu significado notei que estava completamente errada esse tempo inteiro. Era um enorme T muito bem trabalhado em detalhes! Tudo pelo Thomas, por tudo que ele representava ao que tinha feito para seu melhor amigo.

Meus olhos não tinham mais lágrimas, pois todas já tinham escorrido. Paulo também chorava, com menos intensidade, mas eram lágrimas sinceras vindas do coração. Eu jamais imaginei o tamanho que aquela história dos dois tinha, mas ambos tinham meu respeito.

– Só não quero que me veja mal, *love*. Sinto muito nunca ter contado. É um passado desnecessário, e não quero que chore por isso, tá bom?

– Você venceu, foi um guerreiro. Fico muito feliz por ter encontrado seu caminho.

– Não gosto de contar meus passos incertos, mas fazer o quê, nada é perfeito! – deu levemente de ombros.

– O seu sexo é perfeito! – seduzi seu ego.

– Acho que você quis dizer: o NOSSO sexo é perfeito!

– Muito bom saber disso – mordi um pedaço de músculo de sua costela. Ele gemeu.

– Não precisamos falar mais sobre isso, quero deixar guardado, tudo bem? – assenti, e entendi perfeitamente.

– Como quiser.

– Hum, bem, e por falar em "como quiser" – um fervor invadiu minha calcinha. – Flora, você está mordendo a boca e já sinto sua boceta pulsar quente! – grunhiu malicioso. Gemi.

Que mudança de assunto! Que mudança de clima! Frio. Quente!

– Na mosca! – pisquei.

– Mulher gostosa do caralho.

Num susto, montou sobre meu corpo. Já com seu pau *supermegaultra* duro.

– Vou conversar com as meninas, ok? – meus olhos arregalaram rapidamente, e meu estômago contorceu-se em uma agonia deliciosa.

– Joyce e Polyana?

– São perfeitas para isso, não acha?

– Si-sim... – gaguejei. *Shit*.

– Está com medo? – seu sussurro só me deixava excitada, cadê a porra do medo?

– Ansiosa, e você?

– Excitado com as possibilidades. Vai deixá-las fazer tudo com você, não é?

Ai, puta merda!

– O que você quiser, eu faço – prometi, sedutora, e peguei em suas bolas, massageando e cuidando de ficar mais excitado. O pau duro tocava em minha entrada escorregadia. Quase dentro, quase me fazendo gozar.

– Eu quero tudo! – rosnou.

– Então terá!

Deixei na entrada, e foi então que ele socou com vontade. Metendo, afundando, viajando em meu corpo. Apreciando o melhor do sexo!

– E tenho uma surpresa para você – parou só um instante antes de gozar, pendeu a cabeça enquanto pensava, mordia a boca, e mostrava como estava selvagem. Seu olhar perigoso voltou para meu rosto. Abri mais as pernas para receber a pancadaria que viria.

– Conte-me...

– Um dia, será do Thomas.

Porra!

Ao ouvir sua confirmação, eu não só gozei uma, mas duas e quase a terceira. Só não consegui porque uma maldita cãibra me atacou, mas deixei a dor de lado, pois me concentrava em seus olhos desejosos e em suas bombeadas que nunca cessavam dentro de mim. Eu me sentia com um litro de porra dele dentro de mim e, quer saber, eu estava *fodidamente* feliz!

Radiante, porra! Eu teria os dois caras mais fodidos no sexo em cima de mim. Chupa essa, *holy fuck*! Ahhhhhh...

Dei uma colherada generosa no brigadeiro de panela que tinha feito. Era hora do almoço e eu comendo a sobremesa antes. Típico de Flora. Se Paulo estivesse aqui, iria dar um bom tapa na bunda e me fazer comer comida – mas, antes disso, ele iria *me* comer! Típico de Paulo.

Enfiei uma parte do doce na boca saboreando aquele calmante feminino. Nada melhor do que adoçar os lábios em uma segunda-feira com muitos planos. E melhor, de folga. Era tudo que eu pedia para Deus, não me aborrecer com adolescentes malcriados!

Olhei pela janela e o contraste de sol com vento frio agradava demais meu sistema. Ajeitei a jaqueta no corpo e enfiei o celular no bolso de trás. Iria me encontrar com Mandy daqui a uma hora. Ela estaria me esperando em nossa doceria favorita. Iríamos comer um incrível *red velvet* e fofocar horrores. Saí animada, iria almoçar ali perto e depois já partiria ao seu encontro.

Semana que vem seria a semana de agitação final. Deixamos por conta de uma amiga da mãe do Paulo. Ela realizava casamento havia anos e ficou superfeliz de nos ajudar. Claro, nada que uma pequena fortuna não a alegrasse. E nas mãos abençoadas dessa mulher deixamos os preparativos do casamento. Ela só nos disse: *cheguem no horário, o resto eu faço!* Simples, não?

Estacionei o carro na porta do *Sweet Sophie* e meu estômago deu um leve tremelique ao reconhecer quem estava ao lado de minha *best friend*. Minha mãe.

Fazia meses que não a via, só falávamos por telefone. Ela ficou muito feliz com esse casamento, pois achava que eu iria completar 30 anos e estaria solteira ainda. Tadinha, por certas vezes eu ficava com dó, mas ria muito quando dizia: *Flora, qual é o seu problema? Pare de escolher demais e espantar os homens. Você tem de ser mais suscetível. Vai ficar solteira pro resto da vida? Que triste.* Triste nada, mãe. Tudo vem no tempo certo!

E suscetível é o caralho! Eu que mando nessa porra, pensava todas as vezes que ela dizia. E se ela soubesse as canalhices que meus *exs* faziam comigo, ela me daria razão em ficar solteira. E me aconselharia a dar muito gostoso de vez em quando só para tirar todo acúmulo abusivo de estresse! Aliás, coisa que não pratiquei por um maldito ano, até Paulo chegar e acabar de vez com minha crise.

– Garotas! – fui com os braços bem abertos na direção das duas. – Que saudade!

– Oi, amada, como está? – Mandy me encarou com os olhos brilhando.

– Ótima, não parece? – dei meia volta para brincar.

– Linda como sempre, não é, dona Rosa?!

– Meu anjo, está radiante. Esse moço está te fazendo muito bem.

Meu olhar ferveu, e as bochechas de Mandy coraram. Mal sabia a inocente da minha mãe o quanto ele me fazia bem.

– Paulo me faz a pessoa mais feliz do mundo! – meu tom de voz era tão doce quanto mel.

– Não temos dúvidas! – minha amiga falou baixinho só para ela, mas ouvimos e rimos.

– Vamos entrar, temos muito para conversar!

Pedimos nosso bolo favorito, e fiquei mais do que surpresa ao ver que foi Mandy quem combinou com mamãe para estar ali. Por morarem longe, quase não nos encontrávamos, mas meus pais conheceram Paulo em um jantar que deram na casa deles. Assim que anunciei que fui pedida em casamento, meu pai fez questão de que Paulo fosse até lá, pedisse pessoalmente minha mão e só assim estaríamos oficialmente noivos. Se isso não rolasse, eu poderia esquecer esse cara. Palavras dele.

Nunca tinha visto Paulo com tanto medo, mas foi um dia lindo e agradável. Ver Paulo suando e tremendo foi a glória da vida. E nunca esqueceríamos isso. Meu pai falava sem parar: *Oh, rapaz, pode respirar agora, você é quem luta, mas parece que está diante de um gigante. Eu já dei a liberação, ela será sua, mas tomará muito cuidado. O que você fizer com ela, eu farei em dobro contigo se a magoar!*

Paulo saiu da casa de meus pais prometendo o mundo a mim, e depois me disse ao pé do ouvido: *tive que me segurar, love, eu não queria só sua mãozinha, mas ela bate uma punheta tão bem, que me contentei!* – piscou daquela forma sedutora e, só para compensá-lo por ser tão gostoso, o fiz parar o carro em qualquer lugar e bati a melhor das punhetas, só porque ele merecia!

Mandy apertou os olhos em minha direção e viu como cruzei as pernas; ela sabia, droga, que eu pensava em putaria com o Paulo. Repreendeu-me com o olhar e desviei sem dizer nada.

Fitei mamãe, aquela senhora tão fina. Seus cabelos de um vinho apaixonante. Suas longas madeixas em um coque chique que só ela sabe fazer. A camisa muito bem passada e com a saia igualmente lisa. Será que eu seria uma senhora tão chique assim? Pensei que sim, era o que eu queria. Suas mãos macias e delicadas estavam uma pousada sobre a outra. E aquele sorriso quente de mulher apaixonada. Isso eu já reconhecia em mim. Quero tanto passar uma vida alegre assim como meus pais tiveram. Tive medo minha vida toda antes do Paulo, pois só tive homem de merda, e achava que meu dedo podre nunca iria acertar. Mas andei pensando esses dias e foi Paulo quem me achou. Ele me escolheu, e foi a melhor das sortes. O amor veio para mim.

– Tenho algo especial para vocês – Amanda anunciou. E me retirou da nuvem de felicidade em que estava entrando.

– O que seria? – mamãe perguntou desconfiada.

– É, Mandy, estou superansiosa – falei a verdade, ela sorriu alegre. – Pensei que a surpresa seria minha mãe estar aqui – mencionei emocionada.

– Foi uma das, mas essa é para as duas. Venham! – levantou da mesa e nos fez acompanhá-la.

Ao lado da loja, havia uma espécie de varanda que seguia para um imenso corredor. Antes de adentrarmos, ela pediu uma chave à moça da recepção. Não estava entendendo muito, mas a segui. Amanda sabe o que faz. Ela é o ponto de equilíbrio de nossa amizade.

Assim que chegamos ao final de um corredor largo, Mandy parou em uma enorme porta branca de correr. Meu estômago pela segunda vez naquele momento deu um nó. E, antes de abri-la, voltou-se para a gente.

– Preparadas? Espero que estejam bem do coração! – brincou, empurrando a porta.

Naquele momento eu me esqueci de como respirava. Era um cômodo lindo, como se tivessem tirado o quarto de alguma princesa e instalado ali. Era espetacular!

Mandy viu minha reação cheia de admiração e me empurrou para dentro. Ouvi ao fundo a voz da minha mãe rindo com ela. Fiquei paradinha congelada no meio daquela beleza. Até o cheiro era da riqueza! Uma divisória de madeira branca estava próximo do que deveria ser um banheiro, e Mandy estava indo até lá. Fitei seus passos ansiosos e aguardei.

– Isso é incrível! – mamãe suspirou alegre.

– Surreal! – acho que gritei.

Quando Amanda saiu detrás da divisória, ela carregava algo nas mãos. E meu peito pulou diversas batidas, pois eu reconhecia aquilo.

A imensa etiqueta rosa pendurada no começo do zíper da peça cinza--prateada.

– Caralho! – tapei a boca e minha mãe me olhou horrorizada. – *Sorry*, mamis. Ah, Mandy, cacete, não acredito! – corri até onde aquela mocinha pequena estava.

– Acredite! – sorriu discreta, segurando o imenso plástico cinza. – E pare de dizer palavrão, sua mãe está aqui – agora um leve tapa veio em minha bunda.

– Abusada! – gritei animada e meus olhos estavam marejados. Era chegado o momento.

Minha primeira prova. Meu vestido de noiva!

Amanda pendurou o cabide na divisória e com cuidado foi descendo o zíper da frente. Meus olhos captavam todos os movimentos, e esse incrível momento ficaria para sempre em minha mente. Era tão especial estar com as duas para fazer isso. Mandy foi perfeita.

– Nem acredito – levei as mãos ao rosto e comecei a sentir as lágrimas descendo sozinhas. Minha felicidade radiava naquele pequeno espaço. E toda beleza, todo brilho existente ali não era nada perto da minha felicidade. Nada se comparava ao amor que sentia no peito. Um calor digno de amor. Eu transbordava minha paixão.

O zíper chegou ao fim, e com ele a visão de meu vestido. O branco perfeito. O corte elegante. Os brilhos de diamantes. E era só meu, o reflexo de como estava nesse momento.

Toquei pela primeira vez nele. Um arrepio tomou conta. Era amor, só pode. As batidas de meu coração estavam tão altas que parecia que minha voz não sairia. Elas estavam sendo abafadas pelo som agitado. Meu sangue sobre a pele eram ondas vibrantes. Eu sentia tudo isso, e jamais pensei que existisse tal felicidade. Recebi braços em minha volta. E ali encontrei conforto. Meu coração entrou no ritmo delas. As duas me amavam tanto para compartilhar cada minuto ao meu lado. Era um momento especial, mas essa palavra era pequena para o que estava por vir, eu iria colocá-lo. E nada mais seria tão lindo. Aliás, só uma coisa era mais linda: meu amor por Paulo.

Beijos, abraços e troca sincera de carinho. Foi exatamente isso que tive nessa tarde. E, depois da primeira prova de meu vestido de noiva, eu enfim acreditava que estava tão perto. Faltavam algumas horas que se arrastavam propositalmente, dias que contaria a partir de hoje para colocar aquela peça linda, exclusiva e única só para Paulo. Tenho certeza de que ele ficará louco. Um louco apaixonado! Sorri animada ao ir para casa, e levar minha mãe junto.

– Não é lindo? – mencionei pela milésima vez. Ela gargalhou.

– Você ficou única!

– Obrigada por estar aqui hoje. Foi muito especial.

– Eu não perderia por nada.

Assenti e toquei levemente sua mão que estava sobre a saia. Sorrimos uma à outra e me vi em seus olhos. Um reflexo puro e sincero.

Chegamos ao meu apê. Subimos ainda conversando alegremente e falando sobre cada detalhe do casamento, combinando como seria tudo. Foi uma pena descobrir que ela e papai não conseguiriam vir para a festa dos padrinhos. Papai teria uma viagem e não teve como adiar. Mas entendi, e não questionei para mamãe não ficar constrangida e ainda mais triste.

Mamãe sentou-se ao sofá e fui para a cozinha preparar um chá para finalizar bem essa tarde linda que tivemos. Ela falava de lá, e eu resmungava de cá.

– Sua tia Cláudia deixou uma parte de enxoval para você lá em casa, não trouxe hoje, mas enviarei antes do casamento.

– Enxoval, mãe?! Ainda se faz isso? – brinquei e levei as duas xícaras para a mesinha de centro. Voltei à cozinha para pegar o pote de bolachinhas. Da pia pude ouvir mamãe bufar.

– Essa modernidade! – ao voltar, peguei-a revirando os olhos. – Na minha época era a coisa mais importante do casamento. As mulheres se preocupavam tanto com isso.

– Mãe, hoje em dia, é Chá de Lingerie que é o mais importante – sentei sobre as pernas e abri o pote, pegando a mão cheia de bolacha. Mamãe riu, porque eu nunca mudei isso.

– Isso não faz sentido – sorri mordendo minha boca por dentro, antes de dizer que isso sim era o *mais* importante.

– As coisas mudam, né, mãe! – beberiquei o chá. – Vivemos em outras épocas – pisquei, brincalhona.

– Percebo mesmo – ela se remexeu no sofá para pegar a xícara de chá e, ao voltar, sentiu algo incomodando.

– Que foi? – perguntei. Ela depositou a xícara na mesinha e puxou algo de trás da almofada. Ao trazer para a frente, minha alma fugiu de mim!

Ca-ra-lho! Senti-me em migalhas e minha cara não tinha espaço para mais vermelho!

– Filha! – o olhar horrorizado dela era engraçado, mas na cena não havia nada para rir. Minha mãe segurava um dos meus brinquedinhos. Um vibrador de borracha!

Imaginem minha cara de pasma! Cacete.

– Desculpe, mãe, não sabia que isso estava aí. – *Shit*, tinha me esquecido de guardá-lo. Levantei e fui à captura de meu brinquedinho. As bochechas queimavam, e não esqueceria tão cedo essa imagem da minha mãe segurando meu cacete! *Oh, Gosh.*

– Pra que isso, Flora? – ela estava indignada. Eu também ficaria se não fosse meu. – Você tem um noivo... – sussurrou, e finalmente largou o *Paulinho*.

– E daí, mãe? – suspirei agitada e peguei o menino grande.

– Ele não dá conta? – perguntou, angustiada. Gargalhei muito alto. Ela me fitou com a cara feia. Dona Rosa falava sério mesmo? Deixa Paulo saber disso, aliás ele me daria uma surra erótica com aquele pau imenso dele e desse brinquedinho, presente oficial dele. Mas, porra, como contaria para minha mãe que foi ele quem me deu?

– Mãe, pare com isso, vamos trocar de assunto, ok? – joguei-o longe.

– Se for isso, converse comigo, menina – ela estava em uma posição muito delicada e me encarava firmemente. Eu ri de nervoso.

– Mãe, já disse, não é isso! – que bosta, hein.

Da próxima vez que usar essa porra, Paulo, vê se guarda direito esse caralho!

– Você não precisa disso.

Conselho furado, mãe. Se você já tivesse usado um enquanto te penetram fortemente nunca iria dizer isso! – sorri envergonhada por estar pensando nisso. Droga.

– Ele sabe que usa... isso? – coitada. Que situação!

– Mãe, foi ele quem me deu, agora, por favor, vamos mudar de assunto?

– Oh, sim. Tudo bem.

E acabamos por ali, e tudo voltou ao normal, menos meu tesão por saber como o *Paulinho* foi usado pela última vez... E me veio certa questão: será que Paulo tinha lavado?

Holy shit!

Tudo foi muito rápido. Ontem recebi uma ligação, e disse sim. Hoje eu teria um encontro marcado. Nesse exato momento, estava arrumada e perfumada para me encontrar com Joyce e Polyana. Como elas deixaram bem claro: vamos só conversar, gata! *Gosh*, elas me chamando de gata me fazia estremecer, pois antes era só carinhoso, agora eu já pensava além. Porra, elas curtem mulheres, e me chamando de gata era como se me achassem gata. Aff, tô pirando à toa.

Isso tudo é só medo do novo. Respira. Isso, *just breathe*...

Olhei para a mesinha de canto e vi a garrafa de Dalmore que Thomas tinha dado ao Paulo de presente. Desvirei o copo e fui pegar gelo. Coloquei duas pedrinhas; o tilintar até chegar à garrafa me deixou mais distraída. Abri a garrafa e o cheiro forte de uísque invadiu o ambiente. Virei dois dedinhos da bebida. Seria suficiente. Mexi com o dedo mesmo para misturar o gelo. Uma excitação nasceu com o movimento. Sentia-me completamente pronta. O calor do álcool atiçou as vontades. Eu me entregaria, sem medo.

Abri a porta e, assim que dei um novo passo, parei. Puta merda. Paulo e Thomas estavam saindo do elevador. *My Goodness!*

Saber que Thomas também iria participar em algum momento deixou minha calcinha molhada e minhas bochechas pegando fogo, igualmente à minha boceta. E acho que ambos viram minha expressão, pois minha respiração acelerou e perdi o compasso. Não consegui tirar a mão da maçaneta, enquanto ambos os olhos quentes me fitavam, me despiram descaradamente sem perceber. Thomas desviou primeiro. Paulo veio em minha direção. Aquelas passadas largas e selvagens...

– Ei, *love*! – recebi um beijo molhado na boca. Uma mordida em seguida. Suas mãos grandes envolveram minha cintura, deixando meu corpo explodir beeeem devagar e, de repente, tudo estava fervente. Eu estava em febre. E *precisava* deles urgentemente.

– Oi – respondi depois de mil anos.

– Que foi? – perguntou, mordendo minha orelha.

Fever. Fever. Fever.

– Nada – meu olhar encontrou Thomas. Ele sorriu segurando *aquela* boca. – Oi Thomas! – disfarcei e Paulo continuou em minha frente. Apertou meu corpo contra o seu, e senti sua ereção me cutucar. Olhei firmemente para seus lindos olhos cinzentos, repreendendo-o.

– Oi, Flora, tudo bem? – respondeu nos encarando. Será que ele também já se excitava? Olhei para baixo caçando seu... pigarreei. Ele me viu olhando, cacete!

Are you crazy?, gritei internamente.

– Estou muito bem! – falei com a voz tremida. – Já voltou da casa dos seus pais?

Não, era só a alma dele que estava ali e você estava delirando com um gole de Dalmore! Aff, que quentura! Eu sei, foi uma pergunta idiota, mas eu queria me distrair da energia que nos amarrava.

– Cheguei agora – deu de ombros. E só então Paulo desgrudou de mim.

– Entendi – ajeitei o vestido colado que subiu um pouco.

– Está indo ver as meninas? – essa questão me fez virar um pimentão cozido. Os dois me fitaram ao mesmo tempo e explodi. Estilhacei por completa.

– Sim, me ligaram e vamos nos encontrar – eu sei que ele estava sabendo, safado! Seu olhar cretino se divertia com meu desconcerto.

– Hum, legal. Bons drinques – passou aquela língua poderosa na boca.

– Obrigada. Você ficará por aqui? – perguntei, disfarçando.

– Vou beber e bater um papo com um velho amigo – olhou para Thomas. Os dois compartilhavam muitos segredos, e eu sabia que iriam combinar o sexo alucinante entre a gente.

– Nada melhor do que uma bebidinha entre amigos, não? – Thomas quem disse. Fitei seus olhos cretinos e vi a safadeza pura que exalava.

– Com certeza! – deixei a imaginação masculina tomar conta, e era palpável a testosterona. – Bem, meninos, vou indo. Bom divertimento! – beijei somente um selinho no Paulo, mas seu olhar me engoliu por completo, até entrar no elevador.

E, junto dele, o olhar *guloso* de Thomas! Será que ele não se cansa de ser gostoso?

Menos, garota.

– *One, two, three! One, two, three, drink...* – era o que tocava ao fundo, e as meninas repetiram alegremente. Ou "bebadamente".

– Só mais um, viu! É o meu último, estou começando a ficar dormente – avisei depois de mais um copinho de tequila.

– Essa sensação é a melhor! Aproveita, gata. – Poly me olhou de um jeito novo.

– Isso mesmo! Aproveita, gata. – Joyce veio para mais perto. Estremeci.

– Estão sabendo de algo? – joguei a questão e o brilho do olhar das duas mudou de uma forma excitante.

– Sabendo exatamente do quê? – Joyce estava tão perto que seu sussurro alcoólico chegou atiçando minha orelha.

– Diga para nós, Flor, por favor. – Poly segurou minha mão que estava solta em cima da mesa, tocou levemente seu centro, trazendo minha atenção para ela. Precisamente para a boca dela. Era estranho, mas estava ficando de repente... quente.

– Bem, estou com fome, vamos pedir uma porção? – falei do nada, tirando minha mão debaixo da dela e me afastando educadamente de Joyce. Ambas sorriram lindamente. Sabendo do meu medo, respeitaram. Eu era uma fodida medrosa. *Shit*!

– Não precisa ficar receosa, sabemos do que se trata e vamos fazer tudo que estiver a nosso alcance, não tenha medo, apenas... *enjoy*! – Joyce sorriu mordendo a pontinha da boca. – Não é assim que você sempre diz? – concordei, dando de ombros.

Pedi ao garçom uma porção de bolinha de queijo, e mais um drinque com o nome de *Sweet Charity*, que era bem refrescante e docinho. Ainda mais que tinha cereja, dando um toque mais excitante.

Quando o drinque chegou, tomei dois golinhos e mordi um pedaço da cereja, as duas conversavam e trocavam carícias bem ali na minha frente. Disfarcei observando as pessoas ao lado e muitos do bar olhavam em nossa direção. Pensando: *será que as três vão se pegar?* Sim, resposta certa! Hum, pensando bem *elas* vão me pegar, não eu. Nem sei o que fazer com essas duas! Encarei mais uma vez a boca da Poly. Era bem formada e carnuda. A parte inferior era mais recheada, dando até um caimento *sexy*. Seu sorriso era imenso e digno de beleza. Droga, as duas eram lindas e, na visão masculina, gostosas pra caralho. Joyce era mais máscula, apesar de delicada. Acho eu que ela é a alfa da relação. Já que sempre toma iniciativa, e pelo que vi no banheiro... Deus, pigarreei esquecendo tudinho. Tenho certeza de que estava corada, já que as duas me fitavam cheias de atenção.

– O que passa nessa sua cabeça? Tenho vontade de descobrir, posso tentar? – Joyce disse.

– Vamos brincar! – Poly empolgou-se. *Holy shit!*

– Hum?! – tossi levemente depois do gole. – Não é nada, estou bem! – vi Poly mexendo no celular e sorrindo à toa. Piscou um olho para a namorada. – Parem com isso, vocês duas! – falei, rindo. – O trato era não mexer em celular. Quero atenção! – bufei, cruzando os braços.

– Estamos com a atenção voltada todinha para você, Flor. E aí, como será? – engoli novamente outro gole. – Quer que adivinhemos ou contamos o que pensamos? – Poly sabia ser sensual, porra.

– Consigo sentir sua energia, eu estou tão perto de você, e conheço tão bem o corpo feminino – senti uma mão boba em minha coxa direita. Era Joyce que dizia e vadiava meu corpo. Riscava uma linha invisível, mas que era incrivelmente tangível. Estremeci.

– As vibrações saem do corpo, buscando outro corpo. – Poly encontrou meus olhos vidrados.

– Ou outros corpos – Joyce completou.

Eu era silêncio absoluto.

– Suas vibrações são como notas de uma canção que toca o ouvido. Posso ouvi-las afinadas e sensuais. Posso senti-las implorando, Flor.

Outra descarga de energia irradiou de mim. Elas sorriam agraciadas.

– Calor, eu sinto febre em seu corpo, Flora... – novamente algo invadiu meu sexo, deixando-o pulsando. Querendo. Gritando. Algo muito forte queria se libertar, mas como essa porra acontecia assim?

– Com licença, a porção de bolinho de queijo – um rapaz chegou do nada, cortando de vez meu barato. Mas eu sabia, aquilo não iria parar ali.

– Obrigada – agradeci, enquanto Joyce tirava a mão de dentro do vestido, dando-me vantagem para respirar. – Estou morta de fome! – brinquei, fingindo que nada daquilo estava acontecendo embaixo da mesa.

Peguei uma bolinha quente. As duas se olharam, como se só elas entendessem a linguagem corporal de cada uma. Foquei na bolinha, peguei o catchup, mas, assim que apertei a bisnaga, aquilo fez uma lambança! Espirrando tudo em minha mão! Droga.

Olhei para o lado em busca de papel. E no mesmo instante Joyce pegou delicadamente minha mão e levou até sua boca! Fitei seu movimento sem sequer respirar. Porra, ela lambeu todo o molho que havia caído naquela parte. Fiquei imóvel e sem respirar, parecia uma arte em pedra ali na mesa. O risinho *sexy* de Poly me despertou de vez.

– Assim está melhor, não? – falou, depositando minha mão de volta à mesa.

– Vocês... hum, querem mesmo? – não encarei o olhar das duas em cima de mim. Peguei enfim a bolinha e dei uma mordida generosa. E puta que pariu, estava muito quente e acabei queimando a língua. Tomei um gole generoso do drinque e coloquei a língua pra fora, instintivamente abanei a mão na frente. Como se aquilo fosse passar a ardência.

– Posso chupar sua língua para passar – a proposta calorosa veio dessa vez de Poly. Soltei um riso nervoso. E quando pensei em responder, senti uma mão imensa em meu ombro. E um beijo ligeiro atingiu meu pescoço, bem na curvinha perigosa, onde a gente se rende e entrega a alma de desejo. Hum, gemi e fechei os olhos. Aquele cheiro eu reconheceria até no inferno!

– Como sabia...? – gemi ao encarar Paulo, mas lembrei: Poly estava mexendo no celular.

Cacete, não podia ser verdade, seria...? Fechei brevemente os olhos trêmulos de ansiedade.

– E aí, gatas! – ouvi ao meu lado. Assim que abri os olhos, meu corpo entrou em pane. Além do Paulo, aquela delícia estava ali, Thomas. Será que todos iriam entrar na brincadeira?

Fornication!!!

– Vamos, *love*? – Paulo sussurrou em meu ouvido. Fiz que sim sem dizer. – Galerinha do mal, nós já estamos indo! – ele já se levantou e puxou minha mão junto. Ao levantar, pude sentir minhas pernas bambearem. Realmente eu estava alterada! E fervendo horrores...

– Tenham uma ótima noite – Joyce brincou lambendo os lábios. Droga, eu vi.

– Divertidíssima! – Poly completou e o olhar do Thomas brilhou cheio de ideias.

Todos nós juntos em um quarto... Pude ler isso daqueles olhos selvagens. Ardi!

– Obrigada, a vocês também – pisquei animada ao sair. Paulo me guiou até o estacionamento, e tentei ao máximo não cruzar as pernas como uma maluca.

– Não veio de carro? – questionei sedutora.

– Não, eu sabia que estava aqui, e não estaria muito em condições de ir embora sozinha – beijou meu queixo. – Se não se importa, irei dirigindo, posso? – dei de ombros , concordando. – Tenho algumas surpresas para essa noite. Prepara-se, *dear*.

O álcool ativou algo mágico dentro de mim, fazendo cada centímetro de pele esquentar.

– Não duvido! – ronronei, encarando seus lindos olhos excitantes.

– Sim, nunca duvide. Vamos? – uma lambidinha discreta no pescoço. Gemi.

– Só se for agora!

– Vai topar *tudo* hoje? – de repente, junto com a pergunta, ele me empurrou contra a porta do carro, pressionando aquele corpo imenso e duro. Porra, duríssimo! Sua pergunta reverberou meu corpo, abrindo-o para todas as possibilidades.

– *Yes, boy...* – respondi sem pensar.

– Então se prepare, porque é hoje, *baby*! – mordeu meu queixo finalizando sua proposta indecente. Abriu o carro e partimos para a grande noite!

Então, como já dizia Ludmila: É hoje!

Hotel Fasano.

Era esse o lugar em que iríamos transar loucamente. Quarto 69. Porra de homem perfeito!

– Você pensou em tudo – brinquei na porta do quarto, apontando os grandes números dourados em perfeita harmonia.

– Sabe que sou irresistível – beijou minha boca, roubando meu juízo junto. – Está preparada, ou está com medo do novo? – abriu a porta e me levou para dentro do luxo.

Confesso, tive medo de já encontrá-las nuas por ali, mas não, estávamos a sós. Respirei e admirei com cuidado cada metro quadrado daquele espaço surreal. Fiquei admirada com o tamanho do quarto. Era maior do que meu flat. Porra!

Paulo me levou até a belíssima e imensa cama, fazendo-me sentar. Ajoelhou-se à minha frente e encarava meus olhos curiosos sobre sua questão, sobre as meninas, sobre tudo!

– Não tenha medo de me dizer, *love*, se não quiser, tudo bem. Vou fazer tudo que me pedir, e terá seu momento para aproveitar sem medo. Quero que seja divertido e não mecânico. Já fiz isso, paixão, e quero que experimente do jeito que achar melhor – sua fala me deixou envolvida. – No final de tudo isso, eu só quero perguntar no seu ouvidinho: *você gostou de tudo?* Tudo bem para você? – fitei o ardor em seus olhos.

Era inacreditável que estaríamos fazendo essa loucura, mas ele aceitou e estava muito excitado com essa novidade. Era fogo. Era tesão. Mas era também amor e respeito.

– Nem sei o que fazer – encarei minhas unhas e me senti uma idiota inexperiente, mas quando encontrei seus olhos, decidi ser sincera. – Sabe, nunca pensei em ficar com uma mulher. *Nunca* mesmo! – ele sorriu gostosamente. – Achei que estivesse louca quando propus isso, não sei... – senti minhas bochechas vermelhas e tudo esquentar, mas de vergonha.

– Vai ser divertido de ver – brincou e, levantando-se, foi até a mesinha onde havia um elegante balde com gelo e uma garrafa de champanhe com a embalagem toda rosa. Estava escrito em preto *Moet Chandon Diamond Suit*. Superchique.

– Você vai pegá-las? – perguntei agitada, enquanto o observava abrir a garrafa.

– Vou deixá-las comandar o que quiserem. Acho que as duas não curtem *mesmo* homem, elas querem você – falou dando de ombros, servindo as duas taças. A cor rosada do líquido era vibrante e eu me perdi nas bolhinhas que subiam para a borda das taças.

– Mas é estranho, né? – ele me fitou com cuidado. – Elas usam vibradores, pau de borracha! Por que não um de verdade e imenso e gostoso... – empolguei-me e isso fez Paulo gargalhar.

– Quando propus isso a elas, me pediram somente *você*. Entendi como uma exigência – fez um beicinho lindo. Levantei indo em sua direção. – Aliás, deixaram *muito* claro. Você queria me ver com elas? – sua voz estava rouca. Sensual.

– Talvez, não sei. Sou ciumenta, lembra? Mas hoje é sexo *alucinante*. Quero deixar tudo de lado e me entregar apenas. É isso, não é? – ele concordou, entregando a taça com as bolhas ganhando vida e espaço. Explodindo lentamente. Assim como eu estaria em instantes.

– À nossa noite alucinante! *Cheers, sweetie.*

– *Cheers, sugar*! – brindei encarando seus olhos cinzentos e apaixonantes. – Quero vê-las te chupando ou mostrar a elas como você chupa tão gostoso, será que aceitariam? – mordi o lábio, Paulo fez o mesmo em mim.

– Você já está me enlouquecendo com suas ideias. Quero te foder tão gostoso que elas sentirão inveja, pois, mesmo que gozar com elas, eu farei você urrar, *baby*... – concordei. Assim que toquei sua ereção por trás do jeans, no mesmo instante a campainha gritou.

– São elas. – Paulo ajeitou a calça e caminhou com aqueles passos selvagens até a porta.

Eu não tinha uma porra de noção do que iria acontecer, mas iria me entregar, me jogar sem limites, porque hoje, meu limite era apenas um: gozar sem me importar em quem me faria isso!

Estava com o gole do melhor champanhe que já tomei na vida descendo pela garganta, onde suas bolinhas faziam festa no caminho, quando vi olhos vibrantes em cima de mim. Eu não sabia que merda iria acontecer, mas sei que seria foda.

– Oi de novo! – tentei soar brincalhona, as duas sorriram animadas para mim.

– Oi, Flor. Você está confortável com tudo isso? – Joyce apontou o dedo em ziguezague para as duas. Dei o último gole da taça e encontrei o olhar do Paulo atrás delas. Ele completou esse relaxamento.

– Sim, eu dei a ideia, então preciso estar ciente do que irá acontecer.

– O que te fez querer isso? – a voz de Poly soou de um jeito especial. Corei até o dedinho do pé. E remexi meu corpo ansioso.

– Não precisa ficar acanhada, somos suas amigas. Conhecemos tão bem você, e você a nós. Não tenha medo – Joyce me confortou mais um pouco.

– Eu sei, mas tenho vergonha, ok?! – bufei, agitada. Paulo veio em minha direção. Assim que chegou, me abraçou carinhosamente e deixou um beijo nos ombros nus.

– Respira – gemeu dentro do meu ouvido. Fiz o que pediu. – Isso, *love*.

– Eu as vi outro dia na academia... – minha cara ardeu em um vermelho profundo. Acho que Paulo sentiu meu corpo ferver. – Não foi intencional, mas estava tão lindo, ardente. Nunca fiquei com mulheres, nem sei fazer isso, perdoem-me, mas achei que seria legal ter essa experiência maluca. Quero que me mostrem o que sabem fazer, só me deem *prazer*... – mordi o canto da boca, as duas estavam radiantes. E senti o corpo de Paulo enrijecer. Era agora.

– Pedido concedido com sucesso! – Poly veio em minha direção.

– Diga isso no final, gata. Quando ela já estiver suada e muito gozada – Joyce veio junto.

– O toque final é meu... a satisfação é minha! – Paulo sussurrou atrás, arranhando seus dentes na minha nuca. Vibrei e quase arranquei a porra do vestido só para todos me comerem no mesmo instante.

– Sente-se ali, querido, e nos veja dar prazer à sua linda e maravilhosa mulher. O que podemos fazer, garoto? – a pergunta veio da voz rouca de Poly, deixei o corpo ereto, assim que ela chegou à minha frente. Joyce caminhou pra trás de mim. Paulo foi se sentar.

– Tudo – ouvi o som grave dele. – Ela permitiu tudo.

– É o que quer, Flor? – não respondi com palavras, mas meus olhos brilharam em resposta. Estava trêmula e observei como o corpo dela estava se encaixando em mim. Suas mãos passaram a vadiar na cintura, puxando-me mais. O hálito suave de sua risadinha tocou meus lábios.

– Essa boquinha parece doce – seus lindos lábios cheios de *gloss* não me tocaram, ainda, mas foram até meu ouvido, tocando levemente, descendo a base sensível do pescoço, atingindo meu ombro. Era arrepiante sentir o melado de seus lábios. Porra, eu estava com uma mulher. Não, eu estava com *duas*!

Busquei o olhar de Paulo e ele estava tão magnífico sentado, somente nos observando. Aquilo deveria ser a glória masculina. Fechei os olhos e registrei esse momento intenso. Era magia que aconteceria ali. Joyce atingiu a parte da frente do vestido, na altura de meu sexo que pulsava sem parar. A calcinha com certeza estava encharcada. Poly puxou minha bunda em um apertão sensual. Sua boca saiu do meu pescoço e buscou a da outra. As duas começaram a se beijar a centímetro do meu rosto. O doce barulho leve de línguas sendo trocadas não era algo irritante e muito menos nojento. Era deliciosa a troca. Os dois lábios cheios de luxúria, buscando a fundo o prazer divino. As duas bocas femininas eram a verdadeira troca do prazer. Era o beijo mais saboroso que presenciei ao vivo. Estava entre as duas, e o prazer crescia e invadia meu ser. Engoli em seco, pois queria estar ali. Entre aquelas línguas.

– Vem... – como se estivesse me escutado, Poly soltou brevemente a outra boca e me convidou. Percebi Paulo se ajeitando na cadeira e, quando meus olhos atingiram seu corpo, ele estava sem a camisa. Só com o jeans volumoso. Abriu o botão e, com um leve aceno de cabeça, me incentivou com os olhos ferventes. Eu me entreguei.

Poly segurou minha nuca, puxando-me lentamente para o meio. As mãos de Joyce subiram vagarosamente até meus seios pesados. Ela sorriu gostosamente em meu ouvido, mordendo o lóbulo. Poly aproveitou a deixa e mordeu meu lábio inferior. Minha cabeça se agitou. Eu iria beijar duas mulheres. Duas mulheres me excitavam. Eu estava com duas mulheres! Ah, que demais!

Assim que deixei a língua correr, senti o doce, quente e ardido desejo. Era tão bom beijar duplamente. Eram tantas trocas que nem sei onde começava e terminava o beijo. Eram tantas mordidas, tantas lambidas que nem sei como pararíamos de fazer isso!

Gemi alto dentro da boca delas. E uma mão invadiu meu fervor. Minha calcinha estava sendo arrastada para o lado, nem sei de quem era a mão, mas estava ali dentro. Caçando e vasculhando meu ardor, deslizando dedos finos e delicados entre meus lábios vaginais escorregadios. Pendi levemente a cabeça para trás, expandindo o prazer que jorrava; então, senti meu seio esquerdo para fora, e unhas grandes beliscando a pequena carne intumescida do meu mamilo. Mordi mais um pouco a boca, apenas uma ficou por ali, pois a outra foi descendo, mordendo, arranhando meu pescoço e rapidamente estava contra meu mamilo direito. Ambos recebiam pressão.

A boca que estava entrelaçada à minha me abandonou, foi para a nuca, e senti dentes deslizarem o zíper. E foi sensacional o que vi nesse momento. Paulo se acariciando. Ele me olhava com tanto tesão que derreti.

– Sua mulher é gostosa demais.

Estava em um êxtase tão grande que nem sei de quem foi o comentário. Notei apenas que estava só de calcinha. Com os seios balançando nas palmas da mão de Joyce, e Poly, Deus, ela estava de joelhos à minha frente. Abrindo minhas pernas. A língua vermelha despontou e o desejo reverberou. Ela me sentia cheia de poder. Eu mandava ali. Fiquei imponente e eu mesma tive a atitude de abrir mais as pernas e tocar meu sexo. Abrindo-o para ela. Mostrando como eu me sentia.

– Linda, eu vou te chupar até gozar na minha boca – eu jamais esqueceria essa cena. JAMAIS!

Foquei meus olhos em Paulo, e deixei Poly se deliciar com minha fruta. Joyce aproveitou a deixa e brincava com os mamilos incandescentes, e eu deixava sua boca beijar, seus dentes morderem e sua atitude memorizar cada participação em meu corpo. Eu era somente gemido, arrepio, tesão!

– Ele é imenso – Joyce sussurrou atrás de mim, só confirmei com gemido, e assim que encarei a loira ajoelhada, ela mordeu meu clitóris e engoliu meu sexo, me fazendo derreter. Eu gozei pela primeira vez na noite. – Linda – continuou em meu ouvido até me ver rendida e acabada.

Cacete, que momento. Que MOMENTO!

– Você foi maravilhosa.

– Isso está sendo maravilhoso – fui até Paulo e beijei demoradamente sua boca.

– Vou fazer algo, posso? – questionou.

– O que quiser – Joyce se levantou e puxou o corpo de sua amada. Pararam à nossa frente e, por fim, as duas se despiram. Eu já tinha visto o corpo nu das duas, mas vê-las ali era digno de admiração.

– Vocês realmente são lindas – confessei.

– Obrigada, como já dissemos, você acaba com nosso psicológico – nem acreditei que ouvi isso. Sorri envergonhada, mas também isso elevou meu ego.

– Ela fode com o psicológico de qualquer um! – Paulo concluiu.

– Eu só não sabia disso – minhas bochechas coraram.

– Agora já sabe. Adoramos tê-la, foi um prazer imenso, Paulo.

– Sei disso – sorriu gostoso. – Agora vocês verão como é que ela geme comigo – um novo arrepio tomou conta de mim, fazendo meu corpo reacender.

– Estamos loucas por isso! – Poly e sua voz do caralho me deixando ainda mais excitada.

– Como você quer agora? – Joyce arrastou Poly até a gente. Paulo se levantou e ficou de frente. Abriu o restante do zíper e deixou a calça cair. Com os próprios pés tirou o coturno, e o deixou de lado. Abaixou, tirando as meias. Ficando dignamente duro e imponente à nossa frente. Ele era um sortudo do caralho em estar com três mulheres lindas à sua volta. Aquele sorriso selvagem dizia isso. E por nenhum segundo fiquei com ciúmes, eu me senti a Rainha ali.

– Vou pegar Flora, qual de vocês duas quer ser chupada? – engoli a questão muito excitada. Estava louca para ver isso, mas não entendi sua lógica. Quem iria chupar a outra, eu ou ele?

– Poly gosta de ser chupada, eu me contento em fazer outras coisas – imaginei que Joyce não gostava mesmo de homem. – Tudo bem para você? – a outra fez que sim, com os olhos radiantes.

– Ótimo. Acompanhem-me! – Paulo seguiu para o lado oposto do quarto. Não estava entendendo muito bem, mas ele explicaria em segundos.

– Ficará aqui, deusa – apontou para um sofá lindo em couro marrom. – Encostará os cotovelos aqui e sustentará Poly em suas costas. Acha que consegue isso? – arregalei levemente os olhos, ele sorriu. – Vou deixá-la nos ver um pouco, mas em seguida colocarei Poly sobre você, e bem, eu vou mostrar como é que faço, como me pediu – ele era tão safado, tão sacana, que me deixava ainda mais molhada.

– Perfeito! – concluí animada.

– Vamos lá! – Poly mostrou a mesma animação. – Comecem, crianças.

E o *start* foi mágico, Paulo não perdeu tempo, me puxou para seu colo, suas mãos estavam por todas as partes, e sua boca fazia o mesmo percurso. Sempre foi maravilhoso transar com ele, em todas as vezes ele me surpreendia. Seu pau mágico achou o caminho de casa rapidamente, e descontroladamente me preenchia. Fodendo-me com toda a sua maestria. Mostrando realmente para o que veio ao mundo. Para foder mulheres maravilhosamente bem. Aliás, para *me* foder gostoso! Era só para isso que sobrevivíamos. Éramos incondicionalmente um do outro, e não havia como negar. Nossa ligação era única, maravilhosa e intensa. A gente se completava em tudo.

O vaivém de seu quadril batia firme e me deixava ligada ao seu sexo. Éramos a ligação da vida e do prazer. Sua língua buscava a minha na mesma intensidade de seus quadris, roubando cada segundo de atenção. Por longos minutos éramos somente nós dois, mas não, os gemidos intensos ao nosso lado mostraram que não estávamos sozinhos. Nós excitávamos as duas.

– Ah, isso está tão bom... – gemi alto. E não parei. Meu gemido chamou a atenção das duas, que vieram para perto.

– Vai ficar melhor, *sweetie*...

A voz rouca de Paulo nos excitou. Ele me virou de costas para ele. Fiquei até com certo receio, ele adorava estocar atrás na surpresa, mas não foi o que fez. Voltou a me penetrar, bombeando seu quadril de forma gentil enquanto puxava sedutoramente meus seios.

– Estão vendo como ela geme feito uma gatinha mimosa? – acertou em cheio o quadril, me fazendo urrar. – Geme alto, *love*, mostre como é o nosso sexo – ele acertava sem parar dentro de mim, fazendo tudo desmoronar, mas Paulo recuperava o fôlego e voltava com veemência, adiando o quanto conseguia de prazer. – Vem, Poly, é sua vez – assim que ouvi, abri os olhos e vi as duas se movimentando. Joyce ajudou a colocar Poly em minhas costas, com as pernas abertas para receber os incríveis lábios de Paulo. Eu iria ver tudo através do espelho! Porra.

A primeira investida dele fez com que o gemido dela ressoasse pelo quarto e a bombeada forte voltar ao meu corpo. Ele me fodia enquanto a chupava. Eita, porra!

Ele achou o momento certo, pois não aguentaria muito tempo essa pressão, então suas investidas eram rápidas e intensas. Joyce se apressou e chegou com os dedos em meus seios, e a boca na de sua namorada. Eram gemidos e ais. Tudo fluía pelo quarto, até sua boca voltar à minha, delicada e sensual. A língua roubava meus gemidos, e os dedos acariciavam meus mamilos. Poly recebia as fortes lambidas e podíamos ouvir o quanto ele chupava incansavelmente. E as trepadas que meu corpo recebia mudavam o ritmo da coisa. Sensação, desejo, fodidas e investidas, tudo ao mesmo tempo!

Estávamos prontos para pular, e seria agora!

Tremeliquei e deixei o orgasmo agarrar o pau do meu homem, enquanto sua boca roubava o orgasmo de Poly, e, bem, Joyce roubava o gemido da amada. Só de saber e imaginar tudo que passamos, eu gozei de novo, e de novo.

Tudo em mim estava incandescido, fervente e arrepiante. Eu tive a melhor experiência da minha vida. E tudo não tinha acabado por ali. Iríamos respirar e voltar para mais.

E eu só sei de uma coisa: meu corpo fervia, e pedia por mais.

More... more... more... baby...

No Sexo:

Ela Tem Gosto de *Cereja*,

E Eu Sou uma *Bomba*!

Se eu não estou ao seu lado...
Eu estou dentro de você...

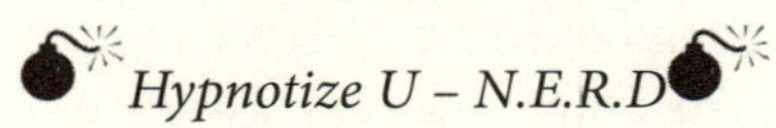

Hypnotize U – N.E.R.D

Thomas

Não hoje! Essa maldita frase pipocou diversas vezes em minha cabeça. Nas duas. Tentei convencer meu pau ansioso de que *não era hoje* a vez dele! Mas quem é que controla essa caralha de vontade? É de foder mesmo, viu!

– Já vamos também, temos algo marcado! – Poly piscou em minha direção assim que o casal saiu.

– Quando serei chamado para uma festinha particular? – pisquei para Joyce, pois ela é a mais difícil. Sei que Poly participaria na boa, já essa outra gostosa era a mais durona.

– Pensaremos em seu caso – ela só queria acabar comigo. Só isso.

– Sabe que não se deve prometer algo a um homem nesse nível, né? Eu não esqueço – minha voz soou firme e sensual. Tenho certeza de que excitava as duas. – Sou muito bom com a boca – lambi os lábios, elevando o nível de tesão.

– Bom saber – Joyce concluiu e puxou a mão de sua gata. Esse gesto para mim foi um *não*. Poly estava animada com a ideia.

– Sabe o que pensamos de você! – ela mordeu o cantinho da boca, e me veio a lembrança dela falando da minha. De como eu chupava a fruta.

– Acho que não sei. Quer me contar aqui? – apontei o ouvido e as duas riram.

– Você é um puto, Thomas! – Joyce encheu a boca para falar sua verdade.

– Um puto que sabe foder gostoso! Qual é o problema?! – nós três caímos no riso.

– Tchau, temos que ir, nossa noite será incrível.

– Sabe o quanto estou com inveja, não sabe?! – anunciei e virei o restante na taça que Flora deixou. O gosto de cereja me invadiu e deixou meu pau aceso.

– Da gente ou do Paulo? – Poly provocou.

– De todos, porra! – falei sério, mas as duas dessa vez gargalharam.

Porra de mulheres gostosas e difíceis.

– Bem, tchauzinho. E boa foda hoje!

É, hoje eu teria *aquela* foda.

Depois de sentir o gostinho de Flora na boca, pedi uma cerveja e fiquei por ali esperando a gata de hoje. Estava ainda meio agitado por conta de tudo. De toda porra que estava acontecendo. Tinha acabado de chegar de um dos melhores finais de semana da minha vida. Matei a saudade da família e dos amigos, mas os deixei novamente, prometi voltar em breve.

Depois da foda desvairada com Vivi, seu irmão não desconfiou de nada. Graças a Deus. Senão era briga e porrada na certa. Eu apenas iria deixá-lo me socar, não poderia fazer nada, poderia? Eu estava errado. Caralho, não! Ela quem me buscou, e eu nunca a forçaria a fazer nada comigo. Nunca. Jamais faria isso com qualquer mulher. E, se elas querem me dar, eu vou comer, sem contestar!

Vivian estava incrível e me deixou com vontade de mais. Porém, nos outros dias, eu tentei ficar longe, beeem longe. E quando Juninho estava por perto, a bandida me provocava, mas me segurei, mesmo com o pau duro atrás do jeans. Só que, quando estávamos a sós, ela fingia que nada tinha acontecido. Mulher é um bicho filho da puta de entender. Se ela sorrisse um milímetro que fosse quando estivéssemos a sós, eu iria foder com seus neurônios!

Olhei no relógio, faltava pouco para Dom chegar. Dei meu último gole e no *time* perfeito a vi na porta do bar. Aquela morena nunca se atrasava. Ela entrou toda imponente. Sabia ser gostosa em qualquer lugar e em qualquer situação.

Dom. Era assim que gostava de ser chamada. Só que, de todos os seus homens, eu era o único que sabia seu verdadeiro nome. O motivo? Eu quase fiquei com essa mulher. Seríamos um tipo diferente de namorados, mas, como vivo aqui e lá, então ela achou melhor não arriscar. Fez muito bem, eu gosto dessa liberdade de ir e vir. Gosto de ter o sim e o não. Gosto de saber que estou fazendo o certo ou o *bem* errado...

– Oi – falou, sedutora, ao se sentar. O vestido azul-royal deixava sua pele morena ainda mais encantadora. Quem olhava de fora, via uma moça educada e calma, mas ninguém imaginava o que ela era na cama. Quando estava com suas roupas de couro e o chicote em mãos.

BDSM das pesadas, meu amigo. Sorri em sua direção e puxei sua mão delicada com unhas gigantes até meus lábios.

– Olá, Dom – ronronei contra sua pele, e vi seus pelos do braço se arrepiarem. – Excitada?

– Você é capaz de me excitar sem me tocar. Quanto tempo, garoto.

– Tempo demais.

– Vamos sair daqui? – ela mal tinha se sentado e já estava em pé.

– Nem esquentou a cadeira? – brinquei, levantando. Ela tocou minha cintura e nos entrelaçamos para sair.

– Tem certeza? Olha o fogo em que me encontro... – chegou mais perto e podia mesmo sentir.

– Eu vou acalmar sua febre! – lambi sua orelha e ela gemeu alto.

– *Blue*?! – perguntou e assenti. Ali era seu lugar secreto. O quarto em que brincava de ser má. Seu abatedouro pessoal.

– Como quiser, Dayane! – isso acabou com ela e seu olhar castanho brilhou tanto que parecia de outra cor. A cor do pecado...

Toda vez que entrava naquele quarto meu corpo se transformava.

Não de uma forma sensível. Não de uma forma sedutora. Era plena e puramente sexual.

Minha pele se arrepiava. Meu corpo entrava no sistema “mande”. Minhas mãos coçavam. Minha respiração se agitava, frequente e ansiosa.

Meu peito se abria para todas as possibilidades a dar e receber. Meu sexo, ah, esse sim reconhecia o ambiente.

O cheiro agradável e convidativo de velas, mel e couro me deixavam excitado em uma proporção maluca. Insana. Vulcânica. A luz fosca e baixa. Meu caminhar até a cama em passos lentos. Passadas selvagens. Eu podia sentir pavor com cada passo que meu coturno dava. A bota arranhava o chão de madeira, fazendo-o gritar abaixo de mim. Eu sentia o peso que meu pau fazia entre minhas pernas. O som pesado ao fundo. Nada de voz, só instrumental. Era sempre a mesma. *Rains of brass petals*. Adorava esses barulhos indo de encontro à pele. O arrepio que me ligava ao sexo profundo. Parei um centímetro da cama de couro e fitei ao lado. Seus olhos ferozes. Os meus intensos. Desci para seu pescoço. Meus ouvidos captavam seu baixo gemido que vinha do fundo da garganta. A mesma que me receberia em instantes. Ela adora me chupar.

Sentei no meio da cama. Observei sua movimentação rasteira. Para lá tirava o vestido. Para cá vestia seu manto. Ah, sim. Aquela camisola era sua segunda pele. Negra como uma noite sombria. Transparente na medida certa para minha eterna admiração aos mamilos pontudos. Uma veneração de que faço questão. Lindo é o corpo feminino. O dela exclusivamente era excepcional.

Encarei aqueles mamilos que estavam presos lindamente pela fina corrente ligada junto ao *piercing*. Aqueles lábios sedutores em um vermelho verniz. Cabelos que escorriam pelos ombros como ondas. Senti o corpo agitar e meu membro querendo gritar. Ajeitei-me sobre o jeans.

Olhei firme para Dom. A mulher que gostava de comandar. Mas comigo o negócio era diferente. Seu sonho era me ensinar a arte da dominação. Não aceitei. Gosto do sexo pesado com ela, mas é só com ela que realmente ultrapasso meus limites.

Descarrego algo selvagem que fica escondido por trás da pele de bom moço. Fodo sempre com ardor com todas as mulheres, mas as trato muito bem. Nada de agressividade. Porém Dom me pede isso. E meu corpo exige essa grandiosidade quando estou nesse quarto. Ele treme. O monstro deseja sair. O baque é sempre intenso e me detesto depois de tudo.

Entretanto, quando estou aqui, me deixo levar, me entrego completamente ao deleite de tê-la. Só não sou seu garotinho. Sou apenas seu provedor sexual perfeito. E, enquanto permanecemos nesse quarto azul, é ela que é *minha*.

Dom parou à minha frente. Seu corpo gingou lentamente como um balançar tranquilo de trem. Ela se remexia para mim. Toquei no tecido liso e fino. Estava gelado, e era apenas aquilo, já que o quarto esquentava com nossa tensão. Sua calcinha preta e cavada deixou tudo mais delicioso para desembrulhar. Aqueles seios pequeninos, mas tão lindos. Levei a mão até um deles. Toquei com o nó dos dedos, apertando o mamilo túrgido entre os dedos. Um ronronado. Ela fechou os olhos e desfrutou do momento. Desci tocando a fina cintura, passei pelo umbigo onde havia outro *piercing*. Mordi os lábios, pois era exatamente o que queria fazer nela. Morder até doer. Arrependo-me um pouco de ter tirado o pequeno segredo que tinha dentro da boca. Um *piercing* na língua. Ela adorava quando o passava por diversas áreas carentes. Era realmente ótimo.

Toquei rente à calcinha, sua respiração ficou descompassada. Deslizei o indicador, seu olhar ferveu. Seu corpo todo pedia por mim. Ainda distraindo-a com meu olhar, apertei suas coxas na surpresa. Ela sobressaltou. Com a ponta das unhas puxou a fina corrente entre os seios. Indicando como ela queria. Eu faria isso.

Sem me deixar pensar, ela tirou a corda da camisola e entregou a mim. É hora de brincar. Ah, ela nunca gosta de preliminares. Até que me deixou ir longe. Sempre foi preciso ser o mais rápido. Penetrar, brincar, gozar. Precisamente nessa sequência.

Levantei e a virei de costas. Levando seu corpo para a frente, onde havia as argolas em uma parede de madeira. Dei um nó em seus pulsos e levantei o quanto ela conseguia. Estiquei amarrando com força. Para não se soltar com as pancadas. Empinei sua bunda. Com a ponta do dedo puxei uma parte do tecido. Um tapa. Ela segurou o grito. Outro tapa ardido. Senti a palma queimar. Inclinei a cabeça para trás e respirei firme. Um gemido. *Isso, assim.* Deslizei a palma ardida contra sua carne que pegava fogo. Puxei a calcinha até seus joelhos. Ela suspirava. Agitada. Enrolei seus cabelos na mão esquerda. Um puxão. Outro tapa.

Oh, cacete. Fervi.

Desci com o dedo entre o vale de sua bunda, descendo até não ver mais. Atingi algo úmido e delicioso. Penetrei dois dedos. Puxando aqueles fios sedosos era intensidade que corria em minha pele. Um grito dela, vaivém de meus dedos, outro grito e um orgasmo. Rápido como ela gosta. Sorri contra sua pele que transpirava na nuca. Puxei seu rosto até o meu, mordi seu queixo. Ela grunhiu. Soltei-me completamente dela.

Afastei-me. Tirei a camiseta. Abri o zíper. Não tirei a calça. Apenas meu pau para fora. Puxei o pacotinho barulhento do bolso de trás. Com os dentes, rasguei. Inclinei mais sua bunda e a penetrei. Firme e intenso. Mais forte. Mais gostoso. Mais ardido.

– Diga-me, é assim que você quer? Vulcânico? – ela rosnou em resposta que sim.

Levei a mão esquerda novamente aos cabelos e com a direita fiquei puxando a corrente entre seus seios. Dava leves tremelicadas. Dom gritava. E eu adorava seu grito de prazer. Deixei a mão em seu pescoço. É fetiche dela. Não meu. Meti mais mais mais. Até não ter mais forças.

Tirei, ela gozou. Eu não. Eu sei exatamente o momento que quero gozar.

Soltei a corda ao seu redor. Precisava chupá-la, mas é ela quem cai sobre meus pés. Ajoelhada. Como uma verdadeira submissa. Mãos na coxa. Fitei esse momento e quase gozei. Segurei meu pau. Essa visão é poderosa, porque ela nunca cede. Nunca se ajoelha. Dom está vulnerável. Vejo em seus olhos. Ela cede e derrete. Porra! Querendo ou não eu sinto esse pulso de dominação. Cada canto de meu maldito corpo vibra de animação por mandar. E me odeio por gostar tanto.

Simplesmente odeio.

Droga.

– Ajoelhe-se aqui, porra, e me faça gozar! – ordenei sem ao menos conter. Saiu. Já era. Tirei a camisinha.

Odeio gostar de mandar.

Odeio.

Mas faço.

Dom chegou com olhos baixos. Não me tocou, apenas seus lábios beijavam delicadamente minha cabeça melosa, sensível, prestes a cuspir o gozo. Ela sorriu, posso ver através de seus olhos. Dei de brinde outro sorriso e deixei minha mão segurando seu queixo, eu a conduziria.

Dom abocanhou meu pau até virar os olhos. Deslizei até sua garganta. Senti aquela boca maravilhosamente molhada me receber. E era o paraíso. Fechei os olhos e deixei vir. Se é isso que ela quer, é isso que ela terá. Momentamente, de mim.

O gozo.

Durante todo esse tempo que conheço Dom, essa tinha sido a sessão mais rápida. Já tínhamos feito de tudo. Tudo mesmo. E quando ela vinha com coisas pesadas, meu corpo não se acostumava, pois todas as vezes que me encontrava com ela, logo depois das sessões eu precisava me purificar. O sexo era intenso e me libertava, mas era uma sensação pesada do caralho. Somente um amorzinho me tirava isso. E eu necessitava de carinho, do sorriso, de beijo gostoso na boca. Essa vida não era para mim.

– Estou te compensando agora, sabe disso, não é? – deitei seu corpo magro em um cavalete. Ela adora receber sua recompensa ali.

– Sim – soluçou apenas.

Virei de costas e preparei minha cabeça. Minha mente era uma bagunça nesse momento. Peguei as cordas de náilon e comecei o processo que havia aprendido. Cuidadosamente comecei a amarrar seu corpo ali. Ela fitava cada movimento e assentia com os olhos cada acerto, cada apertão que recebia contra a pele. Eu via em seus olhos o quanto amava aquilo. Eu via também como ela entrava em um sistema que era só dela. O mundo dela. Eu ficava assim, mas era também uma proteção. Algo para não fugir do controle, mas sempre escapava.

Hoje havia três velas acessas. Uma rosa, outra vermelha e uma dourada.

– Mel? – ela assentiu. Era a sua favorita. Ela mesma quem fazia essas velas com sabores e cheiros. – Perfeito. – peguei sua máscara favorita, levei até seu rosto e tapei seus olhos. Encaixei a mordaça enquanto abria os lábios. Estava linda. – Pronta? – ela somente balançou a cabeça que sim.

Era o momento.

Fui até a ponta de seu corpo. Preparei a vela e mirei seu mamilo. Delicadamente joguei uma porção. Pude ouvir seus dentes rangerem a mordaça. Fechei os olhos e saboreei os gemidos restantes. Toquei meu pau, tirando-o para fora. Joguei mais um pouco no outro mamilo, enquanto tocava uma ao seu lado. Outro gemido abafado. E minhas mãos não se cansavam. Apertei mais fortemente e o menino gritou. Assim como eu. Desci com um fio até seu umbigo, ela gritava sem poder soltar e se contorcia. Deixei a vela de lado e desci meus lábios em seu sexo. Ela me recebeu docemente. A língua num gingado em oito a fez se contorcer entre as cordas. Meu pau dançava entre meus dedos. E minha boca fodia sua boceta intensa.

Vulcão. Sabor. Tesão.

Deixei tudo explodir. Em um baque profundo. Gozei. Ela gozou sobre meus lábios. Deixando seu líquido me invadir. Senti-me aliviado de alguma forma, mas também sujo pelo que fazia com ela. Mas era ela quem gostava, certo?

Então, cara, somente se troque e vá embora.

Mergulhado em águas abundantes. Era assim que me purificava toda vez que saía com Dom. Precisava relaxar de alguma forma e esquecer toda loucura no sexo intenso e pesado.

O bom sexo te relaxa e dá prazer, é assim que tem de ser. Mas, quando é de forma extrema, não passa de momentos. E eu não aprendia. Queria mais, porém no outro dia sentia um buraco vazio.

Fui até a academia e na parte dos fundos encontrei a salvação. A imensa piscina. Nadaria sem parar de um lado ao outro. Alguns metros de braçadas constantes, até arrancar maus pensamentos.

Deixei a bolsa ao lado com minhas roupas. Antes peguei a pequena caixinha de som e ativei o *play* com o som gritando alto. *The monster* começou bem; a excitante voz da Rihanna ficaria martelando, exatamente o que eu precisava para exterminar de mim: o monstro da minha cabeça. Aqueci o corpo e puxei a bermuda vermelha, jogando-a ao lado.

Pulei.

Uma bomba tensa contra a água. Precisava deixar a mente vazia. *Vamos lá, Tom, deixe sair todas as coisas ruins que faz com ela.* Os demônios. Um tapa, duas braçadas. Tomar fôlego. Uma chicotada, quatro braçadas ligeiras. Tomar fôlego. *Bora, cara, deixe sair...*

Cada vez que tirava a cabeça para fora d'água ouvia o refrão penetrando minha mente quase vazia, fazendo meu monstro realmente se esconder embaixo da cama. Tomei fôlego e voltei a nadar. De um lado ao outro. Intensamente as braçadas ganhavam espaço naquele mar de emoções que meu corpo enfrentava. Era toda vez a mesma merda. Mas acho que nunca mudaria. Dez. Vinte. Metros. E no 30 voltei a respirar. A levar oxigênio ao meu cérebro cretino. Fogo. Ardia minha pele em uma brasa sem fim. Era água, por que queimava? Era minha verdade.

Eu jamais teria algo decente. Conforme-se, Tom.

Minha cabeça fervilhava de início, mas sei que em breve teria o alívio exato. Aquele relaxamento tão bom. *Esqueça, Tom.* Mais braçadas, mais pensamentos insanos e desnecessários em minha vida. A perda. A dor. O prazer. O sexo. A surra. O gozo. Braçadas. Mais braçadas. Respira. Thomas.

Parei contra o azulejo frio. Esfreguei o rosto tirando a água. Engoli meu orgulho. Estufei o peito agitado. Ofeguei pelo cansaço. Estava livre.

Livre das palavras; do monstro sexual. Estava no sistema protetor. Apenas eu. O Tom. O menino gentil e sincero; o rapaz arteiro e briguento; o homem sedutor e cuidadoso. Apenas eu. Sim, livre. Salvo. Voltei às braçadas tranquilas até o início da piscina, mas ouvi o barulho da porta, e isso fez meu coração disparar em susto. A batida foi forte. Paulo precisava arrumar logo esse lugar, tudo rangia! Encarei de onde veio um leve gritinho feminino de susto. Continuei até a beirada, mas dessa vez mais sossegado, deixando a água deslizar pelos músculos e desenhos espelhado pela pele arrepiada.

Pude ver seu sorriso tímido entre enfiar a cabeça na água e tirar para respirar; parei de pensar qualquer coisa. Levantei a cabeça e dei de frente a um sorriso carinhoso. O que ela fazia ali?

– Não sabia que estava aqui – sua voz soou muito tímida e novamente me peguei pensando em como seria o grande dia.

Olhei para aquele corpo. Não com intenções. Aliás, só um pouco, mas era foda. Ela estava só com uma enorme camiseta e minha cabeça viajou em ilusões.

– Deus, você tá vestida por baixo, sim? – questionei ao chegar mais à beirada. Ela permaneceu na ponta, não se moveu dali.

– É claro! – respondeu ofendida. – Só estava dando uma volta, para comer algo.

– É uma camiseta do Paulo? – questionei, segurando o riso. Esse cara pensava em tudo! Pilantra.

– Mais ou menos. Ele me deu pra vestir aqui.

– *Apenas* aqui, sim? – ela concordou sorrindo. – Entendo perfeitamente – dei de ombros.

– Machistas – grunhiu raivosa, mas seu olhar continha um riso contido.

– Pode rir, não paga, Flor! – ela gargalhou lindamente e se sentou com as pernas na água. Aproximei-me ligeiramente, mas mantendo uma distância confortável. – E não é isso, Senhora Realista – revirei os olhos. – Você não imagina o efeito imediato que causa num homem! – abracei a beira da piscina e já senti o membro apertar na sunga. Droga. Apertei meu pau contra a parede fria.

– Homens incontroláveis – bufou pirracenta.

– Mulheres deliciosas na academia! – reviramos juntos os olhos e rimos. – Como foi ontem? – a pergunta surgiu antes de minha cabeça processar, e a maldita boca projetou. Caralho.

– Muito boa. Aliás, maravilhosa – seu delicado suspiro não a deixou mentir. Endureci mais ainda.

– Que inveja! – soltei novamente sem ter ação das palavras. Que porra é essa?

– Jura?! – sua curiosidade era bem-vinda.

– Sim, nossa, as meninas... ai, Deus! – agitei a cabeça e a deitei sobre os braços que estavam na beirada. Ouvi a risadinha dela. Tanto de surpresa quanto de alegria. Encarei seus olhos risonhos.

– Hum, e sua noite? Foi boa...? – Flora era encantadora com sua vergonha desmedida.

– Incontestável. Intensa. Pesada.

Acho que foi a descrição perfeita. Ela me encarou mais intensamente.

– Digo o mesmo. Apesar de tudo ter sido novo, e maluco, sei lá. Foi incrível – ela mordeu a porra da boca. Fechei os olhos. Não precisava ver isso, né? Não mesmo, porra.

– Posso imaginar a delícia que foi – respirei, encarando seus olhos. Ela fugiu dessa vez.

– O que faz aqui? Ouvindo som pesado para distrair? – apontou com o queixo a minicaixa potente. Dessa vez eu gargalhei dela.

– *Hip hop* não é pesado! – fiz beicinho, o qual ela encarou.

– Gostei dessa! Tem Rihanna. Nunca te imaginaria ouvindo – debochou de mim.

– *Run this town* é foda demais, Jay-z e Kanye West fizeram juntos um puta som. Mas vim nadar e limpar a alma. Preciso disso de vez em quando. Bem, quando pego pesado... – abaixei os olhos, não gostava de como eles se acendiam com a flama do tesão sado. Flora não precisa saber desse lado negro. – E você, o que faz aqui?

– Iria comer besteira e depois nadar – puxou uma sacolinha para o colo e a balançou.

– Pula aí – sugeri alegre. Apertei o sorriso e ela encarou minha boca molhada.

– Engraçadinho.

– É sério, sem neura – pisquei, ela se remexeu agitada. Cruzou apertando a porra das pernas! Ardi. Meu pau já tinha baixado, mas do nada o bicho acordou duramente. – Não posso abusar ainda. Respeito meu amigo.

Tá me ouvindo pau teimoso?! queria gritar isso, mas ele me obedeceu um pouco.

– Sei. Isso é verdade, mas e o que fez aquele dia? – seu olhar continha uma flama nova. Acho que essa noite de ontem foi libertadora para ela.

– Juro, foi involuntário. Desculpa, Flora, isso não acontecerá. Sabe o quanto amo vocês dois. De verdade, perdi o juízo e jamais causaria mal a vocês.

– Não faça nada para se arrepender, Tom.

Ela nunca tinha me chamado assim, e foi tão doce e gentil que sorri com amor.

– Paulo o tem como um herói – sua voz cortou brevemente, meu olhar mudou. Meu coração disparou. O sentimento que tinha por ele, o respeito era tanto. Paulo era meu irmão mais velho.

– Ele te contou... – novamente me vi com a cabeça baixa nos braços, com o peito disparado. E quase por um segundo revivi a dor do passado, mas apaguei em duas piscadas.

– Sim, e ele confia demais em você. Não estrague isso. Nem mesmo por mim.

– Eu sei, não vou.

– Sei que não.

Paulo merecia tanto esse amor. Sorri e encarei seus olhos que ficaram ainda mais amorosos.

– Mas ainda podemos falar besteiras boas um com o outro, né?

– Você não presta, Thomas! – ela jogou a cabeça para trás e gargalhou.

– Sabe que não – sorri cretino.

– Quer jujuba? – ouvi o barulho que mexia no saquinho. Fiz careta.

– Você parece uma formiga, mulher! – disfarcei e voltei para meu lugar. Meu pau estava aceso ainda, mas não tanto para mostrar a ereção.

– Ei, qual é a das tatuagens? – A primeira coisa que encarei foi meus dedos. Era tanto rabisco no corpo que já nem sabia onde começava e terminava. Eu adorava e admirava cada uma delas.

– Eu sou do mau! – pisquei e novamente ela ofegou.

– Aham, tá bom – lambeu um dos dedos e isso era meu fim. – Você pode se considerar cretino ou cachorro ou...

– Ei! – cortei sua descrição jogando água em suas coxas. Ela gritou. – Cuidado, gata – fiz careta e ela riu.

– Bicudo – mostrou a língua e desejei soltar uma resposta afiada, mas engoli cada letra. – Você pode ser tudo isso, menos do mau! – falou convicta.

– Gata, mas é verdade! Eu gosto de judiar... – um novo calor nos atingiu.

– Sei... – Flora ficou com a ponta do indicador na boca, sugando-o. Meus olhos não desviaram.

– Quer provar? – falei com o tom baixo e provocador. Era só de brincadeira, não era?

– Pare com isso! – sua voz rouca a enganava. Sorri vitorioso.

– É sério, *cherry*, eu nunca brinco – pude senti-la estremecer.

– Cala a boca, e pega aqui uma jujuba. Falta açúcar em seu juízo! – fiquei momentamente emburrado, mas ela nem notou, pois ria muito alto de mim.

– Não quero, eu odeio essa balinha – falei como um velho rabugento.

– Ok, que horror! Aff, quanta amargura, o que ela te fez? – ficou com a pequena balinha vermelha entre os dedos. E jogou toda brincalhona na boca.

– O quê? De quem você está falando? – um frio correu minha espinha.

– Eita, minha nossa, da bala! Por que não gosta?

– Só não gosto. Preciso ter um motivo? – falei do nada, e como já tinha disparado da minha boca, foi incontrolável. Cedi ao maldito momento. Somente aquela palavra me deixava assim.

– *Ouch*, que grosso! – emburrou-se.

Dei por mim de toda loucura por que me deixei levar. Sorri em sua direção ao falar isso. Não levei mais como ofensa, mas para uma segunda intenção. Flora notou e corou copiosamente. Lambi meus lábios e me aproximei um pouco.

– *Ele* é mesmo... – sussurrei muito sedutor, e ao me aproximar vi suas pernas se arrepiarem.

– Trouxa! – nós dois gargalhamos juntos.

Estava prestes a sair, pois já estava mais tranquilo ali embaixo. Fui até a escadinha e, quando dei o primeiro passo, ouvi seu sussurro. Virei em sua direção para entender, ela repetiu.

– A Lari está meio apaixonadinha por você, né? – sua questão era tão inocente e divertida que sorri. Ela corou novamente. Era fácil deixá-la com vergonha. Sentei na ponta da piscina puxando uma toalha.

– Existe *meio* apaixonadinho? – brinquei enquanto me secava. Entretanto, seus olhos faziam isso muito bem em mim. – Para mim é por completo ou nada.

– Entendeu o que quis dizer – bufou ironizada.

– Não, ela só é apaixonada pela impossibilidade.

– Você já se apaixonou? – a questão veio como um soco no meio das bolas. Atingiu-me duramente. Eu acho que dei risada para esconder a maldita verdade. Minha boca estava muito teimosa por esses dias. – Está muito quieto, pensando no que responder? – provocou.

– Pela impossibilidade, sim – respondi sincero, ufa.

– Não, Senhor Espertinho, quero saber se esse seu coração já foi atingido. De verdade.

Bem, senhorita, ele já foi atingido, mas foi duramente partido e quebrado. E está temporariamente fora de questões amorosas. Queria ter coragem de falar, mas quer saber, por que não tirar só um pouco disso de mim? É bom.

– Também. Mas ela não queria um cara gentil, preferiu ficar com o mais babaca – sorri amargo.

– Ela gostava de jujuba, né? – sua verdade me atingiu como raio.

– Desculpa...? – minha cara já era uma enorme interrogação. Como ela sabia?

– É por isso que você detesta essa coisinha aqui! – guardou todas as malditas balinhas coloridas. Endureci os ombros e me levantei.

– Exatamente – falei apenas e quando estava de pé, vi Paulo adentrando ali.

– E aí, crianças? – juntei todas as minhas coisas e coloquei a bermuda. Paulo chegou me cumprimentando primeiro. Logo em seguida puxou a fina cintura de Flora e a beijou na boca. – Não iria entrar, *love*? – questionou nos fitando com um sorriso amigável. Minha cara estava ainda meio azeda pelo assunto anterior.

– Estávamos conversando – pelo olhar que Paulo estava, ele tinha ido ali para foder aquela moça. Imaginando que estivesse sozinha. Quase enfartei por imaginar essa merda deliciosa.

– Já estou indo embora! – puxei a mochila do chão, pendurando-a no ombro.

– Ei, pode ficar se quiser... – a oferta veio dele. Um tremor quase fez minhas pernas cederem.

– Não, preciso ir – pro cacete que ficaria duro ali sem fazer nada.

Ou seria agora?! Deus.

– Amanhã quero falar contigo! – piscou, segurando mais firme a cintura dela. Pude ler em seus olhos. Porra, era amanhã esse caralho todo!

Tô fodido de alegria, porra.

– Eu te ligo – avisei e saí logo, antes que minhas próprias mãos arrancassem a bermuda que segundos atrás coloquei!

Levantei nu e fui até o chuveiro. Nem lembro a porra do momento em que tirei a samba-canção e comecei a me tocar. Talvez a última loirinha que conversei no *whats* tenha me deixado animadão. Pena que morava muito longe, senão ela perderia o fôlego hoje mesmo.

O banho foi rápido. Saí de toalha e liguei na padaria, pedi para entregarem o café aqui no apê.

Assim que voltei do quarto, ouvi meu celular tocando. Corri para atender.

– Fala – atendi rápido.

– E aí, Tom.

Era Paulo. Cacete, eu disse que ligaria. Maldição, meu pau queria se alegrar pela proposta.

– O que manda? – falei descontraído, bem, tentei.

– *Pode ser hoje?* – ele era tão direto que me dava medo.

– Hum...?! – não sei se isso era um sim ou não.

– É uma surpresa para ela.

– Ué, você disse que ela sabia – joguei a questão meio confuso.

– *Claro que ela sabe, mas não sabe que será hoje! Quero pegá-la desprevenida.*

– Será uma boa ideia? E se ela não quiser? – sei lá, mulher tem dessas de não querer transar em qualquer lugar ou momento.

– *Simples, desabrochando a Flor! Fazendo-a querer! Até parece que isso nunca funcionou!* – lembrou de nossas boas épocas. Quantas fodas conquistadas? Inúmeras.

– Você quem sabe – tentei manter a calma. – Onde será?

– *Aqui no meu apê, mais ou menos às 11. Irei levá-la para jantar, depois voltaremos para cá. Lá na academia te deixo uma chave, você chega antes, vou vendá-la para brincarmos. Que tal? Tudo bem para você ou tem algo?* – nem que tivesse, pro inferno que não estaria ali.

– Perfeito. Tá combinado.

– *Até, brother.*

Desliguei e ouvi a campainha. Era meu café. Minha cabeça estava tão agitada que perdi a fome.

Era hoje. HOJE. Joguei-me no sofá e encostei as mãos na cabeça. Planejando cada passo. O que eu gostaria dela? O que poderia fazer com ela? E, principalmente, o que ela faria para mim...? Olhei para baixo e o menino sorriu, eu sorri. Estava feliz pra porra.

A ansiedade me corroía lentamente. Porra, nunca estive tão agitado para o sexo. Ainda mais do jeito que gosto. A safadeza pura, em sua melhor forma. Apesar de todo o respeito que tenho pelos dois, mas aquilo seria sexo. Não teria limites. Ou teria? Não sei, e é isso que me perturba.

Parei de frente à imensa janela do apê do Paulo e vi a forte chuva que escorria pela rua. O barulho agradável e sensacional. Fechei os olhos e me senti bem melhor. A tranquilidade das gotas me deu esse momento de paz. Cruzei os braços e fixei meus olhos em um ponto escuro da noite. E lembrei... À tarde conversamos e combinamos como seria. Peguei a chave e cá estava eu. Só no aguardo dos dois. Só esperando o momento certo acontecer. E iria. Cacete.

Sorri, já excitado com todas as possibilidades. Voltei para a poltrona preta confortável e me estiquei olhando para o relógio da parede. Onze horas. O frio correu, pois meu celular vibrou no bolso.

"Estamos subindo."

Caralho.

Era só isso que conseguia pensar. E nela. Eu pensava no que fazer por ela. No que agradava meu amigo em nos ver juntos. Trepando. Loucura!

Meu corpo começou a formigar e senti minhas mãos suarem. Droga, eu parecia um adolescente em sua primeira foda. Apesar de que em minha primeira foda eu mal tremi; ansiava tanto uma boceta que nem me importei em ficar nervoso, eu só queria enfiar meu pau naquela maciez e deixá-lo cuspir meus desejos. Depois, só bem depois comecei a me importar com outras coisas, como, por exemplo, as melhores preliminares que posso proporcionar para deixar uma mulher molhada.

Meu pau levantou alegremente. Dando boas-vindas à safadeza que iria rolar em cinco... quatro... três... dois... um. O ferrolho rangeu quando a chave entrou. Minha cabeça ferveu. Minhas mãos apertaram a beira da poltrona. Meu pau endureceu mais ainda. E minha mente sexualmente falando entrou em seu modo automático. Meu *subspace* estava ativado.

Entraram. E a *Melhor Melhor* da noite estava ali, só para nós dois.

Shh... – Paulo fez sem sair som. Somente levando o indicador aos lábios. Sorri, pois Flora estava do jeitinho que combinamos. Vendada. E deliciosamente provocadora.

Permaneci sentado, somente fitando a movimentação dos dois. Tenho certeza de que a essa altura ela já deve imaginar o que vai acontecer; ela sabia disso, então, somente por essa proposta maluca, deve saber que foi vendada para ser surpreendida.

– Como quer ser chamada hoje, Flora? – o casal parou de frente à poltrona. Quase a meio metro de mim. Fiquei na mesma posição, apertando fortemente a beirada do estofado preto. Paulo me fitou com um sorriso divertido. E tentei disfarçar a ereção, mas acho que era muito propício ao momento.

– Cherry – puta merda, eu quase gemi. Porém, meu corpo estremeceu.

Ela sabia. Porra, ela sabia com certeza.

– Perfeito. Sabe que é o seu gostinho, sua bocetinha é doce como uma cereja. Aliás, hoje sua língua também está com esse gosto, já que no seu drinque favorito vai cereja, não é, *Cherry*?

– Oh, sim – ela tinha o gemido mais fodido do universo! Ajeitei a calça, e Paulo segurou a risada.

– Hoje faremos algo diferente, Cherry, é o que quer? – ele falava num tom provocador, era um pouco mais alto do que sussurro em seu ouvido. Paulo sabia provocar uma mulher.

– Quero *tudo*, Paulo – liberou. Sabendo que havia mais gente ali, especificamente, eu.

– Sabe quem está aqui? – questionou, mordendo-a na altura dos seios. Ela estava com um corpete digno de seu corpo, deixando os peitos ainda mais maravilhosos.

– Devo imaginar – sorriu em minha direção. Ela me sentiu. Paulo me chamou com um aceno na cabeça. Levantei e a passos lentos e silenciosos fui até eles. Não encostei no corpo dela, esperei seu comando. Era a mulher do meu amigo, não era qualquer pessoa ali em frente.

– Fique quietinha aqui, já volto – ele desgrudou dos seios dela e saiu. Permaneci paradinho ali, mesmo querendo meter meu pau entre aquele vale quente que fazia seu peito naquele corpete apertado; contive a vontade e o pau no lugar.

– Sei que está aqui – sussurrou trêmula. Sorri e não respondi, somente soltei uma lufada *sexy* em sua direção. Nisso Paulo voltou com uma algema revestida com pluma preta. Queria rir alto, mas concordei com um sorrisinho sacana pra ele.

– Ela falou algo? – perguntou para mim, e isso fez Flora sobressaltar.

– Sim – respondi apenas e dessa vez ela estremeceu.

– Menina malvada. Desobediente. – Paulo me entregou as algemas. Pegou as mãos dela e as juntou. Seu olhar me indicou colocar a peça nela.

– Dedo duro – gemeu assim que me aproximei de seu corpo. Então fui com a boca até seu ouvido. Soltei outra respiração ali pertinho, e vi os pelos de seu braço se arrepiarem.

– Ah, *Cherry*, você ainda não tem noção, mas eu tenho um dedo poderoso. Verá em instantes, é tão duro quanto meu brinquedinho – mordi o lóbulo de sua delicada orelha. Ela gemeu tão gostoso que nós dois gememos juntos. Coloquei a algema em seu pulso, isso a fez resmungar.

– Ela é mandona, não? – falei, provocando.

– Mas hoje terá que ceder, docinho – ela bufou, sorrindo. Safada. A boca estava com um *gloss* delicado que a fazia ficar ainda mais gostosa. – Hoje somos nós que mandaremos em você!

– Sou de vocês. Brinquem do que quiser, eu só quero o prazer, e que vocês me façam gozar muito – ela sabia ser uma safada gostosa da porra! Deus, que mulher!

– Sua mulher, Paulo, é muito fogosa, sinto o fervor daqui – murmurei.

– Sem formalidades, amigo! – isso veio da boca dela. – Gosto de palavras sujas, me excita mais – juro que quase gozei. Apertei meu pau por trás do jeans e isso o fez sorrir.

– Essa é minha mulher, vamos?

Porra, não precisava dizer duas vezes!

Paulo arrastou o pequeno corpo dela até quase a parede, mas não a encostou ainda. Ele manteve as mãos algemadas dela para baixo e a venda no rosto. Era bela. Delicada e deliciosa. Admirei a beleza que tinha à frente e saboreei seu prazer escondido.

– Vai experimentar o gosto dela – avisou-me. – *Cherry* vai sentir nossas bocas e depois, *sweetie*, mostre a nós seu gozo.

O gemido dela já era bem-vindo, mas ele engoliu só para ele. Beijando-a à minha frente e agarrando seu pequeno corpo. O beijo foi intenso e fazia a quentura passar para meu corpo. Ele me induziu a abraçá-la também, cheguei de vez junto aos seus corpos. Paulo voltou a beijá-la, enquanto eu só estava ali. Vendo as bocas dançarem no ritmo perfeito. Paulo interrompeu o beijo e virou o queixo dela em minha direção. *Respira e faz seu melhor!* E fiz.

Flora não sabia o que viria, mas ficou aguardando. Sua boca molhada me receberia. Mordi o cantinho primeiro. Ela gemeu. Esse primeiro contato era sempre essencial ao bom beijo. Belisquei com os dentes mais uma partezinha, até que minha língua deslizou de baixo para cima, e entrou. Buscando cada canto úmido e saboroso. Que tinha gosto de cereja! Conforme minha boca se movimentava contra seus delicados e intensos lábios, minhas mãos criaram coragem e vasculhavam sua cintura, depois as costas e rente à saia. O beijo fluiu rápido e gostoso, e ela voltou sozinha para a boca de Paulo; mais beijos e nossas mãos começaram a percorrer sem limites cada canto de pele escondida. A mão dele entrou na saia e, por sua movimentação, estava masturbando aquele pontinho abençoado que a mulher tem entre as pernas. Clitóris. Nosso melhor aliado. E claro, o melhor amigo delas.

Sua boca voltou para mim. Beijei e comecei a dar mordidas intensas, só para intensificar seu orgasmo. Paulo foi com a boca para os peitos saltados para fora. Permaneceu ali, então entendi que ficaria com a missão dos lábios. Apertei sua bunda e mesmo de olhos fechados beijando sua boca eu sentia seu orgasmo pela movimentação intensa dos dedos do meu amigo. Ela iria gozar em instantes.

– Ahhh... – senti dentro da minha boca. E ela gozou. Lindamente ainda estremecia.

– Deliciosa – sussurrei em seu ouvido. Paulo se ajeitou e deu espaço.

– Tire a peça de cima dela – ordenou, tirando sua camiseta. Seu olhar pedia para fazer o mesmo. Ficaríamos somente sem a parte de cima.

Tirei a minha primeira, e levei Flora até a parede. Encostei delicadamente seu corpo atiçado ali. Ela não falava nada, somente respirava agitada pelo orgasmo. Levantei suas mãos acima da cabeça.

– Permaneça assim, ok? – ela concordou com um aceno, talvez com medo de falar e só sair gemido de prazer. Desci os dedos chegando ao zíper do corpete, mas faria melhor. Com a boca. Mordi o pequeno zíper e deslizei dente a dente. Abrindo e fazendo-se revelar o paraíso escondido ali dentro. E, puta merda, que perdição!

Fiquei totalmente distraído com seu cheiro, um aroma feminino encantador; exalava perfume com cheiro de rosas e para quebrar meu sistema, o maior dos cheiros, aquele que enlouquece qualquer homem: o cheiro de tesão. Do seu orgasmo de instantes atrás. Tudo nela era convidativo, e tive de me convencer a memorizar cada segundo, já que teria somente essa chance.

– Linda! *Cherry*, você é simplesmente linda – assim que a peça se abriu por completo, toquei em seus belos e imensos peitos. Era a coisa mais incrível. Redondos, grandes, pesados. Seus pequenos mamilos eram de um marrom muito claro e perfeitos. Belisquei os dois juntos e quase urrei de prazer. – Você é um sortudo do caralho! – falei para meu amigo. Ele concordou.

– Vocês vão me foder quando? Estou enlouquecendo... – ela rugiu, sorrimos juntos. Curtindo o prazer enlouquecido dela.

Paulo ficou ao lado. Prendemos cada um o braço dela. Fiquei do lado esquerdo e ele no direito. Antes de qualquer aviso, nossas bocas estavam em cada peito dela. Mordendo e chupando loucamente. Ela gritava de prazer. Prendemos com nosso corpo o dela contra a parede, e nossos dedos acharam o caminho certo. Antes, Paulo abaixou sua calcinha até o joelho, deixando sua perna aberta somente o suficiente. Entreolhamo-nos e juntos invadimos sua boceta. Dois indicadores diferentes lá dentro. Duas bocas sedentas em cada mamilo duro e delicado. E tínhamos somente um objetivo: fazê-la gozar! Mais uma vez.

– É assim que você quer, *Cherry*? Dedos duros em sua boceta quente e molhada? – tirei por um segundo a boca de seu peito e grunhi. Ela gemeu e se contorceu em nossa mão.

– Oh... – ela se abria lindamente a nós.

– Goze, *love*, estamos te dando prazer, docinho – Paulo a conduziu ao precipício.

– Pula, *Cherry*! – assim que a frase saiu de meus lábios, voltei a morder e mamar seu peito delicioso. Foi o que ela fez, e quase nos levando junto!

– Oh, Deus. Como é bom, quero mais! – agora vi como mulher pode ser gulosa, mas, quer saber, daremos muuuito mais. Vem!

Ela tinha ido ao banheiro. Paulo estava no quarto e eu fiquei na sala. Vendo o nada, mas curtindo o momento de tesão. Meu pau estava tão duro que havia uma mancha de prazer perto do bolso. Era ele babando e querendo a boceta dela.

– Tire tudo – ouvi a suave voz chegando novamente na sala. Encarei seu corpo. Como estava linda, corada e quase nua. Não tirou ainda a saia, ficou apenas com aqueles peitos balançando e fazendo minha boca babar por mais. – Deve estar tão *necessitado*.

– Muito – ela tinha me flagrado mexendo e ajeitando-o ali dentro no pequeno e apertado espaço.

– Prepare algo para nós, *Cherry*. – Paulo voltou do quarto só de samba-canção. Sentou do outro lado, de frente comigo. Cumprimentou-me e seu olhar dizia que podia fazer o que ela queria. Ficar nu. Abri o botão da calça e a puxei sem levantar. Permaneci de cueca.

Vi o movimento da língua dela. E isso fez minha cabeça pirar. Toquei, ajeitando o menino, antes que gozasse só de imaginação.

– Tê-los parece um sonho. Um sonho de qualquer mulher. Obrigada, amor, por me proporcionar isso – ela caminhou rebolando, deixando a saia roçar naquela bundinha linda até o minibar deles. Abriu a tampa do uísque com a boca, prendendo os dentes ali e girando maliciosamente. – Puro ou com gelo? – questionou a nós dois.

– Uma pedra – pisquei concordando. Flora pegou dois copos e jogou uma pedra em cada. Virou a garrafa e deslizou apenas um gole em cada um. Ficou de frente à gente, e com o indicador remexeu a pedra ali dentro. Em seguida, levou o dedinho à boca. Minha garganta não passava a saliva! Seu olhar safado nos excitava, e muito.

– Assim está bom? – provocou e levou primeiro para o Paulo.

– Pensei que eu sabia judiar, mas você é campeã! – apertei meu pau entre os dedos. Ela salivou.

– Ela é perigosa – Paulo respondeu, ela sorriu gostosamente.

– Tenho meus truques – chegou mais perto de mim, e novamente chupou o dedo.

– Claro que tem, mas eu tenho os meus também, *Cherry* – deixei o tom baixo e provocativo, ganhando a atenção dela. Peguei o copo e levei o gole até a boca, saboreando o doce sabor. Fechei os olhos, mas assim que os abri, pegaram fogo, ela sentiu. – Sabe, Paulo, um dia ela me mostrou o dedo do meio – falei, rouco.

– Que mentira! – falou assustada. Gargalhei.

– Que coisa feia, menina! – advertiu sorrindo para mim, sabia que iria brincar.

– É mentira! – falou mais brava.

– Ah, pare de ser respondona. Eu vou judiar de você agora – seu olhar, de raivoso, passou a ser sensual. Ela viu o que eu fazia. – Outro dia seu olhar me mostrou esse dedo que você desejou apontar para minha cara, cretina.

– Ah, isso é verdade! – concordou, cruzando os braços abaixo do delicioso peito.

– Está vendo – bufei teatralmente. – Mocinha respondona, ajoelhe-se aqui – ordenei, ela atendeu prontamente. – Abre um pouco as pernas – ela o fez. – Aposto que está molhada embaixo dessa saia, sim?

– Tente adivinhar – piscou provocativa.

– Não preciso, eu sei. – Ela gemeu. – Mostre para mim o seu dedo médio – pedi num ronronado. Ela gargalhou e mostrou rapidamente. – Sua abusada! – aproximei-me de seu rosto, mas não fiz nada, ela esperava. – Enfia esse dedo todinho nessa boceta molhada! Agora.

– Como quiser.

Caralho, ela sabia ser dominadora. Estremeci ao ver o movimento dela. Eu queria muito ver como era, mas a saia estava ali, atrapalhando a linda visão.

– Tire e me dê aqui esse dedinho – seu dedo saiu de dentro, e ela veio se arrastando de quatro para perto. Puxei sua mão e levei o dedo à boca. Por Deus, quase morri! Era magnífico seu gosto. – *Cherry*, porra, que delícia é seu sabor. Que boceta! Doce, tão doce – apertei meu pau quase gozado. Ela deslizou a mão até ele, tocando a cabeça escondida. Grunhi.

– Tire a saia. Faça novamente. Nós dois queremos ver você se tocar – ordenei ligeiramente.

Flora com toda sensualidade jogou a saia longe, e já não existia calcinha ali embaixo. Relaxei os músculos e aguardei. Sua bocetinha raspada ficou em nosso campo de visão. E um dedo foi introduzido nela. O vaivém que ela fazia era delicado, mas também profundo.

– Não goze, assim que estiver chegando, senta no pau dele – avisei, ela concordou. Paulo tirou o pau pra fora e começou a se tocar em ver sua mulher fazendo o mesmo. Eu somente respirei segurando o meu guardado. Mesmo querendo gritar e gozar loucamente, mantive o foco naquele dedo. Naquele movimento de mulher que sabia se dar prazer.

– Ah, Cherry, você me enlouquece – Paulo se remexia esperando o primeiro momento. Flora se contorcia e gemia alto com seu dedo enfiado todinho ali dentro. Até que ela se levantou e correu para o colo do seu macho. Acho que faltava instante. E eram minutos longos, então abaixei a cueca e peguei em minha dura ereção. Ela se sentou de frente para mim, e se movimentava fortemente no colo dele. Ambos rugiam o prazer, e comecei a fazer o mesmo. Seu olhar em meu pau me fez lembrar algo: *imenso*. Ela o tinha achado grande. Mordi a boca e estava prestes a gozar. Estava tão bom e gostoso que não resisti, vi os dois gozarem, então inclinei o corpo e deixei o gozo atingir minha barriga. Quente e um jato ligeiro. O relaxamento não viria agora. E sim, a minha vez. As mãos dele cheias de possessão ainda seguravam o quadril dela que afundava cuidadosamente nele.

– Pronto para sua vez? – ela provocou, mordendo a boca.

– E você, está? – toquei nele fazendo-o levantar e ver o que aguardava. A boceta do ano!

A boca dela chegou ao meu pau, antes mesmo de me preparar psicologicamente. Porra, já era para ter acontecido desde o momento que entrei aqui, mas quando senti de verdade aqueles lábios na cabeça do meu pau, quase explodi. Bem, eu adoro ser chupado, e isso é na mesma proporção de que gosto de chupar, mas ela sabia fazer! Sabia me chupar. Não sei se era avidez ou habilidade, mas seus lábios eram delicados e a sucção era perfeita!

Paulo se encaixou atrás dela na mesma hora que sua boca tocou em mim. Ele a fodia tão forte que sua boca se balançava em cima de mim. Conforme meu gemido fluía, eu tocava nos seios dela e os beliscava para mostrar o tanto de tesão que era estar com a boca dela ali. Flora me recebia quase que por completo. Podia sentir sua respiração por ganhar espaço ali dentro. Até quase a garganta!

Os tapas possantes de Paulo a faziam estremecer e seus olhos me encontraram pela primeira vez. Eu vi a mesma curiosidade que fiquei por dias. Ela estava adorando esse momento. Dar e receber prazer era digno de jamais esquecer. E não esqueceríamos tão cedo essa troca. Flora fazia com tanto esmero e eu recebia seu carinho cheio de júbilo. Conduzia meu pau a entrar e sair sendo o mais cuidadoso possível, já que Paulo estava empolgadíssimo ali atrás.

Os gemidos passaram a ser um só. Nós três iríamos novamente gozar.

– Você é poderosa, nunca se esqueça disso – segurei em seu queixo e a tirei de lá, ela rugiu ao gozar e Paulo fez o mesmo. Meu gozo foi o terceiro, e não foi na boca dela. Foi direto para os peitos pesados que estavam perto de minhas pernas. Gozei até a base de seu pescoço e vi a porra toda escorrendo lindamente. Ela sorriu, levando o indicador até lá.

– Digno – sorriu ganhando minha total atenção ao que fazia. Seu dedo entrou na boca e ficou deslizando, como se tivesse continuado a me chupar. Ela sentiu meu sabor. – Tão digno – sussurrou de olhos fechados curtindo o doce regozijo.

Paulo saiu cuidadosamente de trás dela, segurando sua cintura e verificando se ela estava bem. O contato dos dois era muito bonito. Encostei-me sobre a poltrona e curti o pós-orgasmo vendo a troca delicada dos dois. Ele a levou para o banheiro. Fiquei me recuperando. O fôlego era para a noite toda, tinha essa noção.

Quinze minutos depois os dois entraram silenciosos, mas seus corpos estavam pegando fogo. Flora nua era a coisa mais linda, mas estando ao lado de Paulo tudo ficava mais confortável. Era belo vê-los felizes por me receberem ali. Levantei e fui me limpar.

Quando voltei, ela estava sentada sobre a perna no chão, deslizando os dedos finos nas coxas tatuadas de Paulo, que segurava seu rosto e beliscava pequenas mordidas no queixo. Parecia um rei com sua submissa aos pés. Essa visão bastou para me deixar duro.

Quando notaram minha entrada, Paulo a levantou. Virou seu corpo em minha direção. A visão perfeita do mundo: sua bunda.

– Toda sua, *brother*! – ele voltou para a poltrona e sentou-se puxando o rosto dela. Beijaram-se apaixonadamente. Não quis interromper esse momento, puxei a camisinha que estava em cima da mesinha. Coloquei no pau semiduro. Deslizei as mãos para deixá-lo mais atiçado. Uns segundos apenas e já estava preparado, mas a motivação maior estava em frente. A bundinha arrebitada dela. De quatro e já chupando Paulo.

– Hora de conhecê-la, Sra. Boceta Doce! – queria muito chupá-la, mas primeiro vou foder, depois quem sabe, mais tarde um aperitivo.

– Seja bem-vindo! – primeiramente ela sentiu meu dedo deslizando e conhecendo seus lábios molhados. Ele foi ligeiro atiçando e fazendo o reconhecimento do local em que meu pau entraria. E só com esse contato quase morri! Respirei pesado e, assim como anteriormente, Flora resmungou e abocanhou Paulo, e eu, bem, meti a cabeça do pau em sua entrada; enlouqueci, mas afundei o quadril ganhando espaço, entrando, saindo e rezando para aquilo não acabar tão cedo.

Quente! Apertada! Fervendo!

Cuidadosamente respirei fundo por diversas vezes. Era uma boceta e tanto. Apertadinha, macia, delicada, e ela fazia uma contração atrás da outra. Ela me engolia tão apertado que estava ficando louco!

– Nossa, sua boceta é tão molhada quanto o mar – apertei aquela cintura fina. E vi sua bundinha se afundar em mim. Quase não podia ver meu pau fodendo, porque ele estava por completo dentro dela.

Flora conseguia esse feito. Ela me recebia, respirava agitado e ainda tinha Paulo na boca. Era uma perfeita amante.

Aumentei a intensidade do quadril, enquanto ela relaxava e me deixava entrar mais fundo. Remexi empurrando e tirando, sentindo até minhas bolas atingirem seu sexo. Deixei um dedo escorregar até seu clitóris, o botãozinho que ativa a magia no corpo feminino. Ela tirou o pau da boca e gritou sorrindo. Arqueou as costas e sentou de vez, com toda a sua força feminina, em meu pau. Abocanhou seu homem enquanto rebolava no meu colo.

Nosso cheiro se espalhava no ambiente. A chuva ainda castigava lá fora, mas a mais prejudicada nos castigos era Flora. E, quer saber, ela estava adorando. O cheiro que ela exalava de flores e suor me prendeu. Puxei seus cabelos entre os dedos e afundei mais um pouco. Cavalgando dentro dela.

Fechei os olhos brevemente e senti a noite escura e chuvosa me invadir, abrir meu peito para todas as sensações que curtia no momento. O prazer, o bem-estar, o gozo de cada foda, a trepada maluca nesse *ménage* perfeito. Assim que atingi seu ponto, Flora abriu mais as pernas, querendo, desejando, implorando por mais. Soltei um riso baixinho e abri os olhos.

– Gulosa – mergulhei ainda mais o quadril forte contra ela. Comecei a golpear com força, em um ritmo alucinante. Agora já era, não conseguiria parar nem que quisesse, mas ela aceitou. A cada minuto meu peito se abria, meu pau latejava, e a boceta dela cantava as mais diversas ondas de prazer. Enlouquecedor. Senti uma brisa fresca entrar pela janela e me atingir, fazendo o momento registrar na mente. Ela era como uma tempestade. Sabia ser fresca e intensa.

– *Cherry*, porra! Goze comigo.

E por todos os segundos seguintes eu senti nosso tesão. Prendi os dedos firmes em sua cintura; antes de gozar, acertei o tapa possante na bunda já ardida. Nós três gozamos em harmonia. Meu pau estremecia ainda dentro das paredes agitadas dela. Ela recebia Paulo em sua boca, mas seu corpo ainda me recebia. Caí sobre seu corpo miúdo, tremendo, agitado, saciado.

Eu nunca tinha feito tão gostoso quanto fiz hoje. Deus, eu adorava uma safadeza, mas essa superou tudo. Por favor, me dê só mais um pouquinho?

Seria pedir demais?

PARTE III

TUDO DESMORONOU DE VEZ...

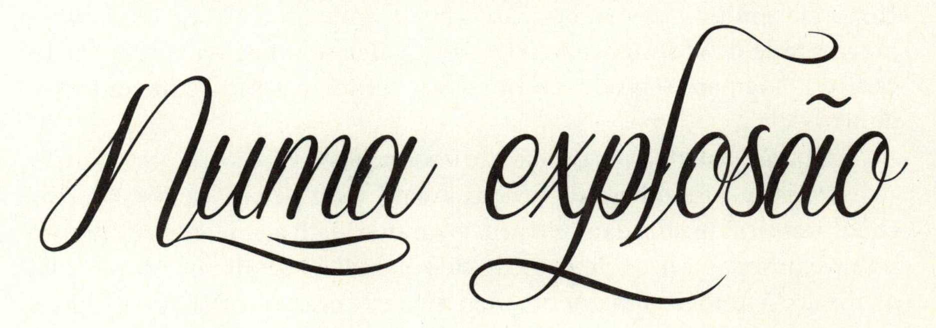

O Melhor Troco do Destino
é o Tempo

O maior de todos os pecados:
O arrependimento

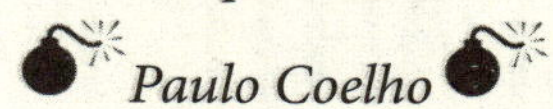

Paulo Coelho

Thomas

Quantas vezes era preciso dizer isso: acordei duro! *Again*, caralho!

Se não bastasse, olhei para o lado e fui atingido por uma perfeita visão do paraíso. Flora estava deitada de bruços seminua, mas virada para o meu lado. Aqueles cabelos caramelo esparramados contra suas costas, fazendo lindas ondas caídas pelos ombros. Deu-me uma enorme vontade de afundar meu nariz ali. Inalar sem fim seu apimentado cheiro e, logo em seguida, empinar sua bunda carnuda e me enterrar dentro dela.

Oh, pai amado, que crueldade isso tudo!

Permaneci também de bruços e senti meu pau quase furar o colchão! Respirei profundamente, mais do que ela fazia, já que era doce e tranquilamente. Aproveitei os minutos que estava ainda sozinho e viajei na ilusão. Afundei calmamente meu quadril contra o colchão, metendo cautelosamente duas vezes, esfregando o coitadinho por trás da cueca. Esse contato não era suficiente, mas acalmaria a vontade.

Com toda paciência que encontrei no corpo, só para não ficar fodendo o colchão antes de qualquer um dos dois acordar, levantei devagar para ir mijar e tentar abaixar o menino agitado. Sentei na ponta da cama, olhei ao redor a bagunça gostosa que fizemos durante a noite toda. A noite TODA. O cheiro de sexo quente estava incrustado pelas paredes, nos lençóis amarrotados, e exalava de nossa pele o cheiro apimentado de prazer. Meus olhos focaram os dois amantes vibrantes e ardentes, minha ficha realmente caiu. Cacete, eu dormi com os dois. Na mesma cama!

Eu sou um maldito filho da puta de um sortudo!

Sem fazer barulho, saí em direção ao banheiro. Ótimo, é uma beleza mijar com o pau duro! Respira e mira certinho, cacete! Mas quem é que comanda pau duro? Nem mesmo o dono. Filho de um puto! Claro, isso eu sabia bem. Eu sou um puto.

Saí ajeitando o menino na cueca, só para não aparecer duro na frente deles, mas foi que tudo aconteceu muito rápido. A porta se abriu e minha vista embaçou. Vozes femininas invadiram o lugar, as duas olharam perplexas para mim. Como era que se respirava mesmo? Ou, como era que tirava a mão de dentro da cueca com o pau duro? Porra, alguém pode me ajudar nessa?

Eu não sabia muito bem o que fazer, até Paulo jogar nos meus ombros uma bermuda. Relaxei o suficiente e coloquei a porra do short, fazendo-o cobrir tudinho ali embaixo. Flora estava copiosamente corada, mas a cara da tia Jana era a melhor! Era estupefata.

– Bom dia, crianças! – falou a mãe do Paulo com a voz segura.

Nós três sorrimos automático, como se nada daquilo fosse estranho. E não era pra ser, a não ser porque a mãe do meu melhor amigo resolveu aparecer em uma manhã que nós três havíamos transado a noite toda. Só por isso.

– O que faz aqui, Tom? – seu timbre de voz agora era reprovador, mas também carinhoso.

– Visitando meu amigo, né, tia? – brinquei e já iria me retirar, não precisava deixar as coisas mais confusas. – Vou ajeitar minhas coisas! – olhei para Flora, ela precisava devolver minha camiseta.

– Pegue algo lá no quarto – Paulo apertou meu ombro, sabendo dos meus pensamentos.

– Valeu – cumprimentei-o baixinho. – Tia, foi um prazer revê-la – pisquei um olho para ela, e sua feição suavizou um pouco, mas seu olhar ainda era reprovativo.

– Posso dizer o mesmo, Thomas – outro golpe fodido. Sorri sem jeito. Acenei com a cabeça para eles e saí. Flora ainda estava petrificada, mas não podia piorar, ou podia?

Cheguei ao meu apê e ficaria a tarde toda vegetando. Gosto de ficar de molho um pouco e curtir algo sozinho. Transei tanto esses dias que só precisava de um descanso. Só colocar as coisas no lugar, deixar a mente vazia. Mas, como sou uma pessoa agitada por natureza, liguei o *videogame*, ficando totalmente à vontade apenas de cueca. Deixei umas geladas na mesinha de centro e salgadinho do meu lado. Era uma jogada e uma beliscada na batata *Lays*. Uma golada e vários tiros na tela. Dei pause no jogo, pois vi a tela do celular ligada. Puxei o aparelho e vi que tinha mensagens. Duas diferentes. Fodeu. Novamente me vi completamente fodido. Deu merda essa porra.

Abri primeiro a do meu amigo. Juninho. Tinha três linhas, começando com:

"cara"

Achei isso muito seco, mas valeu.

"tá aí?"

Meu estômago revirou fodidamente.

"porra, responde esse cacete!"

É, ele realmente tá puto. E a próxima já era um áudio. Decidi ouvir, né. Não podia deixar a curiosidade de lado. Eu não sei o que aconteceu, bem, será que era sobre *aquilo*? Com toda uma porra de certeza! Apertei o *play* e aguardei a grossa voz emputecida.

"Thomas, você tem falado com a Vivi? Ela anda meio sorridente demais... Cara, sério, eu te falei pra ficar longe dela! Depois que você veio, ela tá assim! Vivi sempre foi uma grossa, chata e intrometida, mas agora... ela tá meiga... cantando no trabalho! Crê nisso? Tom, não consigo dizer... filho da p... maldito, você trepou com ela?! Caralho, não creio que falei isso... esquece... mas pensando bem... hoje mais cedo... eu ouvi algo... e é por isso meu contato... eu acho... droga, que situação dos infernos você me meteu, cachorro!... Ela estava no banheiro... talvez achou que eu tivesse saído... e ouvi... puta merda, ela chamou seu nome ao fazer aquilo... *me entende?! Tom, se você voltar pra cidade, eu vou te socar, de verdade! Me responde essa caralha e se eu ver que você visualizou e não me respondeu, eu vou até seu apê. Vou até o inferno se precisar. Argh, só para constar, eu te odeio."*

Sério, eu estava congelado com tudo que ouvi, mas o finalzinho do áudio me fez gargalhar. Aquela menina é foda. E assim que terminei de ouvir a dele, fui com os dedos ligeiros ler a que *ela* tinha me enviado. E não era o que esperava, bem, confesso que até esperei por isso, mas achei que Vivi seria mais santinha. Mas não, essa menina é o diabo!

Antes do vídeo que estava na tela, duas frases me deixaram ligadão e muito perturbado.

"Oi, delícia..."
"Bem, espero que faça bom proveito! Quero ver sua reação... filma... e me retorna! ;)"

Rá, piscadinha safada, sei.

E o prêmio da safada do ano vai para: A irmã mais nova do meu melhor amigo.

Vendo bem toda situação em que ELA me meteu, digamos, eu não poderia deixar de ver. Não mesmo. Aliás, nem fodendo. Sim, deveria ser verdade, nem fodendo. Não deveria assistir e nem filmar nada, muito menos me masturbar, mas já era. Estava bem ali, o vídeo dela se tocando, mostrando peitinho e tudo mais. Dava para me imaginar invadindo aquele espaço tão molhado entre suas pernas. Droga, eu queria muito sair da imaginação e ver tudinho. Seu gosto estava tão recente em meus lábios, o cheiro de novinha. Oh, pai. E foi que o teimoso indicador apertou o *play*. Agora ninguém mais seria louco em parar! E foi em um instante perfeito, quando tirei o pau para fora ao ver que ela iria gozar, ouvi algo longe. Pro cacete que era longe, estava ao meu lado. O telefone de casa. Caralho. Não vou atender. Porra, o barulho me desconcentrou. Atendi.

– Oi – falei emburrado.

– *E aí, brother!* – era Paulo. Relaxei um pouco, mas quando dei por mim, Vivi gritava meu nome, nos instantes finais no vídeo. Esqueci de dar pause naquela cena. E perdi a melhor parte.

– *O que é isso? Ele tá transando e falando com a gente?!* – ouvi uma segunda voz. Flora.

– Porra, tá no viva-voz, Paulo? – grunhi.

– *Tá transando?* – a risada fluiu do meu amigo, uma gargalhada que me contagiou. E pude ouvir a Flora bufando.

– Não, é só um vídeo que recebi – dei de ombros e continuei a rir.

– *Você é puto, cara. Ok, depois nos falamos!* – olhei para meu pau que ainda estava duro entre meus dedos, e o vídeo congelado na boceta da Vivi. Eu precisava terminar isso.

– *Credo, ele estava se tocando?* – ouvi quase longe, e ver a indignação dela era um presente.

– Credo?! Tá louca?! – gargalhei, e pude imaginar a cara dela mandando um generoso dedo do meio. – Sou um homem solteiro, Florinha! Mereço gozar – acho que sussurrei isso. Paulo riu.

– *Seu nojento pervertido! Insaciável* – ela me conhece.

– Aham, sei – provoquei. Tô achando que eles querem mais, sei não.

Meu pau quase gozou com a possibilidade. Deus!

– *Tchau, seu puto, depois nos falamos!*

Desliguei e voltei para minha atividade favorita. Mas, assim que iria apertar o *play*, o celular tocou.

– Já falei que sou pervertido mesmo, e só preciso terminar essa lambança! – falei assim que atendi. E um suspiro de susto me fez tirar o celular da orelha e ver quem ligava. Droga.

– *Uau, era só um convite, mas já que insiste, termine, quero ouvir...* – a doce voz do pecado. Mulher sabe que sussurro e sedução são ponto fraco para homem.

– Quem é? – falei de um jeito educado. Não conhecia esse número, mas a voz não era estranha.

– *Magoou* – pude imaginar um beicinho, um lugar perfeito para deixar meu pau deslizar. E, num piscar de olhos, lembrei quem era. Sorri, pois iria dar de brinde um showzinho à parte.

– Brinks, gatinha.

– *Sei, prove* – ela adora provocar, mas quem é o provocador aqui sou eu.

– Então tá – eu me ajeitei sobre o sofá e segurei o celular no lado esquerdo. Olhei para o menino babão e sorri. Vamos lá, garoto, hora do show. – Sabe, Lili, faz tanto tempo que a gente não se vê, que ele não te sente. Mas, essa aqui será para você, gatinha. Está tão duro, quente, da forma em que você sempre aprovou. Seus lábios conhecem bem o caminho e a extensão, o sabor que solto, não é? – um gemido profundo intensificou minha imaginação. – Queria poder senti esse gemido em volta dele, enquanto sua língua molhada deslizaria, chupando e provando. Eu invadiria seu mundo, gostosa. Te faria ir até o céu e voltar saltitando, sorrindo e gozando. Quero te ver, Lili, só para mostrar o quanto você me faz louco. O quanto é bom tê-la sobre meu pau, o quanto é delicioso me enfiar dentro de você, docinho. É o que você quer? É por isso que ligou? Vamos nos ver, e vou mostrar o quanto senti sua falta – apertei com mais força meu pau e ele cuspiu meu desejo. Eu sou bom nisso.

– *Estou tão molhada* – ouvi isso enquanto ainda gozava na barriga.

– Eu sei, posso imaginar. E aí, quando vai ser?

– Hoje à noite. Mas tenho um evento antes, iria comigo? É o noivado da minha melhor amiga, não posso deixar de ir. Ela me chamou para madrinha, mas, como não tenho um par, pensei em você. Faria isso?

Deus, o que eu não faço por uma boceta!

– Claro, Lili.

– *Combinado, às oito estarei aí.*

Assim que desliguei o celular, vi o vídeo que me aguardava, e assisti aos segundos finais. Já satisfeito fui para o chuveiro e, antes de entrar na água quente, enviei duas mensagens.

Para Juninho:

"Sério, brow, eu ñ sei d nda referente a isso. Fica sussa. E ñ me odeie. Te amo, cara!"

Será que sou muito filho da puta por mentir ao meu melhor amigo? Mas se eu contar seria pior, né? Então enviei a outra para a diaba!

"Gata, esquece essa história, será melhor."

Estava fazendo isso pelo meu melhor amigo. Não queria jamais perder a amizade dele. Já fui um filho da puta, não precisava de mais motivos. O celular apitou e abri a nova mensagem. Era um *emotion* de um dedo do meio. E outro bufando.

Relaxa, gatinha, isso um dia passa. Outra mensagem. E vários dedos do meio. Tô dizendo, depois que inventaram essa porra, devo ser o cara que mais recebe essa gracinha! Tô ficando mole mesmo.

Enviei um beijinho para ela, assim Vivi deve ficar mais calma, ou mesmo mais enfurecida. Sou um verdadeiro cachorro. E deixando muito bem esclarecido: um puto, claro.

Fiquei bonitão e o principal que dou valor: cheiroso. Ajeitei mais uma vez o topete, e o porteiro ligou, informando que a gata já estava lá embaixo. Resolvi fazer o papel do mocinho. Acertamos dessa forma. Ela que conduziria. Gosto também de deixá-las no comando. Ceder de vez em quando é muito bom. Elas se tornam umas leoas selvagens. E o maior beneficiário sou eu!

Sigam o conselho, amigos.

Tranquei tudo e desci animadão. Iríamos ao tal do noivado da amiga e de lá, bem, acho que seria pouco dizer que iríamos à sua cobertura em Pinheiros. A gata veio até aqui, me pegar em casa, era o mínimo que faria para ela: dar *muito* prazer.

Avistei seu CRZ logo mais à frente, com o vermelho chamativo. Assim que me aproximei da porta, abaixei e a vi retocar o batom na mesma cor do carro. Soltei uma leve piscadinha, ouvi a trava da porta e entrei. O cheiro feminino divino me acatou sem rodeios. Inspirei e sorri abertamente a ela. Um presente. Ela adora meu sorriso, e fazia mais de um ano que não nos víamos. Então, aposto que já estava até molhada.

– Oi, gata. Quanto tempo! – fui devagar, invadindo aos poucos seu espaço. Antes mesmo de me responder, seus lábios estavam nos meus. Mordendo e sugando meu assíduo desejo. Beijei com vontade de arrancar o batom que há instantes estava sendo passado. Nossa língua se entrelaçou e fez uma dança linda. O beijo dela é bom, mas sempre deixamos melhor.

– Eu só acho que espero tempo demais para ter isso, mas tenho certeza de que é a reclamação de todas, estou errada? – puxou da bolsa um tecido branco delicado, segurou com as pontas das unhas e o deixou cair suavemente em meu colo. Entendi que teria de limpar a bagunça na boca. Ela fez o mesmo com outro lenço, enquanto olhava para o espelho.

– Em nenhuma palavra – assim que soltei, ela retornou os olhos curiosos para mim.

– Thomas, você realmente é um puto – apertou meu queixo e ligou o carro.

– Nunca menti sobre isso – pisquei um olho, sendo o mais sincero possível. Eu nunca minto.

Durante o caminho, falamos um pouco sobre tudo. De como estávamos e como nossa vida seguia. Apesar de Lilian ser uma mulher, ela se portava em alguns momentos como uma adolescente – o que me irritou um pouco –, pois minha expectativa e meus créditos de admiração estavam se esvaindo. Era ela que estava dirigindo e no comando naquele momento. Dei total liberdade para isso, mas só não abusa, sim? Estávamos em um papo bacana, mas do nada seu celular começou a apitar. A porra do Whatsapp. Sério, tudo estava legal e divertido, só que Lilian tornou o percurso uma chatice. Era só desligar a porra do celular e focar no que estava fazendo. Bufei uma ou duas vezes por sua falta de consideração. Odeio, simplesmente odeio quando estou falando com alguém e a pessoa não desgruda da porra do celular. Zumbis do caralho, escravos da tecnologia!

Não estou sendo hipócrita, eu adoro celular, mas faço isso quando estou sozinho, sei lá, não em uma roda de amigos, e muito menos quando estou com outra pessoa ao lado. Hoje em dia isso é a pior falta de educação. E, quer saber, perdi totalmente o tesão por esta noite. Ela é boa, e não sou de negar mulher, mas certas coisas têm limite. Vou somente deixá-la acreditar que terá o melhor de mim. E, em relação a isso, eu sou o melhor ator.

– Chegamos! – falou animada. – Desculpa, é que estava tentando ver o endereço com as minhas amigas. – Desculpa esfarrapada.

– Aham, tudo bem. Que bom que achamos – falei com um falso sorriso. Só que ela nem desconfiou.

– Vamos ficar apenas algumas horinhas, logo mais despistamos a galera e vamos até meu quarto – falou toda melosa. Desci do carro e aguardei sua vinda. Ela chegou toda pomposa e puxou minha mão. Sei que estava fazendo isso para mostrar a suas amigas que estava com um cara, fiquei relaxado e não larguei sua mão. Fiz até charme, beijei com carinho e a deixei nos conduzir, mais uma vez – e a última – naquela noite.

O lugar era bonito. Estava enfeitado com pequenas luzes por todos os lados. Pelo que me contou ao entrar, ali era a casa do noivo, onde o casal feliz iria morar. Subimos uma escada no jardim também decorada. Era um imenso quintal, que tinha ao lado um salão rústico de festa onde estava sendo comemorado o noivado. Assim que tocamos os pés no salão, ouvi uns gritinhos irritantes, que chegaram rapidamente até a gente. Lilian logo largou minha mão e agarrou em um abraço as amigas. Cruzei os braços e aguardei a comemoração. Nem sei quem era a noiva, mas esperei Lilian fazer algum tipo de apresentação. Fiquei com um sorriso forçado no rosto ao ver a alegria. E senti alguns olhares já em mim. Dos caras principalmente, e era apenas por me reconhecer. Os sorrisos e sussurros começaram logo. Abaixei a cabeça e, quando a subi, Lilian estava com as meninas à minha frente.

– Dispensa apresentações, não é? – um coro lindo de *ois* foi jogado em minha direção. Ah, sim, eu sorri de verdade, estava cercado de gatas.

Lilian foi falando o nome de cada "*Maria*" e cada uma delas veio para um abraço e beijo no rosto. Ao abraçá-las, sério, eu podia ouvir um leve gemidinho. E isso me deixou ligadão. Disfarcei bem, e logo Lilian foi adentrando comigo de mãos dadas. Os olhares continuaram e não fiquei incomodado.

– Vou te apresentar aos noivos, tudo bem? – falou perto da minha boca. Talvez marcando território.

– Claro. Lilian, deixa eu te perguntar, sou uma surpresa aqui? – questionei, pois a cada nova mesa em que passávamos os sussurros só aumentavam.

– Deve ser, o povo não sabe disfarçar ao ver uma celebridade! – falou, dando de ombros.

– Não sou uma celebridade, sou um lutador! – falei, confuso, mas sorri sobre sua teoria.

– Ok, os homens te olham exatamente por isso! – falou com desdém.

– E as mulheres? – provoquei com o sorriso preso na boca.

– Te olham porque é gostoso! – dessa vez falou com sedução.

– Que teoria barata! – gargalhei e ela me puxou ao gritar para duas pessoas que estavam de costas à nossa frente. Deveria ser o tal casal.

Ouvi ao lado um pequeno garoto comentando que eu era o Moura para o pai; olhei pra ele e sorri, o garoto ficou petrificado. Toquei em seu cabelo liso e o baguncei. Essa pequena distração fez com que Lilian me puxasse um pouco, e quando dei por mim...

Sabe aquele momento em que você perde algo? Tipo... o ar! Seu coração para e, de repente, seu mundo inteiro desaba. Nunca perca o foco, você se distrai um segundo e o mundo te dá uma rasteira gigantesca. Destruidora. Você parece estar sonhando, só pode. *Acorda*!

"Ela tinha ido embora. Eu tinha ido embora."

Daí seu corpo afunda em um mar de lembranças, entretanto você nada contra a maré que te suga; continua até sentir segurança, mas a areia movediça permanece te engolindo... O gosto amargo do passado voltando à garganta. E você sente o gosto agridoce do pó de seu coração sendo despedaçado novamente, novamente, novamente.

Os olhos brilhosos voltaram a te assombrar. Ou será que você era a assombração ali?

Jamais imaginaria que, um dia, poderia encontrar *aquele* motivo para respirar novamente aliviado. Até que você enxerga a boca aberta de duas pessoas, e isso te faz voltar à realidade.

Eu, ela e ele.

Um soco inglês afundava no meu estômago, só pode. A vertigem era maior do que tomar um soco do maior cara do MMA. Mas já era. Tudo voltou.

E a única frase que veio à minha mente cansada e insana foi: *eu costumava amá-la...*

Eu não vou conseguir me segurar. Não vou. Não vou conseguir me segurar.

Porraaaaaa.

Eu nunca consigo me controlar quando estou pensando mil coisas ao mesmo tempo. Senti-me em um ringue, onde eu teria apenas alguns segundos para arrebentar tudo, ou apenas ser derrotado. Só que havia uma enorme diferença entre essa realidade; no ringue dificilmente eu era derrotado, sempre focado no adversário, vencia fácil se quisesse, e eu *sempre* quis. Nenhuma derrota. Mas na vida? A filha da puta conseguia me dar rasteiras ligeiras, socos aterrorizantes, e me nocautear em segundos! Eu estava sumindo, tremendo como um menino inocente. *Ela* estava ali na minha frente. Totalmente diferente, mas era ela. Aliás, eram *eles*.

Como fui parar ali? Como fui achá-los em um momento inapropriado? Eu não queria saber mais. Não queria contato, nunca quis. Mas o destino é tão cretino que me botou de frente. Esfregando na minha cara um passado enterrado.

Pude ouvir sua saliva descer como pregos pela garganta. Seus olhos de um azul tão profundo quanto o mar do Caribe brilharam lindamente. Odiei aquele momento, pois a lembrança fria me esfregou o tanto que eu amava aquela cor. A cor loura natural dos cabelos havia sido substituída por preto petróleo. Era tão escuro e liso e longo... droga. Ela estava tão diferente em diversos aspectos. Estava mulher. Não mais a menina magricela que amei. E me perdi. *E fui deixado*.

Essa última foi golpe baixo de quem descrevia meu destino. Minha vontade foi mandar um belo dedo do meio, mas respirei fundo e sorri.

Não dizem que o sorriso destrói tudo, então pau no cu do destino. Eu vou reescrever minha história e, pode ter certeza, ela terá um final feliz, começando agora. Meus olhos curiosos desceram primeiramente nela. Aliás, meus olhos não saíram dela. O vestido preto recatado. *Ela se escondia*. Do quê? Ela estava linda. Suas curvas acentuadas, coxas grossas se escondiam dos olhos, mas sou curioso. Um leve decote mostrava seus peitos fartos. Salivei. Disfarcei, pois quando dei por mim, Lilian estava falando horrores, mas era como se meu mundo estivesse no *mute*, e só agora recebi a pancada final. A mão estendida *dele*.

Seu sorriso falso ainda se escondia em sua face adulta. Assim que minha cara amarrada encontrou a dele, sua cara de gol contra logo surgiu.

Agora ele tinha medo de mim, sim? Sorri abertamente, estufei o peito e me orgulhei do que me tornei. O melhor que ela não teve.

– Cara, nem acredito que está aqui! – ouvi a voz dele longe.

– Foi uma linda surpresa, não é, Silas? – Lilian agarrou meu braço e apoiou a cabeça abaixo do ombro. Soltei um breve sorriso pra ela, e meus olhos eram teimosos. Curiosos. Ela não falou ainda.

– Lembra de mim, cara? – era só ele parar de me chamar de cara. Só isso.

– É claro! – fui muito sucinto, mas, assim que abri a boca para duas palavras, ela fechou os olhos. Será que se lembrou de algo? Deus, diz que sim.

– Ótimo! Fica à vontade, cara, você é muito bem-vindo. Estamos muito felizes com essa surpresa, não é, amor? – ele puxou a cintura dela, fazendo-a vir para a frente. Ela estava paralisada.

Eu era exatamente isso, uma surpresa. Só não sei se seria agradável. A ela, principalmente.

– Fique à vontade. – Resposta errada, *Jujuba*!

Queria gritar bem alto e puxá-la para o canto e questioná-la sobre tudo, mas nada disso eu fiz, apenas sorri e disfarçadamente soltei uma leve piscadinha. Só ela viu. E estremeceu. Mordi a boca.

Se Deus tem um plano maravilhoso em minha vida, me diga agora, pois não vou deixá-la escapar. Isso é uma segunda chance. Eu sei aproveitar segundas chances.

– Silas me contou que estudou com você, e ele é super seu fã, acompanha todas as lutas. Então resolvi fazer essa surpresa a ele – depois de um segundo de silêncio, Lilian disse.

– Você é o melhor! Sempre assisto às suas lutas. Julia não gosta muito, diz que é violento, mas, quando lutar aqui no Brasil, nós estaremos lá.

– Eu vou com certeza! – Lilian disse, empolgada, e me abraçou. Tentei escapar, mas não quis ser indelicado. Julia só observava. Ela estava totalmente desconfortável. – E puxarei Juju com a gente.

– Iria ver algo tão violento? – questionei, e só notei tarde demais a sedução na voz.

– Não! – deu de ombros e largou o braço do noivo dela. Sorri.

– Nem por mim? – tentei de alguma forma chamar sua atenção, mas ela fugia como diabo foge da cruz!

– Principalmente – foi sua única palavra e nos deu as costas. E aquela bunda?

Deus, me faça respirar e desviar os olhos, por favor. Seu gingado foi sensual e agressivo. Ela estava emburrada e confusa de me ver ali. Mas, não entendi, foi ela quem não me quis. Qual é a dela?

– Não liga, Juju odeia esse tipo de esporte – Lilian se desculpou e foi atrás dela, deixando-me com o mala. Era um castigo agora?

– Dez anos, hein? – o babaca me cutucou com o cotovelo, enfiei as mãos no bolso da frente só para elas não voarem na cara dele sem querer. – Quer beber algo?

– Sim, cerveja – dei de ombros e tentei não olhar nos olhos do inimigo. Precisava de algo muito forte para esquecer onde estava, mas será que eles serviam álcool Zulu?! Ou mesmo algo bebível como *Moonshine*? Talvez até ateasse fogo nele aqui mesmo. Silas pediu para um garçom que prontamente entregou uma garrafinha.

– Obrigado.

Eu só queria sair do lado dele, mas sei que será uma missão impossível.

– Ei, vocês estão juntos todos esses anos? – deveria ter engolido essa meia dúzia de palavras. Cacete, não era da minha conta. *É, sim.*

– Não, cara! – gargalhou e me deu outra cutucada. Afastei-me brevemente dele. Ele tá pedindo um soco, certo? – Lembra que fiquei com ela na escola? – questionou meio curioso.

Minha breve resposta sincera seria: *Ah, sim, me lembro bem de como ela me traía com você. Bem, vocês eram os populares na escola, o casal perfeito, não era?*

Ninguém nunca soube do meu caso com ela. Acho mesmo que às vezes meu coração se enganou. Teve um momento de ilusão e achou simplesmente que a melhor gata da escola me deu os melhores beijos, os amassos mais quentes e, por fim, deitou-se sobre meu corpo.

Petrifiquei e juro que não merecia reviver isso. Eu juro, já tinha enterrado isso tudo.

– Vagamente. Eram os populares, não é? Ouvia as conversinhas pelos cantos de que você pegava – pisquei, fingindo estar feliz. Engoli um longo gole de cerveja. Desceu congelando tudo.

– Populares! – peguei-o sorrindo como se lembrasse de algo. Olhei para ele finalmente.

Estava também tão mudado. Não era mais o *boy* garanhão. Estava todo inchado. Gordo pra caralho. Uma pança que com certeza o fazia não ver mais seu pau. Suas inchadas bochechas rosadas me davam agonia. O cabelo ensebado. O que ele tinha se tornado? Como ela pôde?

– Boa época! O tempo muda e crescemos, certo? – fiz que sim. – Olha só pra você! – apontou-me.

– O que tem eu? – bebi outro gole e o encarei. Acho que até meu olhar dava medo. Gosto disso.

– Você era o magricela da turma! Quantas vezes eu te dei um tabefe na cabeça? Incontáveis – gargalhou. E sem ele ver, minha mão esquerda, com a qual eu era *o* melhor, se apertou contra a palma. Fechando em um soco certeiro, respirei. – Hoje eu não seria louco! – outra cutucada. Afastei-me de vez.

– Não seria mesmo – gargalhei tão falso quanto ele. E dei uma forte cutucada que o tirou do chão. – Foi mal – sorrimos juntos e ele esfregou onde meu cotovelo o atingiu. Precisava fazer isso.

– Nos reencontramos faz cinco anos. Ela trabalha na empresa do pai dela, onde consegui através da Lilian, sou advogado também, então foi um reencontro e tanto.

– Entendi – disfarcei a vontade de calá-lo. Olhei em volta à procura da Lilian, e vi algo que me perturbou. Julia estava subindo uma escada em caracol, sua feição era agitada, e sei bem o motivo.

– Você deve catar muitas mulheres – brincou tentando chamar minha atenção. E que linguajar é esse? Não "cato" ninguém, eu dou prazer desmedido. Isso que faço, seu babaca de merda!

– Talvez. Mas no momento quero uma, e isso pode ser um problema – encarei-o. Meus olhos diziam a verdade, mas ele nunca saberia.

– Ah, Lilian é escorregadia mesmo. Confesso, ela estava nos meus planos, mas quando vi a Julia, esqueci completamente quem sou. Só que ela anda tão afastada, ficou depressiva muito tempo, depois que a mãe morreu – meu coração disparou.

– Dona Judite morreu? – será que eu gritei?

– Sim, e com isso Julia ficou muito ruim, engordou muito depois disso, então a pedi em casamento para ver se ela se animava, sabe.

Caralho. Eu estava ouvindo tudo isso?

– Ela não está gorda, está linda! Deveria se orgulhar de sua noiva, e não falar isso! – Afastei-me daquele babaca, precisava falar com ela. Qualquer coisa.

Fingi que estava atrás da Lilian, mas tinha a avistado dançando em uma roda com várias mulheres. Todas estavam bebendo e se divertindo. E Julia, a noiva, estava depressiva! Que caralho.

Olhei disfarçadamente pelos cantos e ninguém dava atenção para a escada caracol. Era minha chance, eu precisava desse contato. Assim que a música animada chamava a todos para dançar, eu subi; confesso, quase perdi meu coração. Quase o deixei em poças em cada degrau que subia, mas não estava nem aí. Eu iria vê-la, conversar, senti-la novamente, precisava.

Assim que cheguei ao topo da escada, ali era um espaço bem bacana. Estava um pouco escuro, mas dava para ver as curvas dela contra a noite linda que fazia lá fora. O brilho da lua iluminava uma parte que me deixava mais curioso. Julia estava encostada em um canto, apoiada na madeira, olhava para algum ponto que ela não enxergava de verdade. Cheguei de mansinho, mas permaneci a uma distância confortável. Aliás, confiável.

– Oi – sussurrei para não assustá-la.

Eu não sabia como ou onde essa conversa nos levaria, mas estava disposto a me arriscar.

– O que quer aqui? – fechei os olhos, registrando novamente seu timbre. Aquele que tinha sumido propositalmente da minha mente. Eu forcei.

– Subi para ver se estava bem – falei uma parte da verdade.

– Isso importa? – ela não se virou.

– Não seja arrogante, sei que mudou muito desde... Eu só queria conversar.

– Desculpa. Foi mal – isso me deixou quebrado. Ela nunca pedia desculpas. Ela nunca me pediu desculpas pelo que fez. – Só estou muito cansada, exausta disso tudo. Queria que acabasse logo, sabe – ela se virou e pude ver uma parte do seu rosto molhado. Quis ir até ela e limpar seu rosto com beijos. Mas finquei os malditos pés no chão de madeira. E ficaria ali.

– Sinto muito – falei do nada. Não precisava me desculpar, mas sentia muito por tudo que ela estava passando. Julia veio em minha direção. Travei assustado.

Fique aí, menina, se chegar perto não serei responsável.

– Pelo quê? – falou muito baixinho, totalmente quebrada.

– Pela sua mãe – vi seus olhos brilharem.

– Também sinto – deu de ombros e apertou as mãos uma na outra. Observei suas unhas que estavam enormes, com um esmalte claro bem bonito. Ela tinha mãos lindas.

– Quanto tempo?

– Um ano. Câncer.

– Que pena.

– O que faz aqui? – questionou, fugindo do assunto. Assenti, não era um bom assunto.

– Já disse, estou conversando – encostei-me em um muro de frente a ela. Ficamos por longos segundos nos encarando no escuro, mas era como se enxergássemos além de nós. Eu podia ver sua alma quebrada. Ferida. Queria colocá-la deitada em meu corpo e beijá-la, abraçá-la até que pudesse dormir em paz. Senti o amor que ainda tenho por ela. Isso não morreu.

E sinto muito por isso. Por não superar.

– Eu... é... – tentei dizer algo concreto. Ela só balançou a cabeça negativamente.

– Só fique quieto um pouquinho. Deixa eu te ver, quero ouvir seu silêncio, sua respiração.

– Por quê? – minha voz saiu ferida também.

E ela ficou sem responder. Era pedir demais. E eu não tinha esse direito.

Meu peito se abriu e minha respiração se agitou. Eu queria muito ir para perto dela. Era só um abraço. Só um contato quente.

– Sabia que era eu? – falou depois de uma longa pausa. – Quando ela te chamou aqui, falou de mim? Quem eu era? – questionou, emburrada.

– Não. Deve imaginar que talvez eu não viria, se soubesse – falei da boca para fora.

Pro cacete que não viria. Vou até o inferno para ver essa mulher.

– Não mesmo? – sua voz continha esperança, mas ela lutava contra isso.

– Sabe que eu faria de tudo pra vir! Só pra ver em seus olhos a verdade.

– Que verdade? – eu tirava seu juízo, sua estabilidade.

– Que você não é pra ele! Nunca foi.

Pude ouvir sua saliva descendo agitada e seu corpo me chamando pra perto. Dei um passo incerto, mas parei. Iria chegar, mas com cautela. Sem assustá-la. Sem perdê-la novamente.

– Viu como o destino é um filho da puta? – cruzei os braços à sua frente e aguardei seu discurso. – Eu era a popular, a gostosa da escola! – balançou a cabeça com alguma lembrança. Assim como o babaca de seu noivo. – E você era o franzino bonitinho que não era visto com ninguém.

– Eu era apaixonado por você! Foi você que escolheu não andar de mãos dadas ao meu lado. Foi escolha sua me deixar para ficar com o garanhão da escola, não é? – ai, essa doeu, mas esperei minha vida toda para dizer isso em voz alta. Aliviado, era a melhor palavra do mundo.

– *Ouch*! É para lavar roupa suja que subiu até aqui? – falou furiosa. – Por que será que isso rolou, hein? – agora cruzou os braços abaixo dos peitões, não resisti e me perdi por segundos naquela visão. Apesar da pouca luz, estávamos em um lugar privilegiado banhado com fachos perfeitos de luz.

– Nunca tive sentimento por aquela garota! Eu gostava de você.

– Que romântico – sarcástica cem por cento. – Vejo que a desculpa não mudou.

– Porque é a verdade – imitei seu movimento ao cruzar meus braços.

– Você transou com outra garota enquanto estávamos juntos – grunhiu.

– Oi?! – gargalhei baixinho. – Você estava comigo e com Silas! Achou que eu era tão bobo assim em não saber? Você nem gostava de mim, Julia, e o que fiz foi um teste a mim mesmo: *larga de ser idiota!* Pena que meu coração não ouviu o mesmo recado que meu pau! – bufei.

– Você é um idiota! – sei que ela só estava confusa, mas quem não estava?

– Pode ser. Sempre fui, em tudo que envolve seu nome, eu sou idiota mesmo. Acredita que nunca mais comi jujubas? E jamais fiquei com alguma menina com o nome Julia. É do cacete, porque encontrei umas bem apetitosas, mas não conseguia, você me amaldiçoou! – apontei o dedo indicador em sua cara, mas estava rindo da cena. Ela ficou com os olhos em brasa.

– Você deve ser um fodedor nato! Pode ter a mulher que quiser. Não é um nome que vai te deixar com menos bocetas para comer! – arregalei os olhos sendo brincalhão.

– Pode apostar, tem muita Julia Maldição por aí – brinquei, dessa vez ela se libertou e riu.

– Depois de tanto tempo te vendo na televisão, tão longe, você está aqui na minha frente. O pior disso tudo sabe o que é?

Nós dois não estarmos nus? Quase escapou, mas dei a corda para ela falar.

– Agora você tá aí todo repartido e gostoso, e eu, bem, uma gorda depressiva! – sua voz murchou muito, ela se encolheu e me senti fraco por vê-la daquele jeito.

– Pra tudo se tem um jeito, Jujuba! – pisquei, e ela estremeceu ao ouvir seu apelido não dito tantos anos. – Você sabe que eu luto, né? Faço academia como se fosse minha fonte de respiração.

– E eu só consigo pensar em comer o tempo todo! Depois dos primeiros cinco quilos me deixei escapar. Fui só engordando e olha no que deu – apontou para o corpo cheio de carne. Passei a língua nos lábios, e a deixei ver minha cara de satisfação.

– Mas você está gostosa pra caralho! E linda como sempre. Adorei tudo de novo em você. Só não essa depressão aí, mas conheço algo que pode te fazer esquecer... – ronronei, e pude imaginar seu arrepio. Ela estremeceu levemente.

– Gentil, sempre doce com as pessoas. Nunca me esqueci disso, da sua bondade – seus olhos azuis brilharam e parece que até iluminaram mais o ambiente.

– Ainda bem que se lembra disso – respondi realmente agradecido.

– Lembro de muitas coisas... – nossos olhares voltaram a ficar ligados, atentos, sedutores.

– Como o quê, por exemplo? – mordi o canto da boca, e contive meus pés e mãos no lugar.

– Você era um bom menino.

– Acredite, sou muito melhor agora.

Acho que eu estava desviando o foco da conversa, e pude sentir seu rosto pegar fogo.

– Engraçadinho – ela deslizou a língua no lábio inferior, e tentei adivinhar qual o gosto que estava ali. Levei as mãos ao bolso da frente, droga, estava começando a ficar duro. Será que dava para ver?

– E do sexo?

– Esqueci completamente – sorri abertamente, ela corou novamente.

– Rá, ok. Mas, fique sabendo, posso te fazer recordar – minha voz era pura sedução. Nem estava me reconhecendo. E meu coração pulava de alegria.

– Não, obrigada. Estou megafeliz – abaixou a cabeça e não me encarou. Dei mais um passo à frente. Ganhando um espaço que tinha direito. Eu sei que tinha.

– Está se ouvindo? – questionei baixinho ao me aproximar, ela me encarou amedrontada.

– Preciso descer – segurei seu cotovelo, estávamos agora tão perto. Senti seu doce perfume e fechei os olhos; lembranças dolorosas vieram, mas as doces que estavam sendo registradas no momento foram maiores, tomaram conta geral. Abri e vi seus olhos cuidadosamente fechados.

– Não terminei ainda – sussurrei muito perto de seus cabelos soltos, assoprei próximo ao ouvido.

– O que você quer? – seu murmúrio fez cócegas em meus lábios, de tão perto que estavam. Quase, por muito pouco não fui com minha boca até a dela, mas fiz charme.

– Ah, Jujuba, reformula a questão antes que eu tire sua roupa todinha aqui mesmo – lambi meus lábios, apenas atiçando sua vontade. Encurralei levemente seu corpo contra a parede. Ela cedeu e ficou vendo até onde iria minha ousadia.

– Você não quer isso, o que está tentando provar? Que agora tem o poder de vir aqui e me deixar louca? Bem, pode pegar toda essa sua pretensão e ir embora para sempre. Quer brincar comigo? Mostrar o quanto é bom? E mostrar para a gordinha aqui o quanto ficou lindo e pode ter a mulher que quiser! Você deve pegar só modelos gostosas! O que quer aqui me enchendo com suas segundas intenções ilusórias?! – parei. E fitei sua respiração agitada. Eu deveria calá-la com um puta beijo, mas palavras primeiro. Eu vou fazê-la se aceitar, para depois me aceitar.

– Blá, blá, blá! Pare com isso! Pelo que eu saiba, saio com mulheres, não me importa se é magra, gorda, bonita ou gostosa! Eu só gosto de uma coisa que todas vocês têm – gemi pertinho de sua boca, e deslizei as mãos em seus braços que estavam arrepiados. Ela cedia.

– Thomas... – ela continuava com o mesmo gemido. Deus! Pedi para repetir. Ela se calou.

– Quer acabar comigo, é falar a porra do meu nome com tesão – ronronei.

– Não sou para você.

– Você tem uma boceta aí, pelo que me recordo muito bem. E digo mais, era uma boceta tão boa, estou duro por lembrar, e possivelmente sentir.

– Pare agora! – sua voz dizia o contrário, só que ela não se ligava quanto me chamava.

– Ou o quê?

– Por favor, vá embora, não acabe com isso que construí.

Por um segundo fiquei tocado, mas lembrei com quem ela tinha construído algo, e não iria desistir.

– Você tem medo – afastei-me um pouco, dando espaço para ela respirar.

– Claro que não – mentiu, se ajeitando.

– Tem sim, por isso que foi embora. Você não se vê suficiente para ninguém – uma verdade dolorosa, mas ela precisava de um choque de realidade.

– Sou do Silas – essa mentira era tão errada que me fez gargalhar.

– Ah, tá bom, viu! – continuei a rir, mas não queria chamar atenção, então maneirei.

– Idiota! – ela empurrou meu peito, mas ao mesmo tempo suas mãos deslizaram pelo tórax, sentindo toda quentura que exalava.

– De quem você um dia gostou muito – sempre tive medo dessa questão.

– Disse certo, um dia... – ah, então era real.

– Mas você ainda vai implorar por mais – cruzei meus olhos com os dela. Ela não fugiu.

– O quê? – o som de sua risada foi doce. Desejei começar a lamber seus lábios e ir descendo.

– De joelhos, ou de quatro, sei lá, por cima... que tal? – pisquei ordinariamente.

– Cretino! – outro tapa, outro contato com meu tórax. Por que ela não descia só mais um pouco, droga, era nossa vontade, não era?

– E eu vou ceder muito fácil, como um pequeno cachorrinho, sabe por quê?

– Não diga – tô dizendo, ela mesma se trai.

– Porque estou faminto por você.

– Você não sabe o que está falando, olhe pra mim – ainda bem que o som lá embaixo era alto, porque ela gritou apontando as mãos para o próprio corpo.

– Você só fala isso porque está acomodada. Acorda, Julia, você é linda! – também gritei, enfurecido com sua falta de autoestima. O que aquele filho da puta fez com ela? Eu vou socá-lo de verdade e ainda roubar a mulher dele. Só digo.

– Não fala o que você não sabe. Ficou por dez longos anos posando de gostoso, agora não se intrometa na minha vida!

– Você só está com raiva porque estou com o corpo forte? Qual é? Olhe para você? Se estou dizendo que é linda, deveria acreditar. Já se olhou no espelho? De verdade, eu sei o que eu digo! Julia, eu não tenho culpa do que nos aconteceu durante estes anos, mas se estou aqui agora é por um motivo, e esse motivo acabei de descobrir, é de te levantar. Não aceito menos do que isso, tá me ouvindo? Não tenha medo do seu corpo, não tenha medo de você! Não seja sua inimiga. Não destrua a alma pura que você tem aí dentro. Olhe, olhe pra mim, acha mesmo que você não é gostosa o suficiente? Que não deixa um homem louco? Olhe pra mim, quer tocar? – cheguei mais pertinho, apertando suas curvas e deixando-a me sentir. Encostei meu quadril contra sua barriga. Eu era muito mais alto, olhei para baixo, encontrando seus olhos radiantes e a boca sendo mordida.

– Eu estou gorda! – assumiu em voz alta. – Nunca digo isso, mas estou. É triste, deprimente.

– E daí, que se foda uns quilinhos a mais. Gordinho também ama e faz sexo alucinante! – tentei soar brincalhão, ela finalmente me encarou e sorriu. Pude ver as lágrimas contidas em seus olhos. – Tá sentindo? Tá vendo como estou duro... – ela me empurrou levemente.

– Você não sabe o que fala.

– Posso não saber, mas não minto, Jujuba. Tô excitado aqui, agora, e é por você, quer você queira ou não. Me prove o contrário, se for isso, eu vou embora; agora, se você estiver molhada, excitada com essa possibilidade, prove que estou errado.

Ela gemeu, cedendo. Ficou quietinha apenas me vendo. Observando cada passo. Capturei seus quadris de forma gentil, mas com uma pegada sedutora. Passei a língua nos lábios, apenas atiçando sua vontade. Deixando a imaginação ferver a mil graus.

Uma canção quente nos amarrou, ligando-nos para nunca mais se soltar. Não existia mais uma colina entre a gente, era apenas a roupa nosso empecilho. Não via a hora de prová-la, mostrar como é que se ama e faz sexo quente. Meu pau gritava assustado querendo mais do que tudo seu lugar favorito. Eu sei que acharia meu sexo ali, entre suas pernas. Mas meu maior medo era saber que não era apenas sexo. Eu sempre amei essa mulher.

Julia gemeu contra meu tórax, se escondendo da verdade. Segurei seu rosto, deslizando o polegar em seus lábios, prendi seu queixo, e nossos olhos permaneceram ligados, por longos segundos, até eu quebrar esse instante e ir até sua orelha. Mordidas e lambidas leves e atiçadas. Desci o pescoço sentindo o doce cheiro de mulher. Uma mulher que foi minha e que estava na minha agora. Enquanto eu a lambia, ela abria a boca e recebia meu dedo. Deslizei cuidadosamente o polegar pela parte macia de dentro. Quase belisquei, mas minha boca fará isso melhor. Cheguei ao queixo, fui sugando com beijos molhados.

– Você fez sexo hoje? – essa questão a assustou um pouco.

– Não, faz meses que não faço – não podia acreditar nisso. Nessa sorte.

– Por quê?

– Não sinto vontade. – sua verdade era triste para ela, mas para mim: um troféu.

– Gostosa, mas você está com vontade agora? – fiquei completamente colado nela. Não dando espaço para ela me negar.

– Loucamente.

Minha glória. Encarei seus lábios que desejavam os meus. Somente um pouquinho, eu os mordi. Era pouco, mas precisava deixá-la me querer, implorar por isso, não pelo meu ego, mas para provar a ela que merece. Que ela é *sexy*, que ela é mulher, porra! Suguei a boquinha que tanto amo. Beliscando pedaços intensos e saborosos. Ela queria mais.

– Jujuba, se eu enfiar meus dedos dentro da sua calcinha, o que eu vou encontrar? – desci lambendo até seus peitos, ela se contorceu com a proposta.

– Uma poça... – seu gemido fez com que meu pau soltasse um semigozo. Ela abriu as pernas, liberando minha entrada. Apertei mais meu corpo contra ela.

– Ah, Deus, eu preciso fazer!

– Faça. Faça logo antes que eu me arrependa!

Sua urgência me levou ao delírio, sem pensar nas consequências enfiei meu dedo dentro do vestido, encontrando um fino tecido. Por baixo mesmo, enfiei dois dedos, achando seu sexo encharcado. Caralho, era a melhor poça que já deixei em uma mulher!

– Que delícia, está vendo, você é tão gostosa que eu estou rezando pra isso não me destruir. Quero mais, quero tudo de você. Por favor, não me negue, me dê tudo de você, Julia.

Assim que enfiei meu dedo em seu sexo, ela gozou. Tão rápido e intenso que vi medo, excitação, novidade, incertezas em seus lindos e poderosos olhos. Julia estava linda, gozando e gemendo e me querendo. E teria. Nós iríamos dar um jeito nisso.

Assim que ela terminou de ofegar, tirei o dedo lá debaixo. Em sua frente, ajeitei meu pau dentro da calça e levei os dedos até meus lábios. Deixei-a ver como era incrível sentir prazer por ela.

– Você vai saber o que é sexo novamente. Encontre-me amanhã, escolha um lugar que estarei lá – falei ligeiro, precisava ir embora. Antes de cometer uma loucura maior.

– Não – ela ofegou, e foi se ajeitando. Estava prestes a escapar novamente.

– Tô falando sério, Julia – não balbuciei.

– Eu também, Thomas – sua voz destorcida a fazia se sentir muito pequena. – Devemos esquecer isso, entendeu?

– Ah, é? Quer assim? Tudo bem. – ajeitei meu pau, e fitei sua indignação.

– Tá vendo como você desiste fácil! – falou toda brava. Vá vendo, mulher não gosta de ser deixada, ela que quer deixar, mas isso não aconteceria mais. Não mais. Tô vacinado.

– Você é quem pensa! – esperei só abaixar, e já iria descer. Ela bateu o pé emburrada. – Esse é meu número, ligue se quiser. – Eu sei que vai. Olhei para seus olhos e vi a fúria. Isso não tinha acabado. Ela só estava ainda resistindo a ela mesma.

– Por que quer isso?

– Você sabe os motivos, vem até mim que te contarei no ouvidinho.

– Isso não vai dar certo – esse assunto estava me deixando puto, e antes de ficar com mais raiva, decidi descer.

– Você quem sabe.

Ela vai me escolher. E vou provar o quanto sou para ela. Droga, será que eu aguentaria esperar? Precisava respirar, então saí disfarçadamente da festa; mesmo com alguns olhares, os principais não me viram. Lilian iria ficar emputecida, mas eu não estava nem aí. Precisava planejar meu futuro.

Uma noite. Era apenas isso que precisava para convencê-la de que era minha. Que sempre foi.

>> <<

Julia estava tão linda. Tão minha ainda. Vou fazê-la se amar novamente, pois só assim ela reconhecerá que vale a pena se arriscar em uma vida ao meu lado.

Jamais achei que a encontraria, e que meu coração dispararia de tal forma. Jamais acreditei que iria estar apaixonado novamente. Ou que iria deixar o putão para trás! Mas, por ela, eu faria isso sem hesitar. Criei muita raiva por um passado em que éramos apenas adolescentes, só que agora, já adulto, eu vejo o mesmo sentimento. E pode ser que ela tenha ficado mexida, senão não me deixaria fazê-la gozar na própria festa de noivado, porra! Ela não está bem, sinto isso. E é onde me machuco de novo. Não quero vê-la sofrer. Mesmo que não acabe comigo e fique com aquele babaca, vou me sentir duplamente fodido de ódio por ter sido trocado duas vezes, mas aceitaria. No entanto, só vou sossegar quando ela estiver bem de verdade. E ao meu lado!

Lembro perfeitamente que, quando fui deixado por ela, resolvi seguir minha vida aos 17 anos como se fosse um adulto decidido. Foi até engraçado minha decisão de ser um puto, de somente foder o quanto conseguisse e nada valeria mais a pena. Apaixonar-se era para os fracos, e, definitivamente, nunca pude ser fraco. Porra, eu lutava com os mais fodidos em um ringue, como poderia ser fraco? Por amor? Jamais.

Então enterrei meu coração em uma caixa e joguei no mar aberto. Viveria como um pirata, sem paixões intensas e ressentimentos perturbadores. Era só enfiar meu pau muito gostoso em um buraco macio, tocar os peitos quentes e suados de meu sexo selvagem. Apenas isso que faria da minha vida, e seria feliz.

Só que, quando fui ficando mais velho, eu sentia a necessidade de ter algo meu. De ter uma família e ser feliz de verdade. Só que não encontrava esse meu *para sempre*. Será que era com ela?

Deus, diz que sim. Destino, escreva direito essa porra de história, por favor!

No dia seguinte, passei as horas me remoendo e olhando no celular, ela tinha que ligar, droga! Tinha deixado meu número, então esperaria. Tenho 99% de chances de ela não ligar, mas vou ficar agarrado nesse 1% de esperança. É o mínimo que posso me garantir.

Quem me ligou algumas horas atrás foi Paulo. Combinamos de ir amanhã em uma quadra de tênis. O cara disse que precisava fazer um exercício diferente, então topei na hora!

Desci para almoçar na padaria da esquina, já que minha geladeira parecia o Polo Norte, gelada e deserta! Só que não quis ficar por muito tempo ali, os olhares que me reconheceram pediram fotos e autógrafos. Não estava focado para isso, eu só precisava de uma ligação. Nada mais.

Assim que sentei a bunda no tapete da sala e me encostei no sofá, ouvi meu celular vibrando, e com ele meu corpo. Poderiam ser mil opções naquele barulho, então não me empolguei. Apenas iria ler e não me enganar. Puxei o aparelho que tinha acabado de apagar, respirei fundo e toquei na tela.

Meu. Mundo. Caiu. Minha. Alma. Fugiu. Do. Corpo. Respira, seu idiota e veja com clareza.

"Encontre-me daqui a 20 minutos no Armazém Piola. Segue o endereço. Bjs Julia."

Tudo que era firme em meu corpo virou gelatina. Não estava acreditando que ela tinha marcado um encontro. Um encontro, porra! Levantei em um pulo ligeiro e corri para o quarto. Precisava me ajeitar e ir encontrá-la! O que será que vai rolar? Será que ela vai ceder, que vai me aceitar? Ai, Deus, cale minha boca e me faça ir com consciência e chegar vivo até ela!

Só para baixar a pressão alta e acalmar a respiração, tomei uma chuveirada, me troquei logo e saí o quanto antes. Vinte minutos. Então ela resolveu de última hora. Deve ter ficado matutando o dia todo, assim como eu. Remoendo o que aconteceria, as consequências desse encontro, mas dessa vez eu a deixaria comandar, agir conforme.

Dirigi calmamente. Não sei como isso aconteceu, mas estava ali, na porta do lugar que ela me pediu. Travei o carro e vi que havia uma chamada perdida. Como assim? Não ouvi isso? Era a distração. Só que quando destravei o celular vi que era uma ligação da Lili. Droga, ela me ligou a madrugada toda, e em nenhuma delas atendi. Depois arrumo uma bela desculpa e tudo ficará bem.

Entrei e um garçom veio me recepcionar. O lugar era bacana, nunca tinha ido, mas era bem arejado e rústico. Chique de um jeito moderno. Olhei em volta do bar e não a avistei. Resolvi sentar na frente, pois assim que ela chegasse ficaria mais fácil de ver.

Pedi uma cerveja e aguardei ansioso, movendo as pernas embaixo da mesa. O celular em cima da mesa estava sendo avistado de segundo a segundo. Ela não tinha me enviado uma confirmação, ou algo parecido. Será que só brincava com minha cara?

Não...

Poderia estar enganado, mas meu coração reviveu e despertou de uma forma linda. Ela estava entrando no bar toda recatada. Escondida atrás de panos demais. Seus óculos escuros não me deixavam ver sua verdade, mas sua boca estava em uma linha fina e cruel. Ela não parecia tão bem.

Ela me avistou e veio em minha direção. Tomei o gole gelado e desceu suave, refrescando a mente e a consciência de que ela estava ali. De verdade.

– Oi, Julia – levantei, tentando ser cavalheiro. Puxei sua cadeira, mas ela permaneceu em pé, encarando-me por trás dos óculos. – Não vai se sentar? – Fiquei meio sem graça por sua atitude rude, mas ela pigarreou e sentou.

– Vou ser breve, apenas me escute, Thomas – odiei seu tom. Odiei o jeito que me encarava por trás dos óculos. Parecia outra mulher.

– Tire os óculos e me encare, Julia – deixei um pouco da irritação tomar conta da voz. Ela não tirou a maldita tela de plasma do rosto.

– Pedi que só me escutasse – apertou as mãos uma na outra. Sinal de desconforto. Não gostei disso, eu queria que ela se sentisse bem ao meu lado. – Esqueça tudo que aconteceu. Tudo.

– Impossível – eu queria arrancar aqueles óculos e olhá-la nos olhos e dizer as minhas verdades.

– Escuta – falou entre dentes.

Será que ela sabia que eu não tinha medo dela? Revirei os olhos bufando.

– Estou pedindo gentilmente que esqueça essa loucura. Não dará certo, e não era para nos encontrarmos. Evito isso há anos, então não estrague isso.

Mentira. Uma mentira toda errada.

– Acha que eu também não te evitei? Tentei tirar você da minha cabeça, mas acha que foi fácil? Agora que nos encontramos, acha mesmo que vou deixar você ir fácil? – grunhi baixo para não chamar atenção de ninguém. O garçom voltou, mas ela não quis nada.

– Pare com isso. Me esqueça, estou falando sério, Thomas. Não quero te ver mais, entenda isso.

– Por quê? – era tão doloroso ouvir isso tudo de novo. Era como voltar aos 17 anos e ver a mesma garota chutando meu traseiro. Que péssima sensação.

– Não iríamos dar certo. Olha pra mim! – sua voz estava abafada por seus medos. Cheguei mais perto da mesa e a encarei. Em um movimento lento e delicado, arrisquei todas as fichas. Fui com os dedos ligeiros até seu rosto, puxei com o indicador seus óculos, revelando a imensidão azul que ela carregava. Tão intensos e profundos. Amorosos. Dolorosos. Cautelosamente escondidos de mim.

– Estou olhando – revelei. Ela ofegou.

– Não faça isso. Não sou pra você! Sou dele... – ela poderia ter me xingado, me feito de idiota mais uma vez, mas não ter falado isso. Bufei, voltando o corpo para encostar-me na cadeira. Senti o gosto do pó que meu coração fez ao se despedaçar.

Eu poderia me humilhar mil vezes e por mil anos, mas, quer saber, ela vai entender, e saberá que estou dizendo a verdade, que eu a quero. Só preciso de tempo.

– Então o que você quer aqui? – joguei as palavras sem medo. Ela tinha que decidir.

– Não seja um grosso! – cuspiu irritada.

– Poderia ter ligado, ou simplesmente ter enviado uma porra de mensagem, mas não! Quer me ver fodido por mais quantas vezes? Sabe o quanto isso dói? – falei com a voz quebrada.

Seu babaca, não se humilhe tanto.

– Thomas, eu sinto muito – abaixou os olhos, fitando as mãos trêmulas.

– Sente mesmo? – sorri nervoso. – Vai se casar ainda com aquele merda? – falei entredentes, evitando gritar.

– Não fale assim! – ela resmungou da mesma forma.

– Você vai? – ela levantou os olhos em minha direção. Julia não queria isso, sei bem. Enxergo essa ilusão que ela acha que é verdade.

– Vou – uma palavra. Apenas uma palavra destruía. Afastei-me dela.

– Não temos mais nada para conversar, vá embora – meus olhos ferveram, e os dela viraram poças de tristezas.

– Será assim então? – choramingou.

– Você não me deu escolhas, então não me cobre nada – dei firmemente de ombros.

Droga, tudo passou dos limites e nada era como o planejado. Pensei que iríamos sair dali, ir para um motel e fazer um amor gostoso, provar a ela que sou perfeito para sua vida, mas isso não aconteceria.

– Ok, você quem sabe – ela se afastou da cadeira, mas não levantou ainda.

– Não faça joguinhos comigo, Julia! Cansei, sabe? A gente quer agradar, mas ninguém tá nem aí! Sempre fui um bom moço, e só tomo chute na bunda! Tomo literalmente no cu! Você nunca esteve nem aí pra mim! – rugi, ela ficou assustada. – Agora veio aqui pra quê? Esfregar na minha maldita cara de cretino que prefere ser infeliz a viver de verdade com quem te ama? – revelei.

Porra, eu revelei tudo. Não resisti, sabia que estava perdendo, mas precisava dizer ao menos uma vez minha verdade. Eu nunca tinha feito isso. E fiquei muito bem. Se ela me quisesse, tudo bem, seríamos felizes, mas, se não quisesse, não seria minha culpa. Nunca foi.

– Estou indo embora – levantou e ainda me fitou, esperando por algo. – Esqueça, ok?

– Vá mesmo. Não preciso de ninguém!

Não alguém que me machuque!, deixei bem registrado ao meu coração.

– Precisa sim. Todo mundo precisa de alguém... – meus olhos ficaram marejados. Droga, um marmanjão chorando a perda da mesma garota.

– E daí? Eu me viro. Cansei de correr atrás. Eu disse que seria uma única vez. Você não acreditou.

– Eu vim porque quis te dizer pessoalmente.

– Dizer pessoalmente que sou um idiota? – encarei seus olhos, ela respirou ligeiro.

– Dizer que...

– Não quero saber! – cortei sua lamúria. Não precisava de dó.

– Não quer mesmo?

– Não.

A destruição começou lenta. Eu perdi mesmo antes de ganhar. Sempre foi assim. Limpei a única maldita lágrima que teimou em escorrer. Ela viu esse movimento.

– Você quem sabe – era a única coisa que ela sabia dizer nesse momento lamentável.

– Argh! Você me enlouquece, sabia?! – levantei. Abri a carteira e deixei o dinheiro na mesa. Ela estava andando rápido à minha frente, mas eu a segui. Esfreguei meu rosto, tentando manter a sanidade e a vontade de dizer mais.

Ela parou de frente a um carro vermelho. Encostei delicadamente seu corpo na porta e a fiz me encarar para ouvir mais um pouco.

– Você me destroça, acaba com minha natureza! Caralho, por que eu te amo tanto? Nunca deixei de amar. O que você fez com meu maldito coração? Não fuja agora, apenas me responda sinceramente! – uma voz agridoce e cortada saía do meu coração, ela me fitou cheia de dúvidas e confusões. Eu estava da mesma forma. Quebrado, porém esperançoso. Era pedir demais?

– Não sou merecedora. Não acredito em finais felizes. Não para mim! – afundou seu rosto nas mãos. Quebrei-me mais um pouco e não achei a voz na garganta tão rápido.

– Não diga isso, farei você acreditar.

– Falo sim, é a mais pura verdade. Se quiser, posso falar bem alto. Gritar! – emburrou-se. Sorri e quase a beijei, pois seus lábios rosados estavam tremendo. Achei encantador.

– Meu coração é surdo... – meu sussurro era apenas uma lamúria triste e adocicada.

– E o meu é teimoso...

Está aí a fagulha da esperança!

– Você o ama? – ela se sobressaltou ao ouvir a questão. Mas eu vi, não precisei saber de nada. Aquilo não era amor, era só acomodação. Ambos estavam acostumados um com o outro. Isso foi a glória para o meu ego, e, principalmente, meu coração.

Eu queria gritar nesse momento, mas sorri bem alto e encostei meu corpo colado ao dela. Levei meus lábios ao seu ouvido e deixei um beijinho depois da respiração agitada. Voltei até seus olhos. Iria dizer muitas verdades e precisava que ela entendesse. Se eu queria o amor dela, iria merecê-lo.

– Eu te amei e fui deixado. Te encontrei e redescobri o amor que achei que tinha perdido. Te ver me deixou confuso e agitado, mas sei o que quero, se você quiser. Só me diga o que fazer que eu faço... Só preciso de uma oportunidade. Uma chance – não desviei sequer um instante de seus olhos. E era a coisa mais linda no mundo.

Eu tinha sua atenção.

– Quer emagrecer? Eu te ajudo. Quer ficar assim? Pra mim tudo bem. Eu vou te aceitar da forma em que você se sentir bem. Quer ficar comigo? Vou ser o seu melhor. Vou te dar sorrisos, beijos, abraços e muito, *muito* prazer, Julia... – certo, eu deixei esse momento mais quente. E senti meu pau entender bem a situação. Encostei meu corpo mais ao dela, que gemeu.

Perfeito, mas precisava dar a cartada final. O grande momento.

– Agora, se você quer que eu vá embora, tudo bem, eu vou. O que você quer? Fala agora. Não amanhã, nem mais tarde. É agora, Julia! – arrisquei toda a minha vida nesses segundos, mas eu teria uma confirmação.

– Desculpa – ouvi o alarme do seu carro ser acionado, e ela desgrudar de mim. Estava acabado. Mais uma vez.

Eu vi seu corpo entrar no carro, vi de seus olhos escorrerem suas verdades. Era apenas medo. Só continha medo do novo, de se arriscar. Mas tudo bem, estava com o coração leve. Eu fiz de tudo. Antes de ela sair com o carro e ter uma última visão de minha tristeza, dei as costas e fui embora. Não precisava sofrer com mais uma partida. Isso finalmente teria um fim.

Fim, seu idiota.

A Mentira Tem Perna Curta

Nunca mais recuarei diante da verdade;
Pois quanto mais tardamos a dizê-la;
Mais difícil torna-se aos outros ouvi-la.
Anne Frank

Flora

Era apenas um olhar. Um digno olhar de paixão, tesão, ansiedade, mas, no fundo, dava para ver como era lindo o amor que nasceu entre a gente. Aquela imensidão cinza era uma poça cremosa, misturada a muito prazer e amor. Paulo sempre deixava exposta sua vontade, não precisava de mínimas palavras, bastava olhar e eu sabia o que aconteceria a seguir.

Estávamos ainda deitados, grudados de uma noite calorosa. Ainda sinto os arrepios que ele sempre me causa. Olhei por cima de seus ombros e vi a fina chuva que caía nessa manhã cinzenta. Era para ser mais um dia ocioso, mas sei que daqui a pouco já começa o sol ardente, e adeus dia preguiçoso.

Estávamos a uma semana do casamento, e meu peito se agitava todas as vezes que pensava em como tudo aconteceria. Paulo permanecia na mesma ansiedade, mas conseguia disfarçar bem. Hoje ele tinha combinado de jogar tênis com Thomas, e me forçou a ir assisti-lo. Nem retruquei e disse que iria estar lá, torcendo pra ele. Claro que já convoquei Mandy; ir sozinha só me deixaria num tédio crescente, então ela disse sim na mesma intensidade do que fui forçada. É por isso que existem melhores amigas, para nos acompanhar na alegria e no tédio.

Assim que voltei minha atenção ao Paulo, ele me fitava cheio de profundidade. E eu conheço muito bem esse olhar. Fitei a mágica que acontecia em seu corpo encostado ao meu. Endurecendo gradativamente, e fazendo meu corpo esquentar na mesma proporção. Ele soltou um sorriso lento, fazendo com que aqueles lábios se tornassem tão beijáveis. Salivei ao ver nossa reação silenciosa de prazer. Um deleite único ao nosso ego. Não precisávamos de grandes apresentações ou performances, bastava um olhar, um toque, um jeito único de sorrir e já estávamos excitados!

– Você me faz louco, *love* – sussurrou de frente, puxando meu corpo com uma mão e com a outra delicadamente meu pescoço para ir de encontro à sua boca.

– Estou pegando fogo – e de repente embaixo dos lençóis estava um calor incompreensível.

– Vou acalmá-la... – tremeliquei sobre seu comando.

Paulo levantou rapidamente e já estava por cima de mim. Senti aquela muralha que era seu corpo pesado e musculoso. Fitei os ombros largos que estavam para fora do lençol, deslizei as unhas, fazendo-o se arrepiar. Ele fechou os olhos com cuidado, fazendo aqueles longos cílios esconderem sua preciosidade. Mas, quando ele os abriu, era pura chama.

Abri mais minhas pernas para recebê-lo, Paulo afastou a calcinha e deixou um dedo nas dobras, escorregando lentamente. Ofeguei agitada e puxei seu rosto. Sua boca encostou a minha; sedenta, eu fui engolindo a sua, enquanto seus dentes me arranhavam. Paulo largou a boca e desceu para o pescoço, na mesma intensidade de seus dois dedos que já estavam dentro de mim. Meu corpo não parava de mexer, mas, por seu tamanho, ele me segurava bem. Antes que eu saísse quicando pelo colchão!

O primeiro orgasmo estava por vir. Paulo tirou a boca do pescoço e voltou para meu rosto. E olhos nos olhos, eu vi seu amor por mim.

– Eu te amo tanto – sussurrou docemente. E o arrepio só se intensificou. – Nunca é suficiente falar isso para você, mas sinta meu amor, sempre – ele estava tão romântico que quase chorei em vez de gozar.

Ele viu minha reação, e mesmo assim seus dedos gentis não saíram de lá, ficaram em um vaivém lento e perfeito.

– Eu te amo tanto – repeti com um fio de voz, pois estava ofegante.

– Por muitas vezes nosso amor é feito com o corpo, fazendo nossa alma se tocar. Sempre vejo em seus olhos o tanto que me ama, e vejo o reflexo do meu amor em você – soltou leves beijinhos no rosto até os olhos.

Sorri assim que seus lábios sorriram nos meus, e, cuidadosamente, o primeiro orgasmo veio estilhaçando meu corpo, fazendo-me sair da realidade e cair nas profundezas que eram o prazer que Paulo me proporcionava. Relaxei esticando meu corpo, pronta para recebê-lo.

– Te quero, te desejo, te amo e vou te possuir com todo o meu amor.

Já mencionei que já fiz milhares de vezes sexo louco e intenso com Paulo, mas esse estava tão delicioso e calmo e quente e poderoso. Paulo arrancou a calcinha encharcada e a jogou no chão. Puxou a blusinha fina, atacando-a contra a parede. E agora estávamos nus, igualmente quentes e pele na pele. O suor do esforço e do calor nos uniu, fazendo-nos pegar fogo.

– Rapidinhas na manhã são as melhores – gemi antes de ele me penetrar.

– Hum, não será uma rapidinha, será uma demoradinha... – mordeu meu mamilo, fazendo-o ficar muito duro e excitado.

– Ai, jura? – Ele fez que sim ainda com o mamilo entre os dentes. – Estou quase gozando novamente.

– Goze, *love*. Mas só vou sair daqui – apertou meu sexo – quando estivermos exaustos! Quero sentir todos os seus orgasmos. Nos dedos, na boca, no meu pau – mordi a boca, pois ele apertava meu mamilo entre seus dentes e meu sexo latejava. Até que ele me deu alívio, depois de quase arrancar o coitadinho, aquela boca grande foi descendo, chupando, até chegar nela, e sua língua vagarosamente me invadiu, mas meu orgasmo não foi nada calmo, ele explodiu de dentro para fora.

– Suas desculpas por sexo matinal são as melhores – ofeguei assim que seus lábios saíram de dentro de mim. Paulo estava imponente de joelhos na cama. Tão perfeito olhar para aquele rosto satisfeito, lábios molhados do meu sexo, tórax quente e malhado, e por fim... o presente do ano. O pau do PAUlo! Abri mais as pernas, mas ele fez que não, e seu sorriso esticado dizia que ele iria aprontar.

– Não há desculpas para te amar, menina. Sexo é uma demonstração física do nosso amor.

– Que amor! Hoje você está tão amável, romântico – suspirei. – Cadê o selvagem...? – apertei a pontinha da boca entre os dentes, e foi aí meu erro. Paulo sorriu.

– Está bem aqui, vire-se, *love*! Ele te aguarda, menina – ele mesmo puxou minhas pernas e me deixou de quatro. Antes mesmo de avisar, já me penetrou, levando minha alma para junto dele. Fazendo-nos urrar nosso amor e gozar feito loucos!

– Fiz algo para você. Amanhã será um dia legal, certo? – lembrou sobre o jantar com nossos padrinhos. Uma pré-festa de casamento.

– Será perfeito – fitei os olhos brilhantes dele. Como não questionei o que era, ele aguardou por minha ansiedade. – Ok, deve ser surpresa, por isso não questionei.

– Um deles sim. Mas escrevi uma carta; acho que vai se apaixonar por mim de novo. Vou ler para todos, posso? – meu coração disparou.

– Jura? Tipo uma declaração? – levei os dedos à boca. Paulo bateu levemente, tirando-os de lá, e concordou beijando a ponta deles.

– Estou apaixonado por você desde sempre, quero que todos saibam disso, de como aconteceu – chupou a pontinha do meu dedo.

– Hum, será lindo. Nem eu sei na verdade como fiz essa proeza de conquistá-lo.

– Por isso é surpresa. Sempre tive vontade de contar, e vou – piscou encantador.

– Vou aguardar ansiosamente por esse momento.

– Mas é daqui a uma semana que vou te amarrar para sempre, sra. Castelan – seu sussurro entre meu pescoço e minha clavícula me deixou mais quente.

– Soa perfeito em sua voz, amo você... – ronronei apaixonada.

– Você já me quer aí dentro, né? – ele sorriu.

Um sorriso malicioso, naquele rosto deslumbrante. Aqueles olhos hipnotizantes já me despiam de sua camiseta. Paulo enfiou dois dedos entre minhas pernas, mas parou, pois ouvimos a campainha. Droga, campainha intrometida.

– Vou fingir que não ouvi, posso? – ofertou. E novamente ela tocou, junto com meu celular que estava na mesinha. Puxei o aparelho, mas Paulo não tirou as mãos de perto da calcinha. Sorri e ele bufou fingido assim que mostrei o celular para ele. Era Mandy.

– Preciso abrir a porta, sabe disso! – Paulo rolou o corpo para o outro lado. – Se ajeite. – isso queria dizer: faça esse pau abaixar! Então ajeitei a camiseta e fui correndo abrir a porta.

– Oi! – Mandy tirou um pirulito rosa da boca e sorriu animada, mas, quando viu minhas bochechas vermelhas, minha boca inchada e apenas de camiseta do Paulo, ela deduziu.

– Amiga, estava quase com um desse na boca! Só que *beeem* melhor, sabe, né? – brinquei e dei espaço para ela entrar. Mandy travou na porta. – Anda logo, já paramos!

– Diz oi pelo menos, *sucking*! – entrou e estava carregando uma sacola imensa. Tirei o pirulito da mão dela e enfiei na boca. – Fique com isso, não quero mais! Vai saber onde estava essa baba toda aí – estremeceu, fingindo estar enojada.

– Aff, quanto drama, até parece que nunca fez isso – pisquei um olho sendo brincalhona. Mandy morre de vergonha de falar sobre o que faz ou que não faz.

– Sua boba! – mostrou a língua, colocando as coisas na mesa da sala. – Cadê o homem? – falou olhando em volta.

– Está se recompondo – dei de ombros, me jogando no sofá. Ela veio para perto, com outro pirulito que pegou da sacola.

– Vocês não cansam? – bateu em minha perna, empurrando para sentar junto.

– De chupá-lo, não. E muito menos do sexo dele. Aliás, ele que iria me chupar agora. – O vermelho do seu rosto iluminou a sala. Ri bem alto.

– Nojenta! – bateu forte em minha coxa.

– Fico pasma com mulheres que reclamam de nojinho – fitei seus olhos, ela sabia que sairia uma besteira e tapou os ouvidos. – Reclamam que não conseguem engolir um comprimido porque engasgam; de que não comem ostra porque é mole e feio, mas engolem o leitinho com gosto que nem é da vaca! – revirei os olhos e gargalhei, Mandy estava petrificada.

– Não sei por que meu ouvido é obrigado a escutar tanta merda vinda de você, Flora!

– É porque você me ama.

– Ai, essa é a pior parte – bufou, revirando os olhos.

– Minha mulher é perfeita, não é? Não tem como não amar. – Paulo entrou todo vestido, sorri apaixonada e minha melhor amiga novamente revirou os olhos.

– Não me canso de ver a paixão de vocês!

– Nem eu – suspirei, e Paulo veio me dar um beijinho.

– Olha, vou acabar com a graça mesmo. Por favor, saiam desse ninho de amor. Trouxe filmes e quero a Sessão da Tarde que me prometeu! Paulo, desgruda daqui, vai! – Mandy era uma abusada quando queria ser paparicada por mim. Ela é tão carente.

– Já saí! – Paulo deu um passo para trás. Puxei sua camiseta, mas ele não voltou. Fiz beicinho. – Mas promete que vocês vão nos ver jogar lá no clube?

– Claro, vamos assim que acabar o filme – prometi e pedi seus lábios. Ele fingiu não ver e sorriu ordinariamente, me atiçando.

– Os filmes – Mandy me corrigiu.

– Oi?! – brinquei com ela, e foi sua vez de fazer beicinho.

– Quanto tempo? – ele cruzou os braços imensos me fazendo ficar sem ar. Ai, Deus, o que a gente não faz pelas amigas, até ficar sem dar.

– A tarde toda, pelo visto! – encarei Mandy, que não estava nem aí.

– O que vocês terão daqui para a frente é tempo para transar loucamente, me deixa ter um momento com minha amiga? – levantou cruzando os braços, Paulo riu dela e tirou o pirulito da minha boca. Esse movimento de ele enfiando na boca larga me deixou molhada. – Pare com esses joguinhos sexuais! – falou, batendo o pé até a sacola. – Agora, Paulo, deixa de safadeza e pode nos deixar sozinhas?! Vá encontrar o seu amigo.

– Você é um barato, Mandy! – antes de ela chegar, Paulo me agarrou dando um beijão doce. Agarramo-nos ali mesmo, mas o pigarro dela nos fez abaixar o nível. – Vocês vão, certo?

– Pode contar que sim – pisquei e ele foi embora mais tranquilo.

– Aff, quanta tensão sexual por aqui – ela se abanou e tirou dois Dvd's de dentro da sacola. Pisquei os olhos apaixonada. Uma vez ao ano sempre fazíamos essa sessão especial.

– Qual primeiro? – perguntei animada e me levantei para preparar a pipoca.

– *Orgulho e Preconceito*, claro! – deu de ombros a abusada.

– Vou preparar as pipocas, e já tem vinho gelado – bati palmas. – Mesmo sendo o sr. Darcy o primeiro, o melhor está por vir. *O Morro dos Ventos Uivantes* e o meu senhor Rabugento Heathcliff! – suspirei indo para a cozinha enquanto Mandy preparava a sala.

Passaríamos a tarde banhadas de romances e doces, claro, junto aos nossos favoritos: muito vinho e pipoca!

– Ganha dele, amor! – gritei animada no outro lado da quadra. – Thomas, para de roubar, seu safado! – gritei mais alto ainda, em uma animação louca.

Estava muito divertido ver esses dois jogando, um querendo roubar do outro. Paulo era esperto e tinha uma estratégia ótima, mas Thomas era um pouco mais ligeiro, fazia meu amor ir de um lado ao outro e estar quase esbaforido por isso.

– Safado?! – Thomas parou e ficou quicando uma bolinha verde no chão, me fitou de lá, apertando aqueles olhos cretinos. – Pegou pesado, Flor! – sacou a bolinha e continuaram o vaivém na quadra. Quicando aqui e lá.

– Isso mesmo, *love*, distrai ele pra mim! – Paulo deu uma bela cortada e Thomas não alcançou. Mandy e eu vibramos juntas; Bernardo, seu marido, começou a rir alto. Ele era o próximo a jogar com quem ganhasse.

– Só se eu tirar a roupa, né? – falei baixinho no ouvido da Mandy, que soltou um tapa ardido na minha coxa.

– Besta. Só pensa besteira. – Ainda bem que eu estava de óculos, senão ela veria como meus olhos brilharam com essa façanha. Ficar a noite toda com os dois foi a melhor experiência da vida! Abanei-me disfarçando, ela jamais saberia.

– Só mais duas rodadas, é melhor desempatar. – Bernardo já levantou e iria se preparar.

– *Love*, faça alguma coisa – eles estavam sem camiseta e suando em bicas. Olhei para meu homem e sorri tortinho. Não sei o que poderia fazer, mas torcer isso eu faria.

– Acabe com ele, amor, sei que consegue – incentivei.

– Posso te persuadir com meu charme, só para ficar do meu lado, Florinha – ouvi a voz sensual de Thomas e, na situação em que ele estava, era terrivelmente quente! Até mesmo Mandy se abanou com seu leque. Era muita testosterona envolvida ali na quadra.

– Não mesmo, sou *divergente*! – falei convencida. E Mandy rachou de tanto rir. Até que Thomas chegou um pouco mais perto. Esse era o ponto final da rodada. Então ele se arriscou.

– Posso trocar fácil o meu nome, pelo menos o final dele. Me chame de Tobias que eu te *descontrolo* – ronronou muito provocante.

Ai. Meu. Deus! Puta que o pariu, achei que ele não tinha entendido. Isso me surpreendeu, me deixando de boca aberta.

– Audacioso – debochei.

– Tenho os meus talentos – ele e suas piscadinhas sacanas. Estremeci.

– Você nem joga tão bem assim! – provoquei, e Paulo riu alto.

– Não era exatamente a isso que eu estava me referindo – aquele cachorro, cretino e sacana mordiscava a maldita boca sedutora! Juro que eu queria socar a cara dele por me perturbar tanto. Antes de falar qualquer coisa, Thomas correu para a quadra para sacar a última bolinha. Bernardo já estava na ponta da quadra pronto para jogar. Paulo estava rindo de algo, deve ser alguma piadinha deles. Senti um leve cutucão na barriga.

– Ei, ele consegue ser mais perfeito? – Mandy apontou o queixo para Thomas. Sorri, pois ela era muito difícil de dizer certas coisas de homens. Se não fosse por mim, ela mal falaria pau! E ficar observando o volume de calças é comigo mesmo.

– Você viu? Perdi a oportunidade quando tive chance! – menti feio nessa, hein?!

– Mas ganhou Paulo, quer mais o quê, olho grande? – arregalei os olhos brincalhona.

– Ai, menina, que horror, eu sou quase uma chinesinha! – rimos mais uma vez alto, e, quando olhei para a quadra, algo estava estranho. Assim que Paulo jogou a bolinha em uma cortada fodida, Thomas deu um slide, mas travou, deixando a bolinha quicar à sua frente. Parecia que tinha visto um fantasma. Levantei comemorando a vitória justa de Paulo. Bem, será que foi justa? A cara de assustado de Thomas dizia que tinha algo realmente estranho. Desci as duas escadinhas na frente e cheguei mais perto da movimentação. Paulo me agarrou pela cintura e lascou um beijão na boca. Thomas parecia na defensiva, mas foi até um casal que chegou.

– E aí, amigão, te achei! – um rapaz rechonchudo disse alegremente ao cumprimentar Thomas, que estava mais apreensivo do que nunca.

– O quê? – esticou a mão, mas seus olhos escuros diziam o quanto estava com raiva. Fiquei sem entender, acho que Paulo também, pois perguntei a ele e não sabia quem eram.

– Foi difícil achar a sua agenda – o rapaz continuou, animado com não sei o quê! Deveria ser algum fã chato dele, e por isso sua cara de bunda mal lavada. No entanto, eu nunca vi Thomas destratar algum fã. Estranhíssimo.

– Está me perseguindo? – resmungou, e o vi apertar as mãos em desconforto. Se eu fosse esse cara sairia de perto dele, antes que um murro vazasse.

– Só tentando ser amigável – deu de ombros e ajeitou seu kit de tênis nos ombros. A mulher ao lado nada disse e, na verdade, mal encarava alguém, estava cabisbaixa.

– Fiquem à vontade – Thomas entortou a boca e jogou uma toalhinha que estava no degrau em cima dos ombros. E dessa vez encarava a mulher. – Tudo bem, Julia? – falou seco, e foi nesse instante que ela o encarou.

– Sim, estou ótima – sua voz soou baixa, depois desse desconforto nos aproximamos.

– Tudo bem aqui? – Paulo perguntou, eu fitei a mulher à minha frente. Ela não me encarou, mas por um segundo seus olhos intensos me acharam. Ela tinha medo de algo.

– Sim, tudo certo. Esses aqui são Silas e Julia – sua voz mórbida era completamente errada. O que era essa merda toda? Fiquei empertigada e encarei Thomas, ele desviou os olhos.

– Olá, você tem lindos olhos. Sou Flora – estiquei a mão a ela, que recebeu.

– Julia – sua mão estava muito gelada, e suava.

– Vamos jogar juntos! – o tal de Silas ofertou ao Thomas.

– Não, você vai jogar com o Bernardo.

Vi a expressão do meu amigo. E sei bem o que havia de estranho. Nessa conta eu sabia, um mais um seriam sempre dois corações partidos.

– Por que não com você? – insistiu o carinha.

– Vou jogar com o Paulo – bufou irritadíssimo. Será que esse idiota não enxergava?

– Vamos, é só uma partida, Tom – o olhar do meu amigo pegou fogo. Corre, galera!

– Eu disse não! Você chegou agora e não tem escolhas – grunhiu. Paulo notou também que havia algo diferente, já que apertou levemente minha mão.

– Vamos jogar em dupla, eu e Thomas e vocês dois, que tal? – Paulo sugeriu, até que enfim o cara parou de graça e foram os quatro para a quadra.

– Vamos aguardar ali, assistir é bem melhor – chamei Julia e ela nos acompanhou.

Mandy e eu ficamos ainda falando de livros e filmes. Ela não abria a boca, e sempre olhava para as unhas grandes e bem-feitas. Seu chapéu cobria seu rosto e não dava para ver direito pra onde ela olhava. Mas sentia que estava perdida dentro dela mesma.

Percebi algo, mas precisava tirar minhas conclusões, já que, dentro da quadra, Thomas estava um poço de raiva. Coitadas das bolinhas que ele acertava!

– Jujuba? – tirei o potinho da bolsa e ofereci a ela. Seu rosto assustado imediatamente voltou-se para mim.

– Desculpa? – *bingo, gata.*

– Você quer jujuba? – falei com um sorriso preso, e o olhar fixo no dela.

– Não, estou bem, obrigada.

– Claro, mas se quiser, deixarei aqui. – ela assentiu. Não, o assunto não acabaria ali, eu precisava de mais. – Conhece o Thomas há muito tempo? – sei que não deveria, mas já que estávamos ali, por que não? Antes de responder, ela fitou a quadra. Perdida nas lembranças.

– Ah, sim, nós estudamos juntos.

– Humm – joguei uma balinha na boca, e mirei meus olhos nela. – E seu marido também?

– É noivo – corrigiu-me. – Aham, mesma época – ela não queria conversa, mas eu não me calaria, certo? Acabei de dizer que sou divergente, então ninguém me controla! Bufei rindo.

– Interessante!

– O que é interessante? – sua voz amedrontada queria saber o motivo das minhas questões; eu nem deveria me intrometer, mas isso dizia respeito ao meu amigo, e a gente se preocupa com amigos e torna-se um leão se precisar protegê-los!

– Estão juntos até hoje, isso é raro! – desconversei um pouco, não queria parecer intrometida, mesmo sendo.

– Ah não, só estamos juntos há cinco anos, o tempo de escola foi uma coisinha boba – ela me encarou dessa vez; apesar de todo medo que carregava em seus olhos, ela sofria com algo também. Mas sei que *ela* era a maior causadora.

– Diz por você! – deixei escapar. Porra, cale-se mulher.

– Oi?

– Só pensei alto!

Idiota destruidora de corações!

Voltei minha atenção para o jogo. Era como a arena dos jogos vorazes, só que, por motivos emocionais e destruidores, somente um queria matar. E esse *alguém* estava muito ferido e partido em mil pedaços.

Assim que todo mundo já estava se preparando para ir embora, eu consegui encurralar meu amigo na parede depois que saiu do vestiário.

– É ela, não é? – perguntei furiosa. Ele iria desconversar, mas fiquei à sua frente, impedindo de ele sair e não me deixar ajudar. – Thomas? – aguardei, ele suspirou profundamente e relaxou os ombros contra a parede. Parecia tão cansado, mas a dor não era física. Isso me doeu. Minha garganta se fechou, ele sofria mais do que eu podia imaginar. – Diga, por favor.

– É... – num instante de proteção, fui com meus braços até seu corpo e o abracei forte. Ele recebeu meu carinho, e senti seu coração ligeiro.

– Vou querer saber o restante da história? – coloquei em forma de pergunta, deixando a questão para ele resolver, se queria ou não minha ajuda.

– Flor, não vale a pena, passou. Já era. – sei que tinha mais, porém vou dar o tempo dele.

– Aham, diz isso pro seu teimoso coração apaixonado e partido! – ele tocou meu rosto, fazendo-me encarar seus olhos.

– Pare de ler as minhas emoções! – seu sorriso era fraco. Meu peito apertou mais um pouco.

– Amigos são para essas coisas! Eu quero seu bem, e ela não está fazendo! – sussurrei, e voltei a abraçá-lo.

– Ela poderia, só não quer – senti um beijo no topo da minha cabeça, então nos separamos e caminhamos lado a lado em silêncio, até que soltei sem perceber:

– Porque ela é uma idiota! – não me desculpei e ele sorriu.

– Deixa essa história pra lá, tudo bem? Superei. – Aham, eu vi bem como ele se superou na quadra, quase destruindo meio mundo com as bolinhas potentes. Deve ter sido esse momento de libertação.

– Veremos, Tom.

Ele assentiu cauteloso tocando em meus ombros, fomos para o carro, dessa vez em silêncio total, e fiz uma promessa a mim mesma: eu vou ajudar meu amigo!

"*Love*, o local da festa mudou. Já avisei a todos."
"Não fique brava! Prometo que vai se encantar! E dizer que me ama a cada segundo!"
"O Thomas vai te levar!"

Reli e não tinha entendido. A festa seria em um salão reservado aqui perto. Já era mais do que perfeito, mas Paulo arrumou outra coisa? O que ele está aprontando? Ainda bem que eram poucos convidados, e ele mesmo já avisou. Diz se ele não é perfeito? Mas, pensando bem, por que Thomas me levaria? Ai, ai, esses dois só aprontam. Enviei uma para ele.

"Pq?"

Ele não retornou.

Decidi que isso não iria fazer diferença, o importante era estarem todos reunidos com o mesmo amor no coração. E a boa-fé de nos apoiarmos. Era disso que precisaríamos. De amor.

Meu coração hoje estava transbordando emoção, e sei que tudo daria certo.

Depois de quase duas horas me arrumando, eu estava prontíssima! Linda e sedutora. Nada muito escandaloso. Apesar do vestido rosa-bebê estar megacolado e ser de renda a lateral, deixava ainda um ar de *sexy* sem ser vulgar. Adorei, e tinha sido minha mãe a me presentear com essa beleza. Estava me sentindo estonteante.

Ainda quando me admirava no espelho, a campainha tocou. Andei tranquilamente, pois o salto alto não me deixava muito coordenada. Nunca fui muito fã, mas uso só para me sentir feminina. Peguei já a minibolsa no aparador e abri a porta. O deus grego estava plantado ali na frente. Delirantemente lindo, cheiroso e intenso.

– Olá, *boy* magia! – brinquei e fiz charme com a piscadinha. – E aí? Como estou? – dei uma voltinha e, quando parei, ele estava com o queixo caído.

– Uau, Flor – gaguejou. – O Paulo só me fode nessas missões! – sacudiu a cabeça em negativa. – Parece que tá me testando! – finalizou indignado. Fechamos a porta e descemos.

– Deixa de ser bobo. Fala aí, será onde? – tentei persuadi-lo antes de entrar no carro.

– Não posso, gata – acionou o alarme, mas não abriu as portas. – Antes de entrar, eu preciso te vendar! – travei, e ele sorriu dando de ombros. – Ordens do noivo – quando pensei em questionar, ele levantou o indicador me proibindo. – E isso eu não vou deixar de fazer. Foi um pedido bem específico, Flor. E outra, porque querendo ou não, é um cacete de um fetiche! – acertei um tapa em sua mão que já estava com um tecido preto.

– Por quê, Tom? – choraminguei. – Vai estragar a make, a moça levou horas tentando rebocar minha cara com cimento. – Thomas explodiu em uma risada sem fim.

– Você é muito besta, vamos, me deixa fazer o trabalho incumbido a mim – virou-me de costas para ele.

– Vai me deixar feia, sou a noiva, poxa! Não posso ficar feia! Quer que eu chegue borrada? Melecada com os cílios tortos? – resmunguei com raiva.

– Não seja dramática, Flor! – ele não iria desistir. – Agora vira, eu vou te vendar, *cherry* – ele só me fodia também, viu.

Thomas me ajeitou no banco apertando o cinto, e então fomos rumo a minha incrível e inesquecível pré-festa de casamento.

Thomas me fez caminhar por mais ou menos dois minutos, e depois até passamos por um caminho de gramas. Meus saltos afundaram e isso me fez xingá-lo de diversos nomes feios. Ele ria e nem ligava para meus xingos. Enquanto eu ainda agarrava seu bíceps, Thomas parou do nada com a respiração agitada.

– Você está nervoso? – questionei animada e com as mãos frias de ansiedade.

– Um pouco, e você? – confessou baixinho, como se alguém pudesse ouvi-lo.

– É só um jantar, Tom. Vou ficar assim semana que vem. No grande dia!

– Gosto que me chame de Tom. Soou bobo, mas gosto – tenho certeza de que deu de ombros. Sorri e virei em sua direção.

– Pode, por favor, tirar a venda, preciso ver a sua carinha e a das pessoas que nos esperam!

– Ok, nós já chegamos. – senti seu corpo se aproximar, e as mãos em minha cabeça. Podia também sentir sua respiração em cima de mim. Era quente e confortável. E seu cheiro, incrível.

– Adoro muito você, menino. Quero muito sua felicidade. Você merece tudo, Tom – minha voz falhou e no mesmo instante meus olhos foram se acostumando. Enxergaram seu lindo rosto animado e feliz. Aquele sorriso largo e delirante com as covinhas de brinde. Thomas tirou minha mão de seu coração e a beijou carinhosamente.

– Obrigado, menina. Gostaria mesmo de merecer, mas vamos ver, o destino gosta de brincar com minha cara, mas estou seguindo. Serei forte. – outro beijo, mas no rosto. – Vamos aproveitar este lugar lindo? – foi aí que me dei conta de onde estava.

– Ai, meu Deus! – levei as mãos à boca. – Ontem ele não me deixou ver este salão, era por isso? – ele fez que sim. – Que demais, este lugar é lindo!

– Você não viu nada, gata!

Tom segurou em minha mão e iríamos entrar no charmoso salão de festa dentro do clube de tênis em Alphaville. Não posso acreditar que Paulo me fez vir tão longe, mas era por um ótimo motivo. Aqui era lindo.

E assim que Thomas abriu a porta para entrarmos, todos os nossos amigos estavam por ali e, no meio da grande mesa no centro, meu mundo. Soltei a respiração que tinha prendido por ver tanta beleza. Paulo estava delirantemente lindo, charmoso e muito apaixonado. Aquele homem grande e forte estava apaixonado por mim. Suspirava lentamente e tinha olhos prateados em minha direção. Era tudo por mim. Mal podia acreditar. Minhas pernas enfraqueceram, então segurei mais firme no braço de Thomas, quase fiquei pendurada. Porque a maior surpresa estava acontecendo assim que meus pés caminharam um na frente do outro. O som da música nos invadiu e fez meu coração disparar.

Um dia, coloquei essa música e dançamos lentamente enquanto ele cantava para mim, repetindo todas as promessas que ela carregava. E jamais deixaria de cumprir. Olhei diretamente em seus olhos e sua felicidade por fazer isso. Essa adorável surpresa em entrar no salão tocando "*Earned it do The Weeknd*". Ele falava em meu ouvido o tanto que iria cuidar de mim, o tanto que eu valia a pena. O quanto eu fazia nosso amor parecer mágico, e até mesmo o tanto que eu era perfeita. Mal sabia Paulo que eu só era tudo isso porque o tinha em minha vida.

Assim que chegamos à metade do salão, Paulo veio me receber. Olhei para Thomas que estava pra lá de emocionado, com as mãos na boca. Foi então que vi uma garotinha vir correndo na direção dele, e entendi perfeitamente o que acontecia. A família dele estava ali.

– Esse cara é o mais foda de todos! – vi Thomas sussurrar antes de a menininha pular em seu colo e ele a balançar loucamente nos braços. Paulo chegou de mansinho.

– Aceita essa dança, *love*? – aquela voz que é meu conforto. Sorri emocionada.

– É claro. – recebi seu corpo imenso e aquele abraço de urso confortável. Aconcheguei-me em seus braços e respirei seu cheiro único. – Te amo... te amo... te amo... Paulo, eu te amo.

Nossos olhos enfim se encontraram. Aquela boca captou minhas palavras e roubou meu silêncio só para ele; eu podia dizer o quanto amava aquele homem com um beijo apaixonado, e foi o que fiz. A música em seus instantes perfeito repetia nossa verdade.

– *I'mma care for you, you, you... 'Cause, girls, you're perfect... You're always worth it...* – provocou com palavras meu ouvido, fazendo meu corpo todinho se arrepiar.

– Somos perfeitos juntos – concluí. Paulo puxou minha cintura e já me levava para a mesa, onde todos estavam reunidos. A alegria contagiava o ambiente.

– Gostou? – apontou para todo o salão decorado.

– Estou extasiada. Ficou demais.

– Não, faltava sua beleza, seu brilho. Fico feliz por ter gostado.

– Eu amei.

– Thomas te trouxe direitinho? – perguntou já perto do amigo, até que Tom nos encarou com um sorriso estampado de felicidade.

– Ele seguiu suas regras. Quase o soquei, mas ele cumpriu tudo! – falei, encarando-os.

– Cara, ela é maluca! Mas fiz o que pediu – apertaram as mãos juntos, e se abraçaram. – Valeu por tê-los trazido, nem acreditei nisso. Depois vou te apresentar minha família, Flor.

– Vou querer com certeza – olhei pra trás e os vi conversando com os pais de Paulo.

– Não tinha como não pensar em como tudo começou! Ele sabe que essa música é do *Fifty Shades*? – ouvi a voz amiga atrás de mim, virei e dei de cara com minha *best*.

– Sabe, sim, assistimos juntos – suspirei e vi os olhos de Paulo pegar fogo. Ele sempre dizia que fazíamos melhor. E é pura verdade.

– É claro que assistiram! – Mandy revirou os olhos em brincadeira. – Vocês estão lindos. São de uma beleza incrível. Amo vocês e estou muito feliz por tudo.

– Obrigada, Mandy, por me ajudar sempre – fitei a carinha dos dois. Era a minha vida resumida ali.

– Conte comigo sempre, Paulo – eles se abraçaram e até Bernardo nos cumprimentou.

– Estarei ali no cantinho, passe ali pra conversarmos mais – pisquei dizendo que sim.

– Vamos falar com o restante da galera? – Paulo sugeriu e concordei na hora.

Os amigos mais chegados da academia estavam por ali. Michel, Mauro e Pedro com suas respectivas namoradas. Esses três nos acompanham desde a maluquice do Purgatorium 90. E estavam felizes por estar chegando o grande dia. Conversamos um pouco e rimos de algumas lembranças.

– *Love*, eu tenho outra surpresa! – anunciou me levantando da cadeira. Fiquei confusa e com o coração agitado. Surpresas são sempre bem-vindas, mas nos deixam com um cubo de gelo na boca do esôfago! Fitei o brilho de seus olhos e vi o movimento de sua cabeça, indicando para olhar pra trás. Então o fiz. E meu mundo ganhou um novo brilho. Eles estavam ali.

Se eu já estava feliz, imagina agora? Comecei a explodir de felicidade ao ver os olhos brilhosos dos meus pais. Tinha falado com os dois logo cedinho, já que não poderiam vir, mas acho que conseguiram me enganar direitinho! Vê-los com os olhos cheios de orgulho era um amor único.

– Não acredito! Que bom que estão aqui, mãe e pai! Ai, eu não acredito ainda – cumprimentei-os muito animada, e Paulo fez o mesmo, em seguida.

– Cancelaram a viagem, então entrei em contato com Paulo, que nos ajudou! Você está linda, anjo – a voz rouca e carinhosa do meu pai era uma canção ao ouvido.

– Você ficou incrível com o vestido, parece uma bonequinha! – mamãe me abraçou carinhosa. E papai segurava o ombro de Paulo e lhe dizia algo, deixando-o todo sem jeito.

– Pai, por favor, pare de assustá-lo! – entrei no meio dos dois, e senti Paulo relaxar.

– Esse cara só tem tamanho – papai brincou, rindo muito alto.

– O sr. João sabe meu ponto fraco – Paulo resmungou com um sorriso lindo.

– O nosso ponto forte é o mesmo, meu caro – papai apertou a cintura da mamãe, e vendo como os dois eram apaixonados me deixou feliz. Era possível ter o final feliz.

– Fiquem à vontade, logo mais começarão a servir o jantar. – Paulo pegou um copo com uísque que passaram servindo e tocou no copo do papai. – Aproveitem.

Abraçamo-nos e fomos agarrados até o canto, onde estavam os pais dele e do Thomas.

– Não sabia que eles se conheciam tanto. A família de Thomas é grande – falei animada.

– Sim, ele se orgulha demais dessa família. Também chamei os amigos dele, você viu que chegaram? – cacei Tom pelo salão e vi que estava em uma rodinha nova.

– Você é um ótimo amigo. Ele te tem como um irmão – respondi ao ver Thomas rodeado por gente que ele amava. Era disso que precisava no momento.

– Thomas é meu herói. Mesmo sendo mais novo, eu me espelho nessa bondade e amor que ele transborda.

– Ele merece saber disso, que nós o amamos – pensei logo na mulher que ele tanto ama e que o despreza. Preciso bolar um bom plano para isso dar certo. Mas, olhando em sua direção, vi como de vez em quando olhava para uma menina que estava entre os garotos. Ela se remexia e fitava com intensidade recheada de sensualidade para aquele cachorro. Ali tinha coisa.

– Quem é a garota? – perguntei como quem não quer nada.

– Vivian, é a irmã mais nova do Juninho, aquele do lado esquerdo dela. Foi criada junto com os meninos, e ela é mecânica, acredita? Uma das melhores.

Hum, sei.

– Thomas já traçou, né? – questionei.

– Não, cê é louca?! É irmã de um dos melhores amigo dele, Tom não faria isso. Não se quisesse perder o pau pra sempre! – Paulo riu alto.

– Então ele corre o risco ainda! – falei séria.

– Nada a ver! – Tá bom, viu. Você, que é o melhor amigo, não notou. Eu vou saber direitinho disso, eu sempre descubro.

– Tia Ingrid, essa aqui é a dona do meu coração – chegamos perto dos pais do Thomas.

– Oi, prazer – cumprimentei a mulher encantadora que era a mãe dele. Não é à toa que Thomas, o irmão e a pequena mocinha são lindos.

– Você é realmente linda! Muito prazer em conhecê-la, querida – recebi seu abraço carinhoso. E a pequena menininha veio para perto.

– É a tia Flor? – disse a lindinha.

– Sim, sou eu! Quem te ensinou?

– O Tom – piscou com cílios imensos, como os do irmão. Fitei seus lindos olhos inocentes e me abaixei para abraçá-la. – Ele contou que a tia Flor era muito engraçada e tinha olhos como a minha boneca. É verdade! – ela me fitou seriamente, mas sua boquinha com *gloss* fazia um bico encantador. Era toda meiga, mas ao mesmo tempo não era fresca.

– Você é a Cuca, certo? – segurei em sua pequena mãozinha.

– Giovanna, mas Tom me chama de Cuca porque eu adoro! Conhece a Cuca do Sítio do Pica-pau Amarelo? – falou animada.

– Sim, conheço, mas sempre tive medo dela – estremeci brincalhona.

– Ah, toda criança tem, mas eu não! – falou toda confiante.

– Você não é uma criança normal – respondeu o pai dela. – Você gosta de Queen, Gi!

– Verdade? – perguntei surpresa.

– Muito! E agora tenho um Adam – fiquei meio confusa e nisso chegou o Thomas.

– O bonitão *espalhafatoso* que cantou no Rock in Rio! – piscou pra mim, e então eu soube o que diziam. – Ela tá apaixonada por ele, e até colocou o nome no Ken dela. Propício, não? – novamente tirou sarro, e a pequena olhava para o irmão como se ele fosse um deus. É, garota, todas as mulheres faziam isso.

– Ele é lindo, não é? – todos nós rimos e concordamos.

O jantar seguiu. E a conversa era contagiante. Os pais de Paulo eram um pouco mais sérios. Mas, mesmo assim, sorriram e tiraram muitas fotos com a gente. Fui apresentada para os amigos de Thomas e descobri o tanto que eram amigos. Fui até Mandy e tiramos muitas fotos e pedimos para o Dj colocar as músicas.

No salão, todos se juntaram para dançar e cair na noite. A pista ao lado da mesa já tinha nos ganhado, e até mesmo comecei a suar. Thomas chegou por trás de mim e puxou meu cotovelo.

– Vem aqui – falou todo arteiro.

– O que está aprontando? – falei logo, pois sabia que ele já estava meio alterado.

– Paulo tá lá na cozinha, a gente fez algo – falou com a boca colada em meu ouvido. Um arrepio tomou conta e tentei disfarçar, já que a mãe do Paulo nos olhava.

Droga, essa mulher sabe que a gente transou. Nós três! Isso não foi falado, mas quando ela chegou aquele dia, seu olhar dizia que desconfiava de tudo. Isso é péssimo, mas depois disso tentei não dar motivos, mas com Thomas em meu cangote era difícil convencê-la, né?

– O que vocês fizeram? – empurrei seu rosto de perto do meu. – A mãe do Paulo está nos olhando, fica longe – ele olhou para ela e sorriu ordinariamente. – Você é tão sacana, Tom!

– Vem, mulher! – puxou minha mão, e seguimos disfarçadamente para a cozinha.

– Thomas, você fodeu aquela irmãzinha do seu amigo, né? – quando notei o que falei, a mão grande dele já estava na minha boca. Mordi com força para ele tirá-la dali, até que empurrou a porta da cozinha e vi Paulo de costas. – Pare com isso – empurrei Thomas. – O que estão fazendo aqui?

– Ei, não repita isso aqui, tá louca? Ninguém pode saber!

– O que não podem saber? Do bolo? – Paulo perguntou confuso.

– Flora parece ter um sensor de safadeza, droga! – bufou, colocando as mãos na cintura. – Toda mulher que eu enfio meu pau, ela sabe! – agora nós três rimos alto.

– Seu cretino idiota! – soquei seu tórax.

– Ai, caralho! – resmungou.

– Do que estão falando?

– Eu te disse que ele fodeu aquela menina. Thomas, ela é uma criança!

– Criança? Você não sabe de nada, Flor! – sorriu com alguma lembrança suja. – Aquilo ali é o demônio em forma de menina! Vai pensando. – soquei novamente seu braço. – Porra, Paulo!

– Vocês dois querem parar! Vem, *love*, vamos comemorar com algo – um frio me dominou.

– Oi?!

– Não é sacanagem, mente suja! Depois fala de mim – agora foi Thomas quem me empurrou.

– Pedi pra fazer um bolo especial – Paulo apontou para a mesa. Ali havia um bolo de chocolate com cobertura bem melecada.

– Choco Marley! – Thomas se agitou e foi logo pegar um pedaço.

– Do que estão falando? – questionei curiosa.

– Ervas, *baby*! – Thomas quem respondeu, e meus olhos se arregalaram.

– Bolo com maconha? – falei com a voz erguida. Os dois taparam minha boca.

– Shh, não precisa alastrar! – Thomas sussurrou perto. Bati na mão dos dois.

– Vocês são loucos? – os dois riram alto.

– É só pra descontrair, Flor! Uma despedida do Paulo, depois ele vai virar homenzinho que não faz nada imprudente – Tom piscou pra gente.

– Até parece... – a voz de Paulo dizia tantas coisas. Será que... ai, Deus.

– Não deixem os pais saberem disso, os meninos depois virão buscar! Vamos, prove, Flor! Está bem fraquinho, não te dará além de brisa.

– Vocês são dois malucos! – mas, mesmo evitando pegar, mordi um pedaço que Paulo levou em minha boca. Era um bolo normal, mas o gostinho de maconha estava presente. Não acredito que estava fazendo isso, e ainda mais na minha festa de pré-casamento.

– Gostoso, né? Agora tudo terá outra vibe. – Thomas já parecia muito empolgado.

– Vocês já estavam comendo? – questionei rindo.

– Uns pedaços – confessou.

– Danadinhos! – peguei um pedaço e enfiei na boca. – Posso dar um pra Mandy?

– Demorô, o Bernardo já pegou! – arregalei os olhos.

– Vocês estão desandando o povo – falei séria para o Paulo.

– *Love*, só você e Mandy que são inocentes.

– Que absurdo! – fingi estar ofendida. – Porra, até que é gostosa essa brincadeira.

– Claro que somos! – Thomas finalizou e me deu um beijo na bochecha, acertei outro tapa antes de sair correndo. Fui buscar Mandy para provar essa loucura. E não é que nós duas comemos diversos pedaços? Só quero ver esse efeito mais tarde...

A festa estava flutuando, assim como todos nós! Era uma diversão atrás da outra, até que veio a hora da verdade. A diversão deu espaço para o prêmio da felicidade.

Primeiramente foram os meus pais, agradecendo o tamanho da alegria que Paulo trouxe à minha vida pacata. Minha mãe nos emocionou e meu pai fez mais promessas nas entrelinhas para Paulo. Que as engoliu em seco, aliás, o Dalmore as ajudou a descer. Thomas estava do nosso lado e somente ria de tudo. Depois os pais de Paulo deram seu discurso o mais breve e inteligente possível, fazendo meu amor se sentir nas alturas. E foi então que Mandy subiu ao minipalco e tomou o microfone em mãos. Era bom ela tomar cuidado, já que o bolo fazia efeito em nosso sistema agitado.

– Olá, boa noite. Para quem não me conhece tão bem, sou Amanda, a melhor amiga de Flora! – Mandy se curvou e batemos palmas para ela. Paulo piscou animado, pois sabia que ela estava maconhada e meio bêbada. Bernardo iria ter festinha essa noite.

– Falar dessa moça é muito fácil, nossa amizade foi instantânea! Flora é fora do limite, é engraçada, linda, e tem uma sensualidade escondida, mas poucos conseguem enxergar. Era triste vê-la reclamando da vida, sendo que ela é cheia de energia! Só que ninguém, além de mim, notava, porque ela nunca abriu seu mundo! – engoli sua verdade. – Eu vivia dizendo para ela sair, conhecer pessoas interessantes, viver a vida. Mas sabem onde era a vida dela? Em livros. Essa moça linda se escondia atrás de livros. Alguns podem pensar: que triste! Às vezes, eu pensava, mas acreditava que ela encontraria seu pedacinho. E a peça mágica estava ao lado! Acredite, quando Flora me contou como tudo rolou entre eles, eu não podia acreditar que finalmente ela teria o seu final feliz. Torci demais por vocês, e sei que fará Flora muito feliz, Paulo. Vocês merecem toda safadeza que há entre vocês! – todo mundo riu, fiquei corada por meus pais saberem disso. – Flor, você me ensinou a ser melhor, em todos os sentidos, e te desejo todo amor que Paulo é capaz de dar! Sei que serão muito felizes, para sempre! Obrigada por me deixar fazer parte disso, serei a madrinha completa! – chorei alegre junto dela.

Ela desceu e todos bateram palmas; nós nos abraçamos e vi pelo canto de olho Thomas subir, agora era a vez dele.

– E aí, povo lindo! Me pediram para subir aqui e dizer algumas palavras bonitas, então sugeri que deveria somente subir e vocês ficassem olhando a coisa bonita! – ele se apontou e deu uma voltinha safada. Mordeu aquela boca linda e sorriu cretino como sempre faz. Tirando a mãe dele, acho que Thomas fazia todas as calcinhas molharem. Sem limites.

– Cachorro cretino! – gritei rindo, e fazendo todos concordarem.

– Magoou, Flor! Mas Paulo, amigo, dê um jeitinho nela, cara! – apontou o indicador para nós e piscou. Ele era tão cretino.

– Pode deixar, eu sempre dou! – isso não era mentira, e selamos com um beijo quente.

– Podem parar, safadeza só mais tarde! Tem criança aqui ainda! – brincou e pegou o microfone enquanto andava de um lado ao outro. – Quando os conheci, foi uma loucura, pois foi através de socos e pancadas, certo? Mas nos acertamos, né não? – concordamos rindo. – No entanto, quando vi a cara de apaixonado do meu melhor amigo, não acreditei. Ele estava perdido por ela. Flora tinha roubado de vez o coração do cara! E eu fiquei tão feliz por isso, que mal cabia a felicidade dentro de mim. Prometi a ele que estaria ao seu lado, como sempre. Paulo, você sempre foi minha inspiração, meu motivo para seguir adiante. Eu estarei por vocês dois. Flora me ensinou a amá-la. É tão meiga, linda e sincera. Ela enxerga dentro de mim, e vê algo que nem mesmo eu enxergo. Obrigado por todos estes dias, e desculpa por não estar tão presente como gostaria, mas estes últimos dias aqui me mostraram que eu preciso tê-los por perto. Todos vocês. E farei sempre meu melhor pra isso acontecer! – sua voz foi ficando presa. E nós já estávamos chorando por todas as lindas homenagens. – Tenho aqui um pequeno e singelo presente pra vocês dois – ele abriu uma caixinha, e de lá tirou algo que fez meus olhos soltarem lágrimas de felicidade. – Isso aqui simboliza o que vocês são, a promessa que sempre fazem juntos. Esse torrão de açúcar é um pequeno presente para se lembrarem de nunca deixarem a vida de vocês amargar. Que cada pequeno grão de açúcar faça a vida de vocês mais doce e alegre. Venham aqui! – fomos juntos, Thomas ficou com o pequeno torrão de açúcar nos dedos. – Que esse seja o símbolo do amor de vocês. *Sugar*? – ofereceu para nós dois, e dissemos juntos.

– *Yes, please*! – Paulo pegou o torrão e levou aos meus lábios, deixei derreter o doce na boca e peguei outro, fazendo o mesmo com ele. Depois de pegarmos o açúcar, demos um lindo beijo em meio a palmas e lágrimas de alegria.

Descemos e nos abraçamos como grandes amigos. As meninas que chegaram já tarde também subiram e dedicaram homenagens lindas. Joyce e Poly faziam parte da nossa pequena grande família. Éramos tão bons juntos que nada poderia nos deter.

Agora era minha vez.

Paulo pediu para eu ir, pois tinha uma linda surpresa para mim, e queria ser o último a falar. Meu estômago queimou ansioso. Então subi e fui recebida por palmas. Todo aquele calor e alegria eram contagiantes. Eu estava rodeada de amor e essa sensação transbordava por meu corpo. Peguei o microfone e vi o tanto que tremia. Era de amor.

– Quero agradecer imensamente cada um de vocês. Meu amor transborda no peito por cada carinho e dedicação por estarem aqui – recebi mais palmas. – Deixe-me contar uma coisa, foi difícil encontrar esse homem, viu! Olha que ele era meu vizinho, mas era algo tão distante, mesmo estando tão perto. Paulo era o cara impossível. Sabe aquele colar de valor mais caro que você acha que nunca terá pendurado em seu pescoço? Pois bem, Paulo era esse diamante. Eu somente o fitava de longe, via como ele parecia distante e impossível. Nunca, jamais imaginei estar ao seu lado, e muito menos ouvir da boca dele um "eu te amo". Claro, minha imaginação às vezes era atrevida, e conseguia imaginá-lo fazendo algumas loucuras com aquelas mãos – falei rindo e todo mundo riu junto. – Antes de você, eu não era nada. Era apenas uma professora sem graça e tímida. Como Mandy disse, eu vivia no meu mundinho, preto e branco por fora, mas quando lia, eu tinha cores, mundos e imaginações. Você muitas vezes fazia parte desse mundo, mas era intocável. Até que eu te toquei pela primeira vez, fui tocada e desejei que nunca mais fugisse de mim. Você é meu suspiro do cotidiano, minha respiração de cada segundo, meu açúcar diário. Eu te amo como nunca amei nada em minha vida. Seu beijo é o melhor mel que já tive em meus lábios, Paulo...

– Será isso mesmo verdade? – travamos todos juntos.

Eu não sabia de onde vinha essa voz, mas ela estava ali. Olhei ao redor, mas não precisava de muito, havia uma figura atrás de mim. E quando pensei em correr, ele me segurou firme pelo braço. Estava com uma touca cobrindo o rosto, mas no fundo eu sabia quem era. E sabia que um dia a verdade surgiria e viria me cobrar. A mentira tem perna curta, lembre-se sempre disso.

– Ei, ei, fiquem onde estão! – ordenou para os meninos ao me puxar para seu corpo. Vi todo mundo à minha frente assustado. Paulo e Thomas eram os únicos em pé. Preparados. Até que as meninas e os amigos de Thomas foram se posicionando em cada canto. – Olha só! – uma risada veio do cara atrás de mim. E senti algo pontudo em minhas costas. Seguindo pela costela, braços e até chegar ao pescoço. Que porra era aquela? Uma faca afiadíssima, já que, quando passou por meu braço, senti rasgando, e um filete de sangue vazar, fazendo todo mundo se agitar.

– Solte-a, caralho! – Paulo rugiu, e Thomas estava a um passo de sair correndo até nós dois.

– Já sabem quem sou eu? Ou não? Mas a Florinha deve saber muito bem, não é, amor? – sua boca estava para fora da touca, e senti uma língua atingir minha orelha, me encolhi e vi os olhos de Paulo pegar fogo.

– Eu mandei você soltá-la! – a ordem veio mais grosseira. A faca afundou mais um pouco em meu pescoço, só que ela estava ao contrário; eles não podiam ver isso, mas eu sabia, tentei relaxar, ele não faria nada, ou faria? Tremi.

– Flor, amorzinho, conte por que estou aqui – falou alto, e todo mundo passou a prestar atenção. Não falei nada, e apenas tentava manter a calma. – Diga, paixão, por que esperei tanto tempo para revelar isso, bem, estava sumido por motivos óbvios, mas acabei descobrindo onde seria a festinha! E aqui estou eu para acabar com essa realidade falsa e linda. E, diga-se de passagem, nojenta! Aliás, será um casamento a três? Ou ninguém sabia dessa sujeirada que são vocês...? – juro, meu coração estava batendo na boca e se eu abrisse, ele cairia aos meus pés.

Vi Thomas e Paulo travarem o corpo. E todo mundo ficar perdido. Os olhos das meninas estavam pegando fogo de ódio, e sei que elas sabiam quem era ali me ameaçando.

– Por favor, vá embora, não estrague minha felicidade – choraminguei.

– A mentira nunca te corroeu por dentro? Em mim, ela queima... E saber que você nunca disse a verdade, que foi ardilosa durante todo esse maldito tempo. Ah, Flora, você me desapontou, mas estou aqui para acabar com essa falsidade toda. Você não me quis, não me deu algo como deu pra ele, então eu nunca teria você, nem o Paulo terá. Muito menos o Thomas. E não terá mais esses amigos, essas pessoas te apoiando, porque você é suja, fria. Cadê seu super-herói agora? – gritou e dessa vez a faca foi virada, acertando minha pele.

– Patrick, pare com isso, por favor, não sei de nada do que está falando! – tentei tocar sua mão, mas ele me apertou mais, e senti a faca me cortar levemente. Então esperei o momento certo.

– Flor, você parece mais forte, o calor corre tua pele, e parece muito mais experiente... – lambeu meu pescoço onde o sangue escorria. Engoli a raiva. – Isso foi um elogio, pode me agradecer – afrouxou a faca e aguardou, mas não disse nada. Meu mundo estava desabando. – O gato comeu sua língua, docinho? – virou meu rosto para ele. E com a outra mão tirou o capuz, revelando finalmente quem era. – Será que eu devo ir buscá-la? – abriu a boca e, antes de colocar na minha, eu o chutei. E a consequência foi a faca dar um terceiro corte. – Posso fazer um mais forte se quiser, mas vamos aos fatos! Preparados?

– Pelo amor de Deus, largue minha filha! Ou chamaremos a polícia!

– Tenho certeza, senhora, de que alguém já fez isso, e antes dos *coxinhas* chegarem, minha revelação é melhor. Então apreciem a grande emoção da noite! – estremeci e aguardei o que tinha por vir.

– Seu louco, filho de uma puta, eu sabia que aquilo tinha sido pouco, largue a Flora agora! – Paulo deu um passo, e Patrick me puxou para trás.

– Ok, você irá me agradecer em segundos, seu babaca. Estou salvando sua maldita vidinha perfeita. Você acha mesmo que tem o melhor amigo ao seu lado? Ela nunca te contou? – jogou o veneno. Paulo travou e Thomas empalideceu.

– Seu puto, eu vou arrebentar sua cara! – Thomas enfureceu-se.

– Talarico! Sempre foi, não? – provocou, e meu amigo deu um passo gigante, quase chegando perto suficiente da gente. – Fique aí! – além da faca, a outra mão invadiu meu pescoço. – Eu luto também, não se esqueçam. Uma viradinha e o pescoço dela já era. E adeus Flora gostosa. Depois nenhum de vocês dois terá mais buracos quentes pra enfiarem seus paus! – nesse momento dei graças a Deus por Giovanna estar dormindo no colo do pai. – Você é uma putinha. E todos irão saber, principalmente você, Paulo.

– Pare, pare com isso! – chorei. E tudo acabaria naquele momento. Olhei pela última vez nos olhos do Paulo, eles estavam enérgicos e intensos.

– Chegou o *grand finale*, gente! Bem, quero que cada um de vocês olhe embaixo da cadeira – ordenou, mas ninguém se mexeu, ele me ameaçou novamente. – Cambada, é pra hoje, pegue o caralho do envelope que coloquei na cadeira de cada um, porra! – só assim é que cada um abaixou e puxou um envelope grande e branco. Estava com algo vermelho prendendo-o. Paulo e Thomas não se moveram. – Vocês dois também, são os principais! – riu muito alto, e encostava aquele corpo nojento em mim. Eu iria acabar com ele.

Os dois seguiram até as cadeiras em que estavam sentados.

– Abram, por favor – ordenou e um por um foi abrindo o envelope. O susto no rosto de cada um era visível. Uma dor imensa me invadiu, e não precisava ser mágica para adivinhar o que era aquilo. Eu sabia. A foto que ele guardou por tanto tempo. Maldito.

– Por quê? – gemi baixinho com o coração partido.

– Porque eu disse que queria um igual... você não me deu, então esperei o momento perfeito, e acertei, não foi? – olhamos juntos na direção dos dois. Ambos abriram juntos, e Thomas foi o primeiro a jogar a foto na mesa. E em seguida olhou para Paulo, que estava destruído.

– Isso não é emocionante? Está vendo em quem você confiava, *amigo*? – provocou.

– Paulo... – Thomas o tocou nos braços, mas Paulo tirou as mãos dele de lá. E meu mundo ruiu. Estava tudo acabado, pois assim que Paulo levantou a cabeça eu vi em seus olhos. Ele não me queria mais. Eu não fazia mais parte do seu mundo. Eu era uma mentirosa.

– Por que nunca contou? – sua voz falhou e ele não olhava para Thomas, que dizia palavras atrás de palavras. Era doloroso vê-los se afastando.

– Ela é uma mentirosa! Você nunca enxergou isso, porque ela mente muito bem!

– Cale essa maldita boca! – gritei e consegui empurrar seu corpo, e em um golpe eu me livrei dele, dando um chute no meio de sua perna, e assim que ele caiu, segurei seu braço atrás do corpo. Paulo tinha me ensinado defesa, então eu só precisei de força, e ver que estava perdendo meu amor, eu juntei e fiz o que tinha de ser feito.

– Realmente seu maldito, eu estou mais forte e experiente! Obrigada pelo elogio! – entortei sua mão, fazendo-o gritar. Segurei naquela posição. – Paulo, vamos conversar, não acredite nisso, amor! Podemos te explicar...

– Amor? – sussurrou mais para si do que pra gente. Cruzou os braços no peito, como se quisesse aquietar sua dor. – O que fizeram comigo? Sempre fui tão bom...

– Paulo, cara, não é nada disso! – Thomas tocou em seu braço e como em um impulso Paulo acertou sua mão, e todos começaram a correr e gritar. Eles não podiam brigar. Vi todo mundo ir para o fundo salão, e eu não aguentaria muito tempo segurando aquele cretino, mas, antes de esperar a briga entre os dois, vi uma sombra ligeira já perto. Era Thomas, já que as meninas seguraram Paulo.

– Saia daqui, agora! – ouvi a grossa voz de Thomas e, quando dei por mim, já estava longe, mas ele, bem, estava em cima do Patrick.

Encostei-me à parede e vi o olhar grosseiro de Paulo. Ele estava sendo contido, mas sua gritaria era para soltarem. Eu sei que ele queria socar o Thomas, mas sei também que nosso amigo não iria ligar de ser espancado, já que estava em cima do alvo dele. Socos. Eram muitos socos e ele gritava como um animal. O rosto do Patrick já estava todo vermelho e com muito sangue. Eu tremia demais e não conseguia me mexer dali. Olhei para o chão e estava coberto de fotos. Aquela que Patrick tirou quando dei um beijo em Thomas. Tinha sido um momento bobo naquele instante, mas que acabou com nossa vida.

Eu sentia que isso um dia poderia surgir, mas escondi tão bem que não havia necessidade disso vir à tona. Mas agora já era, eu não teria mais nada. Sem Paulo eu não seria nada...

Assim que meus olhos retornaram para a luta à minha frente, vi que Thomas esmurrava uma massa sangrenta em que se transformou o cretino rosto de Patrick. Meus sentidos voltaram, e vi que isso poderia se tornar uma merda maior.

– Para, Thomas, você vai matá-lo! Ele está desacordado, para, Tom! – cheguei mais perto e vi que o cretino já estava desmaiado, mas Thomas não parava, entrou em um estado... nunca o vi assim, seus olhos vermelhos e o sangue espalhado por seu rosto o deixavam medonho.

Ele não me ouvia, por mais que eu tentasse segurar, gritar, ou qualquer movimento, ele não sentia. Estava possuído de ódio, de dor e incredulidade por ter perdido o que era mais importante na vida dele. A amizade de Paulo.

Chorei por tudo, e só podia ver sua pesada mão descer e subir e estourar mais...

– Chega, Tom! – ouvi antes de a mão descer novamente. Ela travou no ar. Inacreditável. E quando dei por mim, a imponente presença de Paulo; ele segurava o punho do Thomas. E seus olhos vermelhos continham dor e mais raiva. – Vá embora – falou muito sério para o amigo. Fitei os dois sem entender. – Vá embora, agora! – ordenou e Thomas saiu de seu estado. Trêmulo, ele ainda tentava manter-se em pé. Olhei ao redor e somente o pessoal da academia estava a postos. Os amigos do Thomas estavam ao fundo. Nossa família tinha saído.

– O quê? – Thomas olhou para o chão e viu o estrago que fez.

– Por favor, vá... – Paulo estava verificando se Patrick estava vivo ainda, mas o maldito respirava com dificuldade. Thomas me fitou de lado, então assenti, ele precisava sair dali.

– Para com isso, precisamos conversar! – ele tinha voltado completamente do surto. Paulo se levantou e nos fitou.

– Não tem conversa hoje! Acabou o show, vão todos embora, não quero ninguém aqui, a polícia vai chegar e não quero mimimi! Vão embora, porra, eu cuido disso! – meu amor estava tão perdido e sofrendo, mas mesmo assim queria mostrar-se forte. Um por um todos foram embora, até sobrar somente nós quatro.

– Paulo, *brother*, olhe pra mim – ele estava de costas, respirava agitado. Eu sentia toda a sua dor, pois era a mesma que a minha.

– Não sou seu *brother*, e não vou pedir novamente pra irem embora! – me assustei, e dei um passo em sua direção. Ele desviou os olhos.

– Quer que eu vá também? – gritei e o fiz me olhar. – Eu vou ficar e iremos conversar!

– Não tem conversa, Flora, acabou.

Meu mundo afundou com apenas uma única palavra. Tudo tinha acabado.

Tentei, ainda tentei com todas as minhas forças respirar e enfrentá-lo, mas ele não me deu ouvidos. Fingiu que eu não existia. Que era apenas uma mosquinha chata à sua frente. Ele me espantou com apenas um olhar. Um olhar odioso. Um olhar que não mostrava seu amor, mesmo eu sabendo que estava ali. Eu precisava respirar, sair dali. E foi o que eu fiz.

Paulo tinha me dado as costas e sumiu para algum lugar. Thomas estava petrificado com tudo que seguiu. E eu... bem, saí correndo.

Corri até não ter mais pernas e, assim que cheguei ao estacionamento, muitos estavam por ali, mas Mandy estava nos braços de Bernardo, chorando minha perda.

– Bê, me empresta seu carro, por favor, sem perguntas! – ele tirou a chave do bolso e sem hesitar me entregou.

Liguei o carro e ainda pude ouvir as vozes tentando me proibir de dirigir, já que não me encontrava em juízo perfeito e estava chovendo muito forte. Deviam ser os anjos me mostrando que estavam tristes também. O céu chorava minha dor, minha perda, minha tristeza, meu coração partido em mil pedacinhos.

Eu precisava fugir desse meu mundinho, precisava vazar dali, e de alguns olhares acusadores. Sei o quanto fui errada, mas amanhã é outro dia, então assim eu poderia sentar e conversar com ele. Hoje, Paulo não me queria. Hoje, eu não era bem-vinda.

Hoje eu sou apenas pó... choro... e vazio.

Assim que consegui sair dali, era como ter um peso nas costas. Era como deixar meu amor para sempre, e nunca conseguir recuperar. Tive essa sensação, de que nada mudaria, e que todo aquele sonho, todo castelinho que construí, desabou. Isso nunca foi real. Isso nunca mais existiria...

Chorei, gritei e vi a chuva forte atingir o carro. Um castigo aos amantes. Uma amostra linda do que ela pode ser. Cruel. Segurei o volante com mais força e gritei, cheia de dor. Queria sair correndo na chuva só para ela me castigar de verdade. Era pouco, mas chorei novamente, deixando as lágrimas serem como aquela forte chuva.

Acelerei. Gritei. E com as lágrimas frias, eu senti um tranco... rodei... e desmaiei...

PARTE IV

KING AND

Eu vi a surpresa
O olhar nos seus olhos, eu desisti

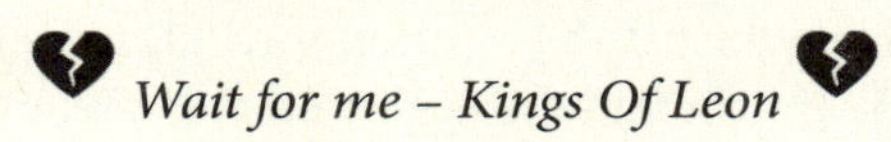
Wait for me – Kings Of Leon

Paulo

Fodido em um milhão de pedaços.

Exatamente assim é que eu me sentia nesse momento. Acabado, arrasado, dolorido e fodido em diversas dimensões. Era pedir demais para ter tudo em uma perfeita harmonia? Mas, não... O destino gosta de tomar o que é teu por direito e esfregar na cara a falsa perfeita vida que você vivia.

Meu corpo agitado sentia a presença de cada um que estava ali minutos antes, mas agora eu estava sozinho. Sentia nas costas os olhares acusativos, mas também acolhedores. Um vazio completo tomava conta do meu coração, corpo e alma. Eu estava completamente sozinho e fodido.

O que eu faria da minha vida sem a Flora?

Porra nenhuma.

Não sei direito o que rolou aqui. E, pra falar a verdade, prefiro ficar assim por algumas horas. Quero somente me afundar nesse líquido âmbar e deixar a chuva descarregar toda a lamúria que existe dentro de mim.

Nunca tinha chorado por uma mulher, mas também eu nunca tinha me apaixonado por alguma! Maldito seja o amor. Ele te acerta, te faz querer não viver mais sem ele, e de repente ele é teu inimigo. Te fere, te faz querer morrer, e te afunda em um mar sem volta. Ele é lindo, mas também um cretino.

O que faço a partir de agora? Tudo aqui dentro dói. E quero dizer ao meu pobre coração que o que eu vivi ao lado dela foi real, e o que aconteceu aqui foi mentira.

Caralho, eles juntos? Seria uma péssima verdade inventada. Mas não era mentira, o beijo foi real. E eles queriam dar explicações. As malditas explicações idiotas.

Eu sou o idiota da história. Eu vi a surpresa no olhar dos dois. Eu vi e desisti de tudo.

Porra, eu entreguei minha mulher pra ele. O cara em quem eu mais confiava! Deixei fluir uma noite intensa e cheia de cumplicidade. Por que naquele momento eles não me falaram algo? Tipo: *olha, já nos beijamos* ou sei lá se fizeram algo a mais, não quero pensar.

Engoli mais um tanto de uísque e queimou a garganta. Não podia ficar bêbado, eu precisava ir embora. Todos já tinham ido. E até mesmo o corpo desfalecido do imbecil que veio estragar minha felicidade. Eu só não deixei Tom terminar o serviço, pois não o queria preso. Não precisava dessa merda de culpa.

Eu conheço o Tom. Sei que entrou naquele estado, e sei que não sairia... era sua terceira vez.

Coitado... Curvei a cabeça e deixei as lembranças longe. Não precisava disso para me distrair da traição. Tinha sido isso? Não quis pensar em nenhum instante sobre isso, mas era?

Quando vi em seu olhar, quase por um segundo eu vi a verdade. Aliás, ele me contava que aquilo não era o que eu estava pensando. Será? Bem, não quero saber. Eu vi a foto do beijo deles. Quando tinha sido...? Esqueça, porra.

A polícia chegou e acabou de vez com a festa; ainda bem que tinham levado o cretino, então não aconteceu nada demais. Iriam deixá-lo em um hospital e eu nunca mais iria saber sobre esse cara. Era um plano. Só que jamais também pensei em ver o que vi hoje.

Eu poderia voltar a confiar em alguém depois disso? Não. Não quero.

Mesmo todo molhado da chuva, entrei no carro e deslizei pelo banco de couro. Com a roupa encharcada e a garrafa escorregadia. Liguei os faróis e fitei à minha frente. Não conseguia ver nada. Que merda!

Se for assim até chegar em casa e ser parado pela polícia, eu estava mais uma vez fodido. E estar fodido duas vezes no mesmo dia era demais para minha sanidade. Coloquei a cabeça contra o volante e aguardei a brisa passar. Não iria tão cedo, já que minha mão levava a garrafa de encontro à minha boca.

Então me encostei ao banco e relaxei...

O sol quente me fez acordar e dei por mim que estava ali ainda. Grudento da chuva passada e acabado por não ter mais alguém à minha espera. Esfreguei os olhos e liguei o carro, saí dali sem ser notado. Aliás, é claro que iriam saber. Na portaria, o cara falou alto demais, perguntando o que tinha acontecido para eu estar ali. Não dei satisfação e saí cantando pneu. Precisava ir para casa e esquecer a noite passada.

Flora e Thomas. Se beijando.

Esfreguei a cara amassada assim que parei em frente a uma padaria. Precisava de algo forte. Pedi um café e voltei para o carro, estava todo amassado e fedido de cachaça. O gole da cafeína reforçou minhas energias, só que não tirou a dor que todo o meu corpo estava sentindo. Acho que somente um banho quente e dormir por pelo menos 36 horas iriam me ajudar.

O machão estava de coração partido. E fodido.

Cheguei depois de quase duas horas ao meu apê. O trânsito estava um inferno, e quando subi, ninguém falou nada. Aliás, quem seria maluco, já que minha cara não era a das melhores!

Quando o elevador abriu, demorei alguns instantes para sair. Meu medo era de vê-la ali me esperando. Meu coração se agitou e se transformou em uma poça de esperança. Ela não estaria ali, ela não podia estar ali. Não queria vê-la por algumas horas, até ter tudo no lugar. Sei que em algum momento teríamos de conversar, porra, somos adultos e iríamos resolver isso. Eu só precisava de espaço. Sabendo que ela não estaria ali, saí confiante. E foi uma porra louca o que me atingiu em cheio. Meu sangue subiu.

– O que quer aqui? – agitei-me e iria falar um monte para a porra do porteiro.

– Paulo, *brother*, a gente precisa conversar! – sua voz estava cansada e cortada. – Fiquei a porra da noite toda aqui te esperando. Onde estava?

– Não é da sua conta, pelo que eu saiba! – respondi e iria passar por ele, já que estava na porta da minha casa. – Preciso entrar.

– Eu vou entrar junto, preciso te dizer que aquilo foi uma loucura! – Thomas estava tão cansado que mal estava se mantendo em pé.

– Loucura? Não, *man*, eu diria outra coisa, talvez traição? – falei com certa arrogância.

– Paulo, você sabe que a gente não faria isso. Esse beijo foi antes de eu saber que vocês eram um casal! Foi naquele dia em que a conheci! Antes da briga.

– Isso deveria mudar alguma coisa? – questionei, também exausto.

– Isso muda tudo, porra! Nunca faria algo com ela, sabe disso!

– Pelo que vi alguns dias atrás, você fez *muito* bem-feito. Será que ela esqueceu? Creio que não! – bufei irritado e vi seus olhos chorarem.

Foi golpe baixo de minha parte, mas, porra, eu estava com o coração partido! Teria de falar merda. Eu sei que tudo foi por uma porra de concessão, que aceitamos fazer e não me arrependo. Aquilo foi sinal de confiança um no outro, mas o que aconteceu antes... por que não me contaram? Isso que me fere.

– Você me *salvou* ontem – sua voz cortou e senti meu peito arder.

– Não mude de assunto! – apontei o indicador incisivo para ele.

– Você me tirou do *subspace*... sabe que aquilo não iria parar. Você me salvou de novo... Paulo, você é meu irmão... não finja que não sabe disso. Eu jamais faria algo desse nível com você... *brother*, você me *salvou* ontem... – ele chorava trêmulo como um menino. E senti tudo voltar. Droga. Engoli o nó na garganta.

– Thomas, vá pra casa, apenas descanse, depois a gente vê isso, pode ser?

– Não, eu quero ver em seus olhos o perdão! Você me salvou... eu não queria fazer aquilo, mas aconteceu. Você... me... salvou... sabe disso... Paulo – seu choro era sincero e doloroso.

Droga, eu sabia que era verdade, só que estava difícil de engolir. Também me doía.

– Vá pra casa, só descanse, ok?

– Você não entende, não é? Nunca vai entender o que acontece! Não seja frio, acredite! – gritou enfraquecido, e agradeci a Deus por não ter outro apê além do meu e do dela. Mas se ela não saiu ainda, é porque não estava ali.

– Eu sei o que vi – respondi apenas, me referindo à foto.

– Caralho, você não é meu inimigo, porra! Você é meu herói! – engoli totalmente o orgulho e quase fui ao encontro do meu amigo. Ele era ainda meu MELHOR amigo.

E sei que em algum momento isso vai passar. Essa dor já diluiu um pouco. Eu sabia no fundo que era verdade. Eu sabia. E chorei por isso, mesmo sem querer limpar as lágrimas, deixei-o ver. Thomas sabia o que eu sentia e sorriu. Ele tinha meu perdão.

– Valeu – ele passou por mim, e apertou o botão do elevador. – Agora, desfaz essa merda toda e vá atrás dela. Acredite no amor de vocês.

Fechei os olhos e o ouvi indo embora aliviado. Seu alívio era o meu também. Tudo estava para mudar.

Minutos atrás, minha mãe ligou. Não queria ouvir merda, pois era exatamente o que ela diria, mas precisava avisar que estava bem. Era mentira, mas ela ficaria tranquila. Em uma de suas frases maliciosas e desconexas, disse que achava muito estranha a ligação de Flora com Thomas, que tinha visto algo naquele dia de manhã que chegou do nada. Ela deveria deduzir que transamos todos juntos, só que no dia não comentou nada. Foi discreta, mas agora, nesse momento, ela não estava discreta. Dizia que deveria ter me alertado. Do quê? Não ligo para nada disso. Nem quero me importar. Não agora. Desliguei antes de falar algo que a magoasse, foi melhor assim.

Já no banho lembrei-me de tudo, de cada instante ao lado dela. De cada sorriso sincero e frouxo que Flora me presenteava ao fim de cada sexo maravilhoso. Estar com Flora era estar sempre em sintonia. A respiração dela era a minha. Sua paixão intensa era o reflexo do que eu sentia por ela.

Nunca fui de demonstrar em palavras o que sinto, até acho que falei poucas vezes o tanto que a amo. Mas eu a amo. É um amor tão intenso que me sufoca não saber o próximo passo. Eu preciso dela, porra.

Eu a amo ardentemente e nunca consegui expressar ao máximo. No começo tinha sido difícil, pois eu tinha me apaixonado no primeiro momento em que a vi. Flora nunca soube como tudo aconteceu. E eu tinha escrito tudo em uma carta para ler a todos. Eu iria contar naquele momento minha verdade. Eu tinha feito isso. Nunca pensei que chegaria a esse ponto, mas eu faria de tudo por ela. E é esse amor que me move, que me faz ser quem eu sou. Eu sou o começo, meio e fim dela.

E Flora é meu açúcar, que me dá adrenalina, que me dá vida, doce e propósito. Ela é tudo para mim...

Chorei. Como nunca chorei. Homem pode chorar, e eu já tinha ameaçado fazer isso antes. E também tinha sido por causa dela. Mas Flora nunca soube verdadeiramente o que eu fiz para chegar até ela.

Nosso primeiro encontro foi digno, um tanto cretino, confesso; não deveria ter feito daquela forma, deveria ter sido mais romântico, carinhoso, ou sei lá, convidando-a para um encontro e tudo mais. No entanto, quando eu a vi, daquela forma desejosa, o que mais poderia fazer? Eu precisava de uma oportunidade, e ela esfregou em minha cara.

Se eu não tivesse feito o que fiz, ela não seria minha. Flora nunca se permitiria ser minha, pois já tinha dado todas as chances de ela se aproximar, mas ela só se esquivava. Era tímida demais para se jogar, como qualquer mulher fazia por mim. Então, se não fosse por minha atitude selvagem, nós não teríamos ficado juntos.

E quando eu a tive sobre meus dedos, dando lhe a oportunidade de mudança, ela era tão quieta; mas, quando eu a fiz gozar pela primeira vez, tudo mudou! Ela se transformou. E era lindo de ver. Quando a tive na boca... por Deus, achei que iria morrer com seu sabor de mel... e todo açúcar pelo qual sou viciado não chegava perto de seu gosto. E quando ela me tomou em seus lábios, eu vi o paraíso. E não poderia existir nada melhor.

Nada é melhor do que ela. Nada.

Foi então que me enterrei sobre seu corpo, afundando e conhecendo a verdadeira razão de respirar e viver. E me vi perdidamente fodido de amor por ela. Como uma mulher poderia me roubar o juízo e o coração em uma foda? Não era apenas a FODA, era o amor se enterrando em minha pele. Esfregando em minha cara tudo que fiz. Mas o destino me compensou. Valeram a pena todos os dias que passei observando-a. Valeu a pena esperar por tudo, só para tê-la. E ela ficou dia após dia ao meu lado. Por cima. Por baixo. De quatro. E de conchinha... sendo a maravilhosa de sempre. Até que eu consegui foder com tudo!

Fechei os olhos e liguei a TV. Queria me distrair dela, mas, ao mesmo tempo, queria lembrar-me de todos os detalhes. Onde eu tinha errado?

Ah, sim, não revelar meu amor insano por ela me fez perdê-la! Porra, claro que é isso!

Foi no momento em que a deixei acreditar em uma idiotice que ela escapou por entre meus dedos. No dia em que chamei as meninas aqui, foi para conversar e dizer o tanto que estava louco por Flora. Falar que iria pedi-la em casamento. As meninas mal acreditaram nessa intensa paixão, mas me apoiaram demais. Brinquei dizendo que estava morrendo de ciúmes de um *ex*, e pedi para que me ajudassem a deixá-la com ciúmes para ver o tanto que ela me amava. Eu sei, fui um babaca imbecil. Fiz uma merda. Aliás, sempre venho fazendo.

É por isso que talvez eu não mereça o amor dela. Vivo me testando e fazendo merda.

Dei espaço para ela buscar algo, e foi naquele momento que Thomas apareceu. Eu me toquei de que ele poderia tirá-la de mim, mas ele não sabia que ela me pertencia. Eu não tinha contado para ele. Fazia meses que não nos víamos. E eu iria contar naquele dia. Mas ela o viu antes de mim. E soube aproveitar o momento. Flora queria me foder, pois achava que eu tinha fodido com ela. Com razão. No entanto, eu lutei por ela, para que não tivesse oportunidade de sair com outro. Não importasse quem, mas não seria com ninguém!

E aquele maldito me fez perder a luta ao vê-lo agarrando minha deusa... Porra! Ele chantageava Flora. Era isso, ela não o beijava para me provocar. Ele deveria ter visto Thomas beijando-a e se achou no direito, deve ter sido isso, caralho!

No mesmo instante, no programa que passava clipes diversos, começou uma música que era a nossa cara. E com a cena que passava, uma puta ideia me atingiu. Não acredito que deixei tudo isso acontecer por uma idiotice!

Levantei ainda com a toalha enrolada na cintura, precisava fazer duas ligações importantes! Eu tinha um maldito plano fabuloso!

Disquei o primeiro número, e fui atendido imediatamente.

– Preciso de você, agora! – falei ligeiro. Não precisava de mais nada. Tudo estava prestes a mudar.

Tudo.

Quero Ter Meu Final Feliz, *Porra!*

Renda-se como eu me rendi.
Mergulhe no que você não conhece como eu mergulhei.
Não se preocupe em entender, viver ultrapassa qualquer entendimento.
Clarice Lispector

Flora

Horas doloridas. Minutos angustiantes. Segundos silenciosos...

Meu sonho acabou. Não tinha mais meu para sempre... O amor da minha vida tinha escapado por entre meus dedos. Encontrava-me tão vazia, tão perdida, tão quebrada.

Estava me sentindo enjoada. Tudo doía. Olhei em volta. Porra, não era um pesadelo horrível ou um sonho inventado, era uma realidade ruim. Tudo tinha acontecido, sim, e eu estava em uma porra de hospital!

Uma mulher mexia em algo em cima de uma mesinha ao canto. A enfermeira não tinha me visto acordada, então, quando me movi, a maca rangeu.

– O que aconteceu? – perguntei e senti a garganta seca arranhar.

– Você bateu o carro.

– Isso eu sei, quero saber se aconteceu algo ruim comigo? – tentei sentir cada parte do corpo, era dor por todos os lados. E quando me lembrei do Paulo, senti um apertão no coração. Ah, então o órgão estava ali ainda, resistindo ao máximo à dor emocional.

– Só algumas escoriações – disse tranquilamente.

– Então por que estou aqui ainda? Alguém sabe? – questionei, morrendo de medo de enfrentar o Paulo agora, que deveria estar pirando lá fora.

– Estava muito exausta, então aplicamos um sedativo. Você gritou muito e chorava, acalmamos você e a deixamos descansar. Você ingeriu bebidas demais, precisava de descanso.

Será que eles sabiam que eu tinha comido bolo de maconha? Que estava brisada? Ai, Deus, espero que não.

– Foi só isso? – não a encarei e vi que já havia amanhecido.

– Sim.

– Tem alguém aqui?

– Sua amiga, Amanda, e o marido dela. O carro era dele, então a polícia os chamou. Passaram a noite na delegacia, mas chegaram agora há pouco – bosta. Bufei fechando os olhos, tinha acabado com quase tudo. Destruí a vida de Paulo, a amizade dele com Thomas e arrebentado o carro do Bernardo. – Posso pedir pra ela entrar? Ela quer muito.

– Claro! – aguardei e tentei me ajeitar na cama, mas como estava com uma agulha em cada braço fiquei meio torta sobre os travesseiros. Em poucos segundos minha amiga entrou, e com ela sua cara de desespero.

– Oi, Flor, você está bem? Está sentindo alguma coisa? Onde dói? – disparou a dizer, e com essa sua preocupação, eu chorei. Desabei em um mar que não poderia mais deter, eu sentia muito por tudo. E não tive tempo para chorar a perda. Sei que chorava na hora em que bati o carro, mas não era suficiente.

– Estou tão mal, sinto tanto a perda dele, isso não é nada – apontei alguns roxos que comecei a ver, mesmo com os olhos embaçados. – Aqui dói mais... – apertei a roupa na direção do meu pobre coração ferido e despedaçado.

– Como deixou isso acontecer, Flora? – falou baixinho e beijou meu rosto limpando meu choro doloroso. – Sinto muito também.

– Desculpa pelo seu carro, eu vou pagar – solucei as palavras.

– Não falo do carro, sua boba! Falo de vocês – me deu uma bronca e fitou meus olhos perdidos. Não sabia por onde começar. – É verdade? Vocês dois...

– Não quero pensar nisso. Errei, mas nunca traí o Paulo. Não contei o que tinha acontecido, e isso foi um erro. Agora não o terei mais... isso é uma merda. Eu o amo tanto... – choraminguei agarrando seu corpo ao meu lado. Eu tremia tanto que podia ver como ela se balançava.

– Vai ficar tudo bem, vocês vão conversar e tudo ficará bem – tentou me animar.

– Ele não quer me ver nem pintada de ouro! Darei o tempo que ele quiser, e se depois quiser conversar comigo, eu voltarei. Porque ele é meu tudo!

– Você é uma boba! Mas uma boba que amo. Ele também te ama, Flora. Isso é de verdade. Não acaba assim, por conta de uma idiotice.

– Fala isso pra ele, por favor – ela riu baixinho de mim. – Ele está sabendo...? – questionei.

– Não, não informamos ainda. Assim que nos ligaram, foi muito corrido, não tive tempo para avisá-lo e estava esperando te ver primeiro.

– Melhor assim – eu queria muito que ele estivesse ali fora me esperando, mas era pedir demais. – Já posso ir embora? – questionei assim que vi o soro já acabando.

– Sim, e você vai pra minha casa – não discordei, já que, se eu fosse pra casa, não aguentaria ficar tão longe do meu vizinho... mesmo estando tão perto.

– Você quem manda – voltei a relaxar na cama e esperaria o médico dar alta.

Abri os olhos e a primeira coisa que vi foi um par de olhos castanho-esverdeados. Totalmente furiosos e aliviados. A cicatriz abaixo do seu olho esquerdo o deixava mais másculo e sempre que ria ou apertava os olhos como nesse momento ficava ainda mais encantador.

– Estou puto com você! – foi sua primeira frase. – Flor, você está bem? – seu sorriso relaxou e aquelas duas covinhas me deram de brinde um presente digno de admiração.

– Estou sim. Pode me ajudar a sentar? – Thomas levantou da cama e me ajudou.

Depois que voltei do hospital, Mandy fez uma sopinha e me botou para deitar. Acho que os remédios ainda faziam efeito, então cochilei o restante da tarde. E era quase de noite quando Thomas veio me visitar. Ainda bem que teria ele por ali.

– Você me deu um susto, menina! – segurou minhas mãos dentro das suas, fazendo um carinho quente.

– Acredite, estou em choque ainda – ele assentiu silencioso. – Mas ainda bem que estou inteira, ao menos por fora.

– Flora, eu tenho algo para te propor, é para o nosso bem – encarou meus olhos.

Ai, Deus, será que ele não queria mais minha amizade? Comecei a pirar e meu corpo se agitou de uma forma que não esperei. Quase levantei, mas as dores não me deixaram gritar e empurrar o corpo dele até a parede e dizer com todas as letras: VOCÊ NÃO VAI ME ABANDONAR TAMBÉM! Então, o máximo que consegui foi chorar copiosamente.

– Não me deixe sozinha – resmunguei afundada na cama. – Eu sou uma droga, eu sei, mas só não me deixe também – tive um fio de voz para dizer isso em tom alto.

– Ei, o que é isso? Flora, olha pra mim! – ele me sacudiu levemente e com isso abri os olhos. Mesmo não enxergando nada, já que as lágrimas estavam empoçadas.

– Que foi, é uma despedida, não é? – passei as mãos nos olhos e ele me sentou novamente. Senti-me uma boneca murcha em suas mãos grandes. Thomas me apoiou em seu colo.

– Tô fodido com tudo isso, mas estou mais destruído com a história da Julia. Preciso de um tempo, de espaço pra pensar no que vou fazer daqui pra frente. E preciso de sua amizade. De você por perto. Somos muito parecidos, e quero contar com você... Disse que era minha amiga e que gostaria de ajudar, certo? – seus olhos estavam radiantes, e sei que ele teria uma excelente ideia. Acatei e me senti amada por ele.

– Sim, vou te ajudar, mas, Thomas, no momento eu estou literalmente fodida também! Como dois corações arrebentados e destruídos podem se ajudar?

– Simples, você já disse tudo: *ajudar*! Nós dois nos ajudando, ficando ao lado um do outro, podemos enfrentar essas histórias. Eu quero tentar esquecer, pois ela não me quer; agora, já você, nós podemos ter um espaço e depois fazer tudo valer a pena! Paulo vai sentir sua falta e ver a cagada que fez e vai correr atrás. Só basta dar essa distância para ele, que ele enxergará a merda toda!

– Nossa, pensou nisso a noite toda? – caçoei dele. Thomas me fitou de cara feia.

– Mais ou menos... – falou triste.

– Vamos reverter isso. Tem alguma ideia nessa mente cretina? – ele fez beicinho.

– Sabe que eu tenho, né! – piscou e me fez cócegas. Gargalhei e me esquivei de suas mãos.

– Pare, odeio isso! – gargalhei e ele continuou. – Fala cachorro, o que você quer de mim? – gritei entre uma gargalhada e contorcida na cama.

– Eita, não ressuscita minhas vontades, mulher! – Soquei seu baço e ele caiu para trás, fingindo muita dor. – Porra, Flor! Que maldade.

– A próxima é nesse pau... – engoli a palavra que viria a seguir, aliás, engasguei. Seus olhos brilharam.

– Não faria isso – mordeu a boca.

– Pare de ser cretino! – bufei.

– O que iria dizer depois do pau...? – ronronou. Revirei os olhos, pois sabia que ele era um filho da puta. – Engasgou com a palavra *gigante*? – disse, lambendo os lábios.

– Dá pra você ser menos filho de uma puta! Lembra do que nos colocou aqui? – falei brava, então ele voltou a ser o amigo e deixou o cachorro pra trás.

– Você às vezes é muito estressada, e é por isso a minha proposta – jogou o corpo pra trás, fazendo sua camiseta subir e aparecer alguns pelos bem aparados na região perfeita onde havia um milhão de tatuagens.

– Que... bem, que proposta? – acho que lambi os lábios, eu acho.

– Pode olhar, não paga – levantei a mão para socar naquela região, mas ele foi mais ligeiro e agarrou meu pulso. – Tô brincando! Só não quebra meu menino, esse brinquedinho é precioso demais. *My precious.* – imitou o Gollum, e me fez cair na risada. Esse menino é tão bobo e irresistível.

– Thomas, você é um idiota! – bati em sua mão que estava na região do precioso.

– Vou embora, você já me chamou de diversos adjetivos ruins, não gostei – fez novamente o beicinho. – Só estou aqui para propor uma viagem e você só me xinga – cruzou os braços como um menino pidão.

– Viagem?! Como assim? – empolguei-me.

– Tá vendo, só escuta as partes boas! Que desapontamento – falou com falsa indignação.

– Sei que deve estar num poço de ansiedade para contar! Conta logo, *boy*! – voltei a sentar e ele se ajeitou ao chegar próximo.

– Vamos pra casa! – anunciou em alto e bom som. Nem acreditei e arregalei os olhos.

– LA?! – gritei animada. – Tá dizendo isso, Tom? – agora minha voz foi para um tom desesperado.

– Simmmmm! – gritou mais ainda e levantou esperando minha reação, que foi gritar junto.

– *Holy shit! Are you crazy?!* – algo dentro de mim despertou.

– Não mesmo, *cherry*, arrume suas malas, iremos terça-feira! – minha cara de espanto era a melhor. Pude ver no espelho gigante que havia no guarda-roupa da frente.

– Como assim? Preciso de passagens, dinheiro, e tudo mais. Não tem como ser assim do nada, Tom, eu preciso me programar!

– Tá dando pra trás? – questionou, bicudo. – Eu cuidei de tudo! Anda, menina, se ajeite, porque vamos pra Los Angeles, *baby*! – eu não podia acreditar no que estava ouvindo. Era um sonho. *Please, get up, girl!*

– Isso vai ser perfeito – e a minha ficha caiu de uma só vez. – Ei, mas isso pode ser mais um motivo para ele nos odiar. Thomas, ele está com raiva da gente, ódio mortal, aí a gente pega e viaja sozinho, o que ele vai pensar? Pode achar que sempre tivemos um caso – comecei a pirar e ele tapou minha boca.

– Shh... acalme-se, gata, ainda não terminei! – nisso Mandy entrou no quarto, e seu sorriso era um calmante.

– Já contou pra ela? – colocou as mãos na cintura e meus olhos iam dela para o Thomas.

– Não, deixei a melhor parte para você – ele fez todo um suspense.

– Parem de graça e falem logo antes que eu desista – isso seria um pesadelo se Paulo achasse que éramos amantes. Então, eu não iria. Decidi.

– Eu vou pra LA com vocês! – disse alegremente. E toda decisão de cinco segundos atrás foi por água abaixo. Eu iria nessa porra.

– Ai, que demais! Então tá fechado! – tentei levantar para comemorar com eles, mas estava toda dolorida ainda.

– Você tem um dia para descansar e tirar as dores do corpo. A viagem é de 12 horas. Então, como vai ser? – eu odiava ser desafiada.

– Isso já está resolvido – falei cheia de panca. Ambos sorriram lindamente.

– É assim que se fala, gata! Bora arrumar as malas que LA nos espera! – jamais vi tanta empolgação no rosto de Mandy.

– Isso vai ser demais! – suspirei animada.

– Vou fazer uma viagem inesquecível para vocês. Podem apostar – Thomas concluiu piscando para nós duas. E disso eu não tinha nenhuma dúvida!

Dia da viagem!

Estava tão empolgada e feliz que mal meu sorriso cabia na boca. Estava igualzinha ao Coringa! Acordei muito cedo, aliás, será que eu tinha dormido? Acho que não.

Eu tinha ido até meu apê para buscar minhas coisas, e não ouvi nem vi nada além do normal. *Ele* não estava por lá. *Ele* não estava nem aí pra mim, para começo de conversa.

Então, eu fiz o mesmo. Fingi que estava tudo bem e deixei minhas horas apenas passarem. Fiquei tão empolgada fazendo as malas e cantando algumas músicas diversas. Quando a fossa insistia em me atacar com alguma canção melosa, eu logo tirava e voltava a me concentrar na mala. Por sorte, minha documentação, passaporte e visto estavam tudo o.k., pois era o planejado após o casamento. Iríamos fazer uma viagem sem rumo, mas começaríamos em LA, pois iríamos com Thomas para conhecer a tal academia dele. É triste saber que não estou indo com *ele*, mas será ótimo dar esse espaço a nós dois.

Conversei seriamente com Mandy, e ela me aconselhou a mesma coisa que Thomas, que era preciso dar tempo e espaço para Paulo sentir a minha falta, e que muito em breve ele iria vir correndo. Veremos. Mas, enquanto isso, é melhor eu aproveitar o sol da Califórnia!

Assim que deixei as malas no canto da porta, ouvi meu celular apitando. Corri e vi a mensagem dele, pedindo para descer.

Confesso que fiquei morrendo de esperança de ver Paulo ali. De vê-lo me pedir para ficar. Eu desistiria de tudo e passaria meus dias enroscada a ele, mas quando puxei a porta, nada disso tinha à minha frente. Era só o silêncio entre nossas paredes. Então fechei tudo e botei de novo o sorriso no rosto. Eu merecia esse momento.

Nós merecíamos esse espaço.

– Até mais, meu amor... – falei baixinho, olhando para sua porta.

Assim que cheguei à portaria, Thomas desceu do carro e veio me ajudar. Antes me deu um abraço apertado de bom-dia e colocou minhas malas no táxi.

– Ei, você está de mudança? – questionei ao ver suas malas.

– Esqueceu que eu não moro aqui? – falou me cutucando na cintura.

– Ah, é mesmo! Mas você sempre viaja com três malas? Me senti menos mulher em levar apenas uma – fiz beicinho.

– Carrego muitas coisas comigo nesse vaivém! – deu de ombros. E deveria ser horrível viver assim. – E você, sei que voltará com muito mais, então não reclama!

– Disse tudo! – pisquei arteira. E, finalmente, partimos para o aeroporto de Guarulhos.

Chegamos no horário. Thomas pagou o taxista e eu fui pegar um carrinho, enquanto eles descarregavam nossas malas.

Entramos e achamos o *check-in* da companhia. Thomas me guiou até o primeiro guichê. Olhei para o painel e fiquei sem entender.

– Ei, bobão, aqui é da primeira classe, não vê?! – apontei com o queixo o painel.

– Dãã... Gatona, eu não te contei? – fiz cara de paisagem. – Nós vamos de *First Class*!

– Tá de zoeirinha? – minha cara de paspalha era a melhor.

– Tô com cara de zoeirinha?! – apontou para aquela cara cretina e linda.

– Você é o melhor! – pulei contra seu corpo, dando-lhe um abraço forte.

– Nossa, até que enfim um reconhecimento justo! – ele era só um reclamão lindo.

– Sabe o tanto que te amo! – pisquei.

– Aham... – recebi um beijo no topo da cabeça. Era amor demais! E essa viagem seria perfeita! Fizemos o *check-in* e despachamos as bagagens. Pegamos assentos juntos e logo entramos para a área de embarque. Nossa viagem começaria agora!

O voo foi tranquilo e divertido. Éramos os únicos na primeira classe, então foi uma loucura. Consegui ficar bêbada de tanto champanhe! Saí cruzando levemente as pernas, mas deu tudo certo no desembarque e na imigração.

Logo já estávamos no carro que ele deixou no aeroporto indo em direção a um hotel, pelo que me reportou minutos antes de pousar.

– Sua casa é longe daqui? – perguntei, ajeitando os cabelos que voavam contra o vento que entrava no carro.

– Não, é pertinho.

– Então por que ficaremos em hotel?

– Você está passeando! Por que não ficar pelo menos desfrutando disso? – respondeu empolgado.

– Você é quem manda – acatei sua animação.

– Gostei disso.

Rimos juntos e fomos curtindo a brisa quente e receptiva de Los Angeles.

Thomas queria de todas as formas me bajular, e eu nem me importei de receber esse agrado. Sei que sofremos por motivos diversos e só deveríamos relaxar e esquecer um pouco que fosse do passado. Merecíamos esse instante, pois a partir do momento em que fôssemos voltar à realidade, tudo seria muito cruel. Eu corria o risco de não ter mais o amor de Paulo, e ele corria o risco de não amar mais Julia.

Era um dilema chato o amor, mas a perda é bem pior. E só de imaginar minha vida sem o Paulo por perto, isso me deixa depressiva e muito pra baixo. E estar na Califórnia não era motivo pra ficar assim. Ainda mais em um luxuoso hotel!

Thomas reservou um lindo quarto no *Hyatt Hotel*! Fiquei impressionada já com a entrada e o hall. E ele só me pedia para não fazer cara de pobre espantada em um lugar luxuoso. Ríamos feito idiotas ao fazer o *check-in* no hotel, e a recepcionista só nos observava, pois em nenhum momento ficamos falando inglês, a não ser quando precisava. Mas estar com quem conhecia o lugar era melhor ainda. Eu nunca tinha vindo para a Califórnia, e estar aqui com Thomas seria diversão na certa. Aqui era seu lar.

Deixamos as coisas no quarto. Ele ficaria comigo, sem problema algum. A cama era imensa e brinquei que o sofá era bem confortável. Ele respondeu tranquilamente: *ainda bem que você não se opôs ao sofá, ele é seu*. Thomas é muito cretino.

Tomei um banho demorado e com direito a muita espuma na banheira. Thomas ameaçou entrar diversas vezes, eu só gritava que merecia esse momento. Ele gritou lá de fora: *tá se masturbando, porra?* Eu o mandei tomar no cu e voltei para meu banho relaxante.

Com ele não foi diferente, ficou quase uma hora dentro do chuveiro, e quando fui reclamar, ele foi além dizendo que não estávamos em São Paulo para economizar água. Mas e o planeta? Seja consciente, por favor!

Por fim, depois de todas as palhaçadas e piadinhas, descemos para comer algo. A Mandy enviou mensagem dizendo que chegaria por volta de 2 horas. Era tempo suficiente para comermos algo muito gostoso e beber uns drinques, já que a brisa do avião passou depois do megabanho. E eu precisava de uma boa dose de álcool.

O bar era completamente extravagante. Sentamos em uma mesinha de canto e fizemos nossos pedidos. Comecei logo com um drinque bem saboroso. Foi Thomas quem escolheu.

– Vá com calma, Flor! Temos a noite toda, e amanhã e depois e depois – brincou enquanto eu engolia rapidamente os longos goles.

– Só quero beber, posso?

– Só estou dizendo; amanhã não reclama da ressaca! Ainda mais desses drinques doces. Eca – fez uma careta engraçada, então finalizei meu primeiro da noite.

– Desce mais um!

– Isso não é pinga, não, viu, Maria Cachaça! – ri dele, e pedi mais um. Na verdade, eles deveriam já deixar uns três preparados.

No meu sexto drinque, senti minhas bochechas dormentes e junto delas meus dentes. Thomas estava rindo de algo que falei, e nem me lembro o que disse. Pois bem, isso não iria prestar. Pedi uma garrafinha de água e comecei a tomar. Passaria um pouco a brisa e eu voltaria a me concentrar.

Dez minutos depois, recuperei a consciência de que estava bêbada, mas precisava parar de beber. Eu voltei a entender a situação e tudo que ele dizia. Vinte minutos depois já conseguiria tomar outro drinque, porém aguardaria Mandy chegar para comemorarmos nossa viagem. Tomei mais uma garrafinha de água, enquanto Thomas estava só na cerveja.

– Tá passando? – ouvi quando minha cabeça estava entre minhas mãos. Olhei para o lado e vi o sorriso de Thomas. Foquei naquele sorriso.

– Sim.

– Ótimo, então estará em condições de receber sua amiga! – falou apontando o queixo para o lado da piscina, onde minha melhor amiga estava parada, só aguardando eu ir recebê-la. Será que eu conseguiria ir até lá? *Get up, girl.*

– *Hi!* – brinquei ao me levantar. Segurei a ponta da mesa, e Mandy notou minha situação. Então veio caminhando com o olhar fervendo, eu não tinha esperado para ficar bêbada com ela. E isso a enfureceu.

– E aí, Sra. Cachaça! Já começou mal – me abraçou e recebi seu carinho.

– Eu mereço, vai – choraminguei, mas não queria chorar de verdade. Não agora.

– Tudo bem, merece! Mas e aí, chegaram bem? – sentou-se junto a nós.

– Sim, foi ótima a viagem, e você? Quer comer alguma coisa, beber? Estou tão feliz por estar aqui com a gente – ouvi minha voz tão distante, e vi que estava literalmente *drunk*.

– Realmente foi ótima, mas ela já encheu a cara durante o dia todo, agora tá assim melodramática! – ele revirou os olhos e fiz o mesmo.

– Juntou-se ao clube da Luluzinha, Tom?! – mostrei-lhe a língua e os dois riram.

– Tô me achando aqui, ou vão achar que sou *gay* ou que estou comendo vocês duas! – gargalhou, tomando um gole gelado de sua cerveja. – Prefiro a segunda opção! – piscou para Mandy. Ela ficou toda corada.

– Não diz isso de uma grávida! – sua voz soou baixa e carinhosa. O sorriso dengoso fez com que eu e Thomas parássemos de respirar.

– *What?!* – acho que gritei, pois algumas pessoas ao nosso redor nos olharam.

– Sim, eu estou grávida! – falou mais alto, toda animada.

– Que demais, Mandy! Estou muito feliz por vocês! E o Bernardo? Menina, você o deixou lá? – questionei preocupada. Em vez de ela estar comemorando com o marido, estava aqui, curtindo minha fossa.

– Ele ainda não sabe – deu de ombros. – Vou fazer uma surpresa, pois ele virá também.

– Incrível! Isso merece champanhe! – bati palmas empolgadas.

– Ei, eu disse que estou grávida, não que ganhei na Mega-Sena! – revirou os olhos.

– Bobinha, eu bebo por vocês! Já estou pronta para outra rodada, pois tenho que curar minha fossa! – eu estava bêbada já, mas não queria saber, merecia beber mais.

– Estando com esse cara ao seu lado, não deveria ficar na fossa – ouvi Mandy ao longe, quando deu um gole em seu suco de melancia. Thomas sorriu tortinho pra ela em agradecimento.

– Você disse bem, fofa – bufei. – "Ao lado", pois se ao menos tivesse por cima ou por baixo, ou atrás, seria muuuito melhor! – ironizei, olhando descaradamente para Thomas.

– Pare de beber! – Mandy bateu em minhas mãos para eu não pegar o copo.

– Eu não me oponho! – ele disse. Fitei seus olhos fogosos e aqueles lábios tão beijáveis.

– É claro que não, né, *boy*! Vamos para o quarto então? – desafiei.

Menos, garota! Please.

– Ei... – Mandy era uma bobinha.

– Relaxa, gata, ele não me pega – bufei, irritada com não sei o quê.

– Paga pra ver! – ele me desafiou com seu olhar, e vi Mandy engolir em seco.

É, garota, ele saber nos encher de tesão com suas falas mansas.

– Fala só da boca pra fora... – provoquei indo pertinho dele, chegamos a ficar cara a cara, e nossa respiração se agitou. Meu corpo começou a formigar por ver sua boca tão perto. Mordi a pontinha da minha e a lambi em seguida, mas quando fui me aproximar, Thomas se afastou.

– Pois é, Mandy, com ela, eu tenho que ser frouxo – relaxou os ombros contra a cadeira.

– Porque quer! É a sua segunda chance, *enjoy boy*! – pisquei tentando trazê-lo de volta.

– Pare, sua maluca – por que não acreditavam em mim? E se eu quisesse dar de verdade?

– Escute sua amiga – *conselho furado, Thomas.*

– Não! Vamos transar? – a bebida me fez esquecer algo, sinto isso.

– Você está bêbada, Flor! Gosto de coisas malucas e intensas, mas curto ver a gata sabendo de tudo pra não esquecer. Não vai rolar, *sorry*. – apertou meu queixo, depois beliscou meu bico emburrado.

– Então vai pro teu quarto, pois eu vou dar um passeio por aí e achar quem queira.

– Mandy, com licença, se precisar de algo, me ligue, tá bom?!

– Obrigada, Thomas.

Fui completamente ignorada, mas senti meu corpo flutuar em seguida. Fechei os olhos por breves segundos e quando abri estava ao contrário e vi o chão. Oi?! Ah sim, notei que estava no colo do Thomas. Ai, droga.

– Aonde vamos? Mudou de ideia? – deslizei as mãos em suas costas tão largas e musculosas.

– Você verá em instantes! – ali havia um milhão de promessas. Sorri e o deixei fazer o que quisesse de mim. Só sei de uma coisa, todo mundo nos olhava, e eu não estava nem aí.

Thomas me jogou na cama, quiquei uma vez e soltei um riso nervoso. Meu corpo pegava fogo sem ele me tocar. Não era preciso, seu olhar era suficiente para esquentar o quarto. Ele fechou as cortinas e apagou as luzes. Somente uma luz lá de fora iluminava um pouco a cama. E eu via suas curvas firmes por trás da roupa.

Thomas veio até a beira da cama, puxou minhas pernas, me arrastando até a ponta. Deixou meus pés em seu tórax, já que eu não alcançava seus ombros. Tirou a fivela de uma sandália e depois a outra. Deixando cair do alto os sapatos. O barulho me assustou. Confesso, o barulho do meu coração disparado estava mais alto e intenso. E sei que ele podia ouvir.

Suas mãos quase não me tocavam, eram apenas objetivas em algum ponto estratégico. Enérgico. Ele não parava de me olhar. E seu profundo olhar castanho-esverdeado não me deixava desviar. Mantive o mesmo contato.

– Respire – somente com esse comando notei o quanto estava prendendo a respiração. Concordei sem dizer uma palavra, e senti meu tórax subir e descer normalmente.

Quando pensei que ele cairia por cima, Thomas me virou de bruços. Voltei a ficar sem ar. Senti a ponta dos dedos frios dele na altura da nuca. E o deslizar do zíper me deixou arrepiada.

– Está de sutiã? – ouvi muito perto dos meus cabelos soltos. – Está? – fiz que sim. E pude ouvir sua respiração voltar ao normal também. – Ótimo.

Assim que terminou o zíper do vestido, voltou meu corpo ao normal, e estava em cima da cama. Não em cima de mim, mas ao lado. *Ele sempre estaria ao meu lado* – pensei com os olhos fechados. Mas senti sua respiração pertinho da minha boca. Abri os olhos e ele estava ali.

– Abra os olhos. Não quero que esqueça – ordenou com os lábios a centímetros dos meus. Concordei com dificuldade de responder em palavras, elas estavam engasgadas na garganta.

Thomas estava completamente vestido, e praticamente em cima de mim. Suas mãos grandes foram deslizando o vestido cuidadosamente. Nunca achei que ele teria tanto cuidado. Em seus olhos havia um respeito muito grande, mas também lá no fundo eu via a flama ardente. Ele queria, mas se segurava.

O vestido foi jogado ao chão, e minha pele ardia, gritava algum contato. Ele saiu de cima da cama, permanecendo ao lado. Vagarosamente começou a tirar suas roupas. Eu vi suas mãos deslizando naquele tanque talhado que era sua barriga chapada e cheia de tatuagem. Aqueles braços imensos e fortes. Até mesmo seu pescoço ao passar pela gola era um charme. Coberto de tatuagem. Deslizei a língua pela boca, podia lembrar bem do gosto da pele dele. Era como sol. Quente, mas suave. Tinha gosto de verão...

Quando notei, estava inclinada, querendo vê-lo por completo. E a calça foi retirada e jogada ao lado junto ao par de coturnos. Sua cueca boxer preta escondia só um pouco o que eu queria, mas, mesmo assim, ele subiu na cama, e vi na sombra. Ele estava completamente duro. Fingi não ver, e aguardei o que ele tinha em mente.

Thomas deitou e ajeitou o travesseiro dele e o meu. Num susto, senti-o puxando minha cintura e se encaixando atrás de mim. Puta que pariu, meu corpo explodia lentamente. E cada partícula pegava fogo. Ardia de um jeito estranho. Ficamos de conchinha, e senti sua respiração indo e vindo no meu pescoço. Até que seu sussurro chegou ao meu ouvido.

– Você é minha amiga, Flor! – falou muito baixinho e com cuidado. Meus olhos se encheram de lágrimas, mas não era tristeza, era meu coração avisando o quanto ele era bom para mim. – Não podemos, e você sabe disso, certo? – fiz que sim sem olhar para ele. – Você ama meu melhor amigo, e eu estou cuidando apenas de você! Isso aqui não significa nada, tudo bem? – estava tão engasgada com palavras que, se eu abrisse a boca para dizer algo, eu transbordaria, então fiquei quieta e só mexia a cabeça. – Você surtaria amanhã! Não é mesmo? – brincou por fim e beijou meu ombro. Puxou o grosso edredom e nos cobriu. Ali era o conforto de que a gente precisava. *Estávamos nos ajudando...*

– Pra quem falou que não nega mulher, você está se saindo muito bem – ok, eu deixei meu ego dizer isso, mas eu sabia que não iria rolar nada. Eu sabia mesmo, mas não custava brincar.

– Você é especial. É mais do que somente uma garota que conheço num bar. É minha amiga, anjo! – meu peito se encheu de amor e respeito por ele.

– Mas você tá de pau duro! – falei sincera, dessa vez o encarando, e nunca pensei que veria Thomas sem graça por estar nessa situação.

– Porra, aí não tem quem aguente, né? É consequência do contato! Não ligue pra ele, Tonzinho é abusado! – escondeu seu rosto envergonhado em meus cabelos soltos. Gargalhei.

– Te amo, *bomb* – revelei, fazendo-o me olhar.

– Eu também, *cherry* – ganhei um beijo na bochecha e caí no sono...

Dei um pulo assustada. Estava enroscada nas cobertas e todo o meu corpo suava. Tive um pesadelo terrível, e quando olhei para meu lado, Thomas estava esparramado. Acho que, com meu susto, ele também acordou. Esfreguei o rosto tentando me lembrar de alguma coisa, mas ao vê-lo somente de cueca, meu corpo entrou em estado de alerta.

– Transamos? – falei engasgada, tapando a boca.

– Sim, foi demais, Flor! Você acabou comigo – ele virou para meu lado e agarrou minhas pernas. Esfreguei o rosto tentando trazer minhas lembranças.

– Droga! O que eu fiz... desculpa! – minha voz começou a entrar em desespero.

– Pelo quê? – fez cara de confuso. – Pelos cinco orgasmos loucos? Não aceito suas desculpas!

– Ai, que vergonha! É mentira, né? – nem queria olhá-lo, mas sua voz me fazia encará-lo.

– Tô falido de esperma! Você me desidratou. Florinha, você é destruidora! – puxou minha mão do rosto e a beijou com carinho. Piscou um olho assim que encontrei seus olhos.

– Pare de gritar isso! – tapei os ouvidos. E caí de volta na cama, tapando minha cara com o travesseiro.

– Isso aí tem nome: Martini! – debochou.

– Odeio! Por que me deixou beber tanto? E por que transou comigo...? – será que eu gostaria de ouvir? Sei não...

– Mulher, você é uma fera quando está alcoolizada! Montou em mim, e fez irrá a noite toda! – esse cretino gargalhava. E minha cabeça explodia.

– Ai, Tom, pare! – afundei mais o travesseiro na cara. – Me prendia, qualquer coisa, menos enfiar esse pau grande em mim! – resmunguei arrependida.

– Você implorou. Esqueceu? Eu não nego fogo! – olhei pra ele que se levantava.

– Eu estava bêbada! – gritei e taquei o travesseiro longe. Encarei-o em pé na ponta da cama. Thomas cruzou os braços na frente do corpo e me fitou como se me atravessasse. Fiquei completamente nua em sua frente, no sentido figurado. Ele me enxergava por dentro.

– Você acha mesmo que eu faria isso? Por algum segundo não pensou que fosse apenas uma brincadeira? – sua voz era completamente ofendida. Abaixei os olhos e senti todo o meu corpo envergonhado.

– Desculpa, é efeito do álcool... – engoli em seco. Não tinha coragem de olhar para ele depois desse show ridículo.

– Olhe pra mim! – fiz o que pediu. Seu sorriso me relaxou. – Jamais faria isso com a gente. Agora vai tomar um banho megademorado e tire toda essa nhaca de você!

– É o que mais preciso – levantei e fui cuidadosa para o banheiro, e o ouvi dizendo:

– Não beberá mais nenhum dia aqui, tá ouvindo? – isso me atingiu como uma toalha molhada na nuca. – Vou pedir o almoço! – ele só queria mostrar quem mandava, e eu deixei. Estava sem razão alguma.

– Cadê a Mandy? – perguntei já do banheiro.

– Está no quarto ao lado. Lembra do que ela disse ontem? – questionou, e me esforcei para lembrar.

– Não, é grave? – falei e ele apareceu na minha frente, todo imponente. Perdi o compasso.

– Você é uma péssima amiga, sabia disso? – isso me atingiu em cheio. Mostrei o dedo do meio para ele. – Ela quem fará isso pra você, prepara-se! É melhor lembrar, pois não vou te contar, e se ela souber que não se lembra, ficará chateada!

– Você é um inferno, sabia? – gritei.

– Mas pelo menos eu sei o que ela te contou – deu de ombros e saiu cantarolando. – Bom banho, gata! Te amo, *cherry*.

– Eu também, *bomb*.

Fiquei parada no banheiro, parece que isso já tinha acontecido. Era tão simples, mas tão perfeito. Thomas é minha base de apoio, meu melhor amigo tesudo.

Assim que abri o chuveiro e comecei a me esfregar, uma informação me atingiu! Fechei o chuveiro e gritei a toda voz.

– Porra, eu lembrei, ela está grávida! – fiz uma dancinha estranha no chuveiro, e não via a hora de dar um abraço de urso em minha melhor amiga gravidinha!

Essa viagem era a mais perfeita em todos os sentidos!

Passamos a quarta-feira todinha fazendo compras e nos divertindo em LA. A cidade era linda e mágica. Tudo muito diferente e encantador. Gastei mais do que deveria, mas também nem estava me importando, eu merecia extravasar!

Passamos também na casa de Thomas, que nos mostrou seu lindo e gigante espaço. Fiquei impressionada com tudo, e disse que nem deveríamos ter gasto tanto com hotel, que nós duas ficaríamos muito melhor ali na casa dele. Thomas ficou todo orgulhoso.

Na mesma rua dele, vimos a academia da qual é sócio e treina. Demos um *tour* por lá, e fui apresentada para alguns alunos e treinadores.

Fiquei bem feliz quando disse que seu irmão em breve estaria ali para treinar e realizar seus sonhos. Gosto tanto quando escuto Tom falar sobre suas amizades e sua família. Ele é uma pessoa maravilhosa.

Não bebi nada alcoólico, só acompanhei Mandy em diversos sucos gostosos. Thomas só ficava nas garrafinhas de cerveja. E sempre antes de dormir, tomava uma dose de uísque.

Acho ainda que ele deve pensar muito em Julia, e meu coração parte por isso. Eu fiz algo que não deveria, bem, eu deveria informá-lo, mas acho que, se tiver que dar certo, dará. Vamos aguardar para ver o que o destino tem reservado em nossa vida.

Quando subimos para o quarto, convidamos Mandy para ficar com a gente e assistir a algum filme. Só para ela não ficar sozinha por muito tempo. Foi divertidíssimo. Acabamos pegando no sono, e Mandy dormiu comigo na cama. Quando acordei de madrugada para tomar água, vi que Thomas estava estirado no sofá da pequena sala. Joguei um lençol por cima dele e ajeitei sua cabeça no travesseiro. Ele se remexeu, mas não acordou.

Voltei para a cama, e caí em um sono profundo. Até que me vi pensando *nele*... e chorei. Acordei na hora em que *ele* iria falar algo para mim. Paulo estava ajoelhado. Meu coração apertou com a dor da saudade, fui para a janela e de lá podia ver tantas luzes. Só não via a dos olhos dele. Tão prateados e sensíveis. Amáveis. Eu o amo tanto que não conseguiria mesmo se quisesse esquecê-lo. Tapei a boca para não sair um grito abafado de dor. De meus olhos saíram as lágrimas, não consegui detê-las. Eram tantas... de saudade, de dor, de amor, de perda... era por ele que eu respirava, pois sabia que em alguma luz acesa ele estaria pensando em mim, desejando estar comigo. É melhor eu pensar assim do que deixar a desilusão invadir meu peito e me deixar apenas uma coisa... escuridão...

WHITE PARTY

Li em uma placa perto do bar. Fiquei ali bebendo meu suco, e vi Mandy conversando com Thomas. Os dois vieram todos sem graça para perto; nem questionei nada, mas ele começou o assunto.

– Nós vamos para uma festa, então hoje vocês terão tratamento VIP, *babys*! Tudo por minha conta. Vocês vão sair e comprar um lindo vestido pra cada uma. Fazer um dia de rainha em algum salão! Quero vocês fantásticas. Podem fazer isso? – Thomas concluiu animado.

– Estou dentro – Mandy se animou. Quem sou eu pra recusar?

– Fechado – levantei meu copo e comemoramos. – Ei, é dia de princesa, *boy*! – corrigi e Thomas soltou seu imenso sorriso dengoso.

– Rainha é mais completa! – piscou, fazendo nós duas suspirarmos longamente.

Era disso que eu precisava, de uma festa e estar linda.

Só faltou a música de *Pretty Woman*, porque estava sendo um momento e tanto! Eram tantas opções de lindos vestidos, maquiagens, sapatos e tudo mais! Mandy me ajudou a escolher um vestido branco lindo. Era rendado até a altura dos joelhos; no seio ele fazia uma espécie de coração, deixando o busto bem à vista e com um decote *sexy* sem ser vulgar. As costas dele eram abertas e desciam até quase meu cóccix! Fiquei babando quando o vesti e achei perfeito. Só que, quando me olhei no espelho dentro do vestiário, eu chorei novamente. Claro, bem discretamente, pois me lembrei do vestido lindo que *não* usaria nesse final de semana, pois era a data do meu casamento. E eu não iria me casar. Não estava com *ele*... A dor era tão cruel comigo, pois me atacava nos piores momentos. Limpei as teimosas lágrimas e saí disfarçando a dor que me incomodava. As vendedoras não perceberam nada, mas Mandy sim. Não comentou para não me fazer sofrer mais. Então pagamos o vestido e fomos atrás de um sapato para combinar.

Depois de pegar tudo para a grande festa, fomos até um salão que Thomas nos recomendou. As moças eram super-receptivas e conversamos horrores. Elas conseguiram nos deixar ainda mais lindas. Acabamos nos trocando lá para dar os toques finais. Amaram meu vestido e o da Mandy. Meu cabelo ficou em camadas, preso em algumas partes, deixando-o perfeito. Fizeram alguns cachos nas pontas e colocaram até uns pontos de luz, disseram que como era da tarde para a noite, daria um efeito lindo. Não duvidei, tudo estava incrível. A *make* ficou leve, com sombra dourada e cheia de brilho; amei os cílios postiços e o batom vermelho finalizou tudo em perfeita harmonia. Já Mandy fez as sombras mais carregadas e batom rosinha. O cabelo em um coque chique e moderno. Estávamos arrasadoras.

Saímos de lá e dessa vez fechamos a capota. Queríamos chegar inteiras na festa. Liguei para Thomas e disse que já estava chegando. Ele falou que nos esperaria na portaria.

– Ansiosa? – Mandy perguntou alegre.

– Um pouco, eu preciso disso pra me distrair – minha voz saiu baixa.

– Sim, eu vejo você chorando pelos cantos. Amiga, não faz assim, tudo irá se acertar, só se dá esse tempo, ok? Curta hoje como jamais curtiu a vida. Thomas e eu estaremos aqui por você.

– Sabe, dói... – minha voz falhou. – Dói saber que ele não está aqui, que não está ao meu lado, que estou vestindo branco e não é pra ele... – meus olhos ameaçaram fazer uma tempestade, mas lembrei da maquiagem e não quis estragá-la.

– Ei, não chore! Vamos nos divertir, Flor. Promete não chorar? Pelo menos até não tirar essa *make* maravilhosa? – ela me fez rir, e colhi a única gota que escorreu. – Cadê o sorriso? – soltei um fraco, e já estávamos chegando. E de longe pude ver o Thomas na calçada. Ele olhava o relógio. Aff, todo ansioso também.

Estacionei o carro e ele abriu a porta da Mandy primeiro, e depois correu para abrir a minha. Olhou-nos por inteiro na calçada e fez com as mãos nós duas rodarmos à sua volta.

– Meu Deus, vocês duas estão maravilhosas! Agora que pareço estar traçando as duas! – piscou ordinariamente e nós duas batemos nele. – Ai, malvadas! – colocou o braço de cada uma pendurada ao seu. E fomos pela estradinha ao lado. Isso daria ao salão em que aconteceria a festa.

– Acho que vocês dois não poderão entrar! Vocês não sabem ler, não? É festa do branco, senhor! – revirei os olhos brilhosos para os dois. Thomas estava sufocadoramente lindo, mas estava de social. Sei que era uma balada chique, mas ele estava demais. Calça azul-marinho e a camisa num azul bem clarinho, a gravata borboleta no mesmo tom da calça. Ele ficou lindo.

– Acho que é você que não leu a data certa! – Thomas falou, e meu estômago deu um tremelique. – Serão duas festas, a de hoje é estilo anos 50! A da semana que vem é do branco! – meu queixo caiu.

– E por que ninguém me disse, vim com um vestido branco! – falei apavorada.

– Mas usavam renda, né? E você está linda, pare com isso. O batom vermelho e olhar de gatinha deixaram no clima – Mandy tentou consertar.

– Achei que você soubesse ler, *teacher* – piscou ordinariamente meu amigo.

– Vocês são bobos! – mostrei a língua, e nisso Thomas nos parou perto de um jardim.

– Esperem aqui, eu tenho uma surpresa pra vocês duas – meu corpo travou. – Calma, Flor – ele viu minha dor. – É mais para a Mandy, na verdade – meu coração se acalmou um pouco.

– Ótimo! – tentei relaxar um pouco, mas já tremia de ansiedade.

– Ai, que demais, adoro surpresas! – bateu palminhas, mas quando vi a intenção do Thomas, já me afastei. Droga.

– Eu te odeio! – cruzei os braços. E ele riu alto. – Vai me vendar de novo? – bufei.

– Pare de ser reclamona! Aff, quanto drama – veio para perto de nós duas. – Vou vendar as duas, ok? Venha, Mandy – ela foi sem reclamar, fiquei ao lado vendo-o tapar os olhos dela.

– Porra, vai estragar a minha maquiagem! – uma lembrança me atingiu e a dor novamente me atacou. Droga, não agora.

– Prometo que, depois que tirar essa venda, vai ficar bem – sussurrou de frente, me dando conforto. Eu confiava nele.

– Ok, faça logo – fechei os olhos para não pegar no tecido meus cílios e borrar toda a *make*. Thomas colocou rapidamente as vendas e ficou entre a gente.

– Estou começando a achar que você tem muito fetiche por isso, e adora nos vendar.

– Pior que acho mesmo um tesão, me julguem – ele cutucou o meio da minha mão. Eu ri, mas não falei mais nada. – Só me sigam, ok? Estão confortáveis? – dissemos juntas que sim. – Serão alguns passos, e só tirem as vendas quando eu mandar, ok?

– Ok, Sr. Mandão.

– Respondona – em vez de um tapa, recebi um beijo no rosto. Gostei do carinho e olhei em sua direção, mesmo sem vê-lo. Ele saberia que eu estava grata por tudo.

Mandy estava muito quieta, já que a surpresa era para ela. Ou eu era uma pessoa muito agitada, ou ela não estava ansiosa tanto quanto eu.

Continuamos a caminhar por uma estradinha de pedra, mas havia uma espécie de tapete. Pude sentir nos saltos o conforto. Minhas mãos começaram a suar e a saliva a sumir da boca. Não sei bem o que Thomas tinha para a gente, mas sei que não iria me decepcionar.

– Ok, parem bem aqui, meninas! – escutei ao meu lado. Thomas tocou em meus braços e me deixou virada para algum lado, pois não era na mesma posição em que chegamos ao lugar. Uma leve música já tocava, e era bem tranquila. Eu o ouvi mexendo na Mandy, pois os passos dela foram para longe de mim. Cruzei as mãos na frente do corpo agitado e ansioso. Apertei meus dedos frios uns nos outros. E pude ouvir o som do meu coração.

E junto dele... uma canção. A *nossa* canção...

Os acordes me fizeram tremer urgente. Eu já começaria a chorar, mas senti uma mão amiga.

– Thomas?

– Oi, Flor! Estou aqui.

– O que está acontecendo? – minha voz falhou, tremeu e já estava chorosa. Ele não poderia fazer isso comigo. Não com a *nossa* canção.

– Vou tirar a venda, Flor – sua voz era muito emocionada. E eu já chorava, mesmo antes de tirar a venda dos meus olhos. A doce letra da canção dizia o que eu mais queria dele no momento.

Stand by me... stand by me...

Não quero ter medo do que verei à minha frente, mas a venda saiu dos meus olhos, e enxerguei minha vida. Resumida em segundos apaixonados. Em minutos que meu coração batia ligeiramente. Não eram mais horas que nos separavam.

Ele estava ali.

Stand by me... so, Darling, stand by me...

Ele cantava conforme entrava pelo caminho do tapete vermelho cheio de flores, que era a irmã do Thomas que jogava. *Eu* estava no altar. Esperando por Paulo. *Ele* quem estava vindo em minha direção. Comecei a chorar sem controle. Era real?

Olhei para Thomas, ele chorava igualmente. Assim como Mandy, que estava com um buquê lindo em mãos e ao seu lado, Bernardo, também radiante. Eles sabiam de tudo! Ela me ofereceu o buquê e só então consegui ver quem estava por perto. Todo mundo. Minha família, a família dele e nossos amigos. Nossos padrinhos ao meu redor e ele... Paulo. Meu amor entrava com sua mãe para vir até mim.

A canção se repetia ao fundo. Uma banda cantava ao vivo. Olhei para o céu, e estava escurecendo, o tom laranja ganhando um azul mais intenso e escuro. E a música me mostrou que, mesmo que o céu caísse, ou as montanhas que existiam ao fundo desmoronassem ao mar lindo à frente, ele não iria chorar! Contanto que eu estivesse com ele... e estávamos ali, juntos.

Stand by me... Darling, stand by me...

Era nossa canção se realizando. E ela foi acalmando as batidas, até que ele chegou à minha frente. Eu era só alegria em forma de choro.

– Oi, *love* – aquela voz... Oh, Deus, era verdade.

– Oi – levei as mãos à boca, tremia tanto que não conseguia dizer mais nada. Então ele faria por mim. Paulo se ajoelhou à minha frente, tirando algo de dentro do bolso. Ele estava tão lindo. Todo de azul-escuro. A cor perfeita do céu incrível. E a gravata borboleta azul-clara. Encarei seus olhos prateados e vi em sua mão algo que jamais iríamos esquecer.

– O nosso para sempre será isso, Flora – apontou o pequeno torrão de açúcar, igual o que Thomas tinha nos dado. – *Sugar*? – ofereceu ainda de joelhos. E essa pergunta era se eu ainda o aceitava. E não existia nada melhor. Meu felizes para sempre estava sendo realizado.

– *Yes, please...* – respondi quase sem voz, todos se levantaram e bateram palmas.

Paulo se ergueu e veio para minha frente, agarrando minha cintura e dando-me o pequeno torrão com os lábios. Recebi sua boca, e com ela um choque. O choque do verdadeiro amor.

Beijamo-nos como se não houvesse mais ninguém por ali, até que ouvimos o pigarro de Thomas. Fazendo todo mundo rir e até mesmo o pastor que estava ali. Limpei os lábios de Paulo, e recebi outro beijo perfeito.

– Vamos oficializar isso? – ofereceu seu braço e então viramos para a frente, onde tudo começaria do zero. Nossa vida juntos começaria agora...

Estávamos sentados em uma mesa comprida e de frente para todos os convidados. Todo mundo estava por ali. Eu não conseguia acreditar que conseguiram fazer nosso casamento em outro país! A amiga fiel da minha sogra que era responsável pelo casamento teve um trabalhão, mas vieram com tudo planejado. Paulo exigiu trazer todo mundo! Estava extasiada e muito feliz. Depois que comecei a notar as falhas que não quis ver. Começando pela roupa e o dia de rainha que ganhei. Já estava tudo combinado. Só que o que eu não esperava é que Mandy trouxesse meu vestido de noiva! É por isso que ela não veio com a gente, essa mentirosa linda me enganou direitinho. E assim que casamos, viemos para o salão de festas e eu o vesti, deixando Paulo ainda mais extasiado de tão apaixonado.

Até Joyce e Poly estavam com o mesmo vestido que a Mandy. E os padrinhos com a mesma roupa do Thomas. Ainda não consegui agradecer imensamente a cada um deles, o abraço apertado e o choro alegre foram apenas o começo.

Thomas e Amanda estavam sentados com a gente e as conversas rolavam de todos os lados, a felicidade nos rodeava. Até que Paulo levantou e pegou algo do seu bolso. Meu coração acelerou.

– Agora já era, estamos casados e você é a sra. Castelan. Um brinde! – levantou sua taça e todos brindaram.

– Você não sabe o quanto esperei por isso – ganhei um beijo bem gostoso.

– Bem, é o seguinte, eu tinha prometido a Flora algum tempo atrás que contaria em nossa festa de casamento algo que nem ela mesma sabe – um frio me correu. *Gosh*, essas surpresas me matam. Seus olhos me acalmaram. – Que é o momento quando me apaixonei por ela – relaxei os ombros, sempre tive curiosidade por isso, e agora todos ouviriam.

– Vamos lá, estou ansiosa!

– Sei que está, *love*.

– Estamos! – Thomas gritou e a galera concordou.

– Ok, a primeira vez que te vi, a gente se cruzou no saguão do apê. No dia da minha mudança. Você passou tão despercebida que nem me notou. E olha que nem sou pequeno! – sorri tentando me lembrar, droga, eu não vi mesmo.

Como esquecê-lo? Impossível.

– Você estava lendo algo empolgante, pois seu sorriso era magnífico! E não menos que isso – era possível amá-lo mais do que tudo? Sim, definitivamente, sim. – Eu já tinha visto mulheres de todos os jeitos e estereótipos, mas você... Flora, você me deixou *curioso*.

Todos prestavam atenção a cada palavra dele, eu mais ainda, pois ele me queria de verdade.

– Seu cabelo estava num coque desajeitado, com os fios soltos deixando um charme escondido. E você suspirava por cada linha que lia e não prestava atenção em mais nada à sua volta. Eu senti o mesmo ao te ver. Quase não conseguia me mover com a pesada caixa de cinco quilos! – ironizou. – Você me tirou a atenção naquele segundo!

Ele nunca tinha me contado isso.

– Você saiu e foi até a piscina. Então, corri pro apê dando graças a Deus que poderia te ver de alguma janela. Deixei toda a mudança só pra te observar. Te ver lendo alguma história que te prendia, da mesma forma em que eu queria. Pode parecer doente, mas eu jurei que poderia fazer isso durante horas do meu dia, e nada seria mais realizador. E quando achei um lugar privilegiado, vi a cena mais perfeita da vida! – ele voltou a me olhar; eu sempre fiz isso antes de conhecê-lo, ir ler na piscina, mas não me lembrava desse dia específico, e muito menos de uma cena perfeita. Então o deixei continuar.

– Você estava com um short muito agarrado e acho que sua calcinha estava gulosa, incomodando sua fiel leitura. Até que você se levantou e enfiou as mãos dentro do short e ajeitou a malvada! – ai, Deus... não creio nisso.

– Poderia ter pulado essa parte, sim? – questionei com o rosto pegando fogo.

– Claro que não, juro que nunca vou me esquecer disso! – beijou minha mão e voltou à história. – E jamais esqueceria que vi você suspirar, rir e chorar num mesmo segundo. Apaixonei-me por você naquele instante em que, ao terminar leitura, olhou para o céu como se estivesse em agradecimento por mais um fim de história... – outro beijo em minha mão com a aliança. – Você sorriu e me ganhou. Sua satisfação foi a minha. Seu deleite foi o meu. Eu podia ler sua imaginação em cada linha na forma que se agitava. Eu sentia dali o livro. A sua intensidade ao ler é linda! – sorri em agradecimento pelos pequenos gestos que me contou.

– E depois de tudo isso, você ainda estava com um pequeno pote que estava cheio de minicenouras! Creem nisso? – falou pra todo mundo, e na hora corei. – Você as comia com tanto gosto como se fossem *cheetos*! Mulher, você é perfeita! – ele gritou me abraçando docemente. – Eu te persegui sem você perceber, ainda mais quando descobri que era minha vizinha! Deus, Flora, eu quase morria ao te ver saindo pra trabalhar com aqueles óculos de professorinha! – minhas bochechas não saíam o vermelho, e meu coração estava acelerado. – Li livros que você lia só pra saber seus pensamentos. Durante cinco meses me preparei. Nunca tinha feito isso antes, mas quando eu te via toda recatada, precisava me preparar psicologicamente. Sei que abusei bastante, mas precisava de alívio, e nessa época eu estava um pouco enrolado... – confessou, e me lembrei da loira. Bufei e ele sorriu por isso. – Desculpa, mas tentei te mostrar o meu poder diversas vezes, mas você nunca ligou... – fez beicinho.

– Você estava com um mulherão daquele, o que eu era? – falei minha verdade.

– Você era quem eu queria! – meu coração derreteu. – Então, consegui me livrar dela como se tira um sapato apertado. E eu queria o número certo, que estava bem ao meu lado. Você era pra mim. Você sempre diz que eu te achei, que te escolhi, mas eu estava o tempo todo ali, você quem não enxergava! Então eu tive que aparecer antes que alguém te achasse primeiro.

– Até parece, a crise tava feia! – brinquei, e fiz todos rirem.

– Fui ousado em nosso primeiro encontro? Oh, sim... já estava pra lá de cansado de esperar você me enxergar! Causei um bom efeito, sim? – essa doce lembrança me fez corar, mordi os lábios concordando. – Você mal respirava, menina!

– Shh... meus pais estão aqui! – brinquei, tapando o rosto.

– Eu nunca seria capaz de fazer algo errado com você, eu só estava assustado de como tudo seguiria. Se você estaria disposta a ficar comigo, sei lá. Eu tive medo de te perder, então, me desculpa por todo mal-entendido que causei – olhamos para as meninas e sorrimos. – Vou sempre ser o melhor. Sempre me lembrarei do que minha mãe ensinou: não se preocupe em achar a mulher certa, concentre-se em apenas se tornar o homem certo! Flora, eu serei o seu melhor. Serei o seu cara certo, o seu açúcar mais doce, minha pequena grande menina. Te amo, incondicionalmente!

Assim que terminou de falar, novamente as lágrimas nos invadiram. Todos choravam por nosso amor. Era simplesmente lindo. Éramos únicos, éramos o para sempre...

– Obrigada por me deixar saber disso! Te amo.

– Tenho um presente pra você! É simples, mas foi feito com muito amor. Na verdade, cada um também receberá! – ele pegou uma caixa pequena embaixo da mesa e me entregou. – Abra, *love* – peguei o pequeno embrulho, e abri com carinho. Assim que vi o presente, puxei a peça e li na frente: *Happiness.*

– Que lindo! – olhei dentro da caixinha e havia vários bloquinhos de *post-it.*

– Será o pote das nossas pequenas felicidades. Por menor que seja o momento, sempre que algo bom nos acontecer, a gente vai escrever num *post-it* e irá deixar dentro do pote. Tudo, qualquer coisa que a fizer feliz, escreva e guarde. E quando fizermos um ano de casados pegaremos um por um para recordar, assim a gente vai se lembrar de que tivemos mais felicidades do que tristezas em cada ano de nossas vidas! Gostou, *love*? – fui até seu imenso corpo e o abracei com amor. Ele era perfeito.

– Eu amei!

– E vocês façam o mesmo! Desejo muitas felicidades e um ano carregado de amor e pequenos momentos perfeitos! – todo mundo gritava o mesmo pela gente. – Ah, lembra que eu disse que tinha duas surpresas? Bem, chegou a hora da segunda! Vamos todos para o meio da pista e ficar de frente para aquela cortina! – Thomas o ajudou a ajeitar todo mundo numa roda. Acho que chegou a hora da valsa. E nós dois ficamos no meio.

– Dança comigo? – aceitei sua mão, e uma música melódica começou. Valsamos de lá pra cá e ríamos quando errávamos o passo. Todo mundo batia palmas e era felicidade pura ver cada um fazer parte disso. Até que Paulo me parou de frente à cortina que caiu... e meu queixo foi junto.

A música da valsa parou do nada, dando espaço para a nossa outra canção! Fiquei petrificada de momento, e ouvi o grito de todos no salão, até que...

– Deus! – gritei ao ver *Maroon Five* bem à nossa frente cantando o refrão de "*Sugar*"!

Porra. Porra. Porra. O Adam estava cantando *Sugar* no meu casamento! Igualzinho ao clipe da música. Eu. Não. Acreditava.

– Como? Como isso aconteceu? – perguntei, agitada, e cantava logo em seguida a música.

– Thomas tem os contatos dele, e como é a nossa cara, resolvemos isso, gostou?

– *Oh, Gosh*! Estou enlouquecida! *Sugar! Yes, please...* – beijei a boca dele. – *Won't you come and put it down on me? Yeah!* – gritei mega-animada, extasiada.

– *I want that red velvet. I want that sugar sweet. Don't let nobody touch it. Unless that somebody is me...* – Paulo cantou olhando para mim. E nada era mais perfeito.

Claro, a não ser esse conjunto completo em nosso casamento. E ainda por cima, uma chuva de confetes prata e muito amor espalhado por ali!

Sugar, yes please! Cheers!

Já estava perto do final de tudo. Do sonho mais perfeito realizado. Fomos até lá fora e assistimos a um festival de fogos de artifício. Celebramos nosso amor, e tudo que era mais intenso. Eu o teria eternamente, e o nosso para sempre a partir de hoje, era... *sugar, yes please*!

Nessa queima de fogos, Mandy contou ao seu marido o que esperava, e tinha sido ainda mais emocionante. Os dois estavam tão felizes que era lindo de ver. E, melhor, antes mesmo de saber se era menina ou menino, ou de quanto tempo estava, ela nos convidou para sermos padrinhos do bebê! Chorei muito emocionada de ser dinda de alguém! Isso era mais uma festa para comemorar.

Olhei para trás e vi Thomas sozinho, meu coração apertou; ele tinha feito tudo isso por nós, ajudando-nos a ficar juntos. E sei que em algum momento ele também estará bem. É assim que espero que o destino do meu melhor amigo termine. Seus olhos brilhavam conforme os fogos explodiam e eu via uma esperança crescer em cada piscada. Sei que seu coração lutava com um amor quase impossível, mas tudo pode mudar... Tudo.

– Vamos matar a saudade, *love*? – a voz rouca do meu homem sussurrou perto do pescoço, fazendo todo o meu corpo se arrepiar de desejo.

– Não via a hora de você encerrar a noite com essa questão! – ronronei como uma gatinha selvagem. Paulo puxou minha cintura; antes de entrarmos, ele também viu o amigo perdido em algum lugar dentro dele.

– Não sei o que ele tem, e isso me deixa mal – apontou com o queixo. – Ele não se abre.

– Relaxa, amor, prometo que tudo ficará bem! E se isso acontecer, eu te conto tudo, mas, agora, eu quero que você me mostre o que esconde aqui – toquei levemente em sua ereção. Minha pele ardeu e meu centro encharcou.

– Menina, que saudade... – lambeu meu pescoço e foi me empurrando para dentro do quarto.

Assim que entramos, nos agarrando em longos beijos, Paulo já foi arrancando o vestido, e eu a camisa dele, depois a calça; ele tirou meu sutiã e calcinha juntos! Estava ficando cega de paixão e cheia de tesão, então Paulo me jogou na cama.

– Não tire a gravata! – avisei.

– Não tire os sapatos! – parei no meio do processo. Paulo estava de costas, pegando algo na mesinha.

– Amor, você me ama muito? – perguntei, Paulo parou de mexer em algo e virou-se completamente nu para mim. Ofeguei ao vê-lo tão belo. Ele estava com um pratinho em mãos e com um pedaço do bolo do nosso casamento. Afundou o dedo no *cream cheese* e passou na cabeça de seu pau. Oh, *Gosh*, fiquei na beira da cama, somente aguardando que ele viesse, só para devorar aquela doçura.

– Amo mais do que esse *red velvet* – ele chupou o dedo e afundou o garfo no bolo. Gemi.

– É sério, *grandão...*? – ele chegou, então caí de joelhos e agarrei sua ereção melada, tanto de creme quanto de excitação.

– Muito sério, *love*. Minha mãe nunca te contou isso? – olhei pra cima e engoli sua ereção, fazendo-o urrar de prazer.

– Claro que não, mas você quer comer o bolo, ou quer isso? – afundei mais uma vez o pau dele na garganta, tirando todo o creme e sentindo seu maravilhoso gosto.

– Maldade, mulher – segurou meu cabelo, afundando mais seu grosso pau dentro da minha boca. – Assim... – remexeu inclinando seu corpo para mim, e eu o recebi todinho.

– Escolhe – pisquei, tirando-o da boca. Ele me levantou com apenas uma mão, gargalhei assustada, pois sei que dali vinha sempre algo bom.

– Vou fazer melhor, *love* – grunhiu em minha boca, sentindo o gosto mágico dele. – Eu vou te foder e ainda vou comer o meu bolo favorito! – ele me virou ligeiramente, me deixando de quatro. Inclinou meu corpo, fazendo minha bunda ficar empinada em sua direção. – Assim, vou fazer dessa bundinda a minha mesinha! Preparada, *love*?

Oh, eu sempre estava.

– Não sei, vem ver – ele acertou um tapa em meu sexo, fazendo--o esquentar e, de quebra, vendo todo o meu tesão e o úmido entre as pernas. Ele grunhiu ao me penetrar, me deixando fazer o mesmo. Era a perfeita ligação, o nosso sexo jamais seria o mesmo, pois sempre teríamos um motivo para melhorar!

Recebi bombeadas constantes e possantes, junto com um tapa ardente na bunda, e com isso, eu vi estrelas brotando em meus olhos lacrimosos de felicidade.

Porra, finalmente eu tinha o meu final feliz!

– *Love*, me faça o homem mais feliz... goze!

Gozamos com estrelas nos atingindo, e mais, muito mais *açúcar*... pois, assim que gozei, Paulo jogou um pedaço de bolo em minha boca, fazendo provar o nosso sabor!

Sugar!

Afinal, Eu Não Sou Tão Cachorro Assim...

Tem um fogo dentro deste coração
E uma revolta prestes a explodir em chamas.

Hurricane – 30 second to Mars

Thomas

Quando Paulo me ligou desesperado para contar a novidade, não pensei duas vezes. Eu precisava fazer algo por eles! Eu vi todo sofrimento no rostinho da Flora e, quando olhei profundamente a dor nos olhos do meu amigo, eu não podia deixar isso passar. Não podia mesmo.

Corri até a casa dele e conversamos por horas. Contei tudo que tinha acontecido, sobre todos os mal-entendidos. Ele via a verdade também em meus olhos. Depois de toda a conversa, fui embora cheio de planos e com um objetivo: fazer a Flora não desconfiar de nada. E tentar esconder algo dela seria uma porra de difícil! A meta fodida! Vamos para a missão.

Avisei as meninas, combinamos tudinho. O mesmo aconteceu com Mandy e o restante da família. Corri com Paulo para ver as passagens e hotel. Todo mundo só iria na quarta; agora já eu, Flora e Mandy, iríamos na terça para ela não desconfiar. E correu perfeitamente bem.

E aqui estávamos todos reunidos pela felicidade do casal. Mas meu peito voltou a apertar. Pensei sinceramente que, com a cabeça ocupada, eu não pensaria nela. Errei feio. Ela não sai em nenhum instante daqui e fico só imaginando quando ela casar. Será que eu deveria ir até lá e destruir aquela falsidade? Não tinha esse direito, mas seria uma excelente ideia.

Mas, pensando melhor, ficarei algum tempo sem ir ao Brasil, então poderia relaxar e não dar mais atenção a isso. Era um erro maior, pois fazia anos que evitava pensar em Julia, e do nada a encontro e ainda com o cara que a tirou de mim. Eu estava perdendo-a por duas malditas vezes.

Era uma desgraça essa droga de amor que sinto por ela. Parece que não era pra ser. Então, a única coisa que meu teimoso coração deveria aceitar é que ela não seria minha.

Olhei fixo para as luzes que pipocavam no céu. Os fogos de artifícios marcavam o final da festa, que tinha sido maravilhosa. Lá embaixo, Flora e Paulo estavam saindo de fininho. Sacanas, deveriam estar subindo pelas paredes de tanta saudade. Sorri ao ver a mão dela procurando o pau dele. Essa menina é muito arteira! E Paulo, bem, ele merecia toda a felicidade do mundo, e eu estaria sempre nos bastidores batendo palmas para todas as suas conquistas. Tanto no profissional quanto na vida amorosa, porque agora eu não era só um amigo, eu era o padrinho mais fodido do mundo! De tão feliz que estava por eles. Ainda estourava um aqui e outro lá quando ouvi meu celular tocar; puxei do bolso e vi que era um número desconhecido, mesmo assim atendi.

– *Hello?* – como não sabia de onde era, arrisquei que fosse daqui.

– *Hum, já está na gringa, pelo que vejo* – ouvi e na hora reconheci a voz.

– Oi, Lilian! Como está? – sabe aquele momento que você quer esquecer-se de tudo, mas tudo vem de encontro à sua cara, pois bem, era o destino mais uma vez esfregando na minha.

Ouvi seu suspiro longe e teatral. Peguei a garrafinha do muro e dei um longo gole.

– *Estou ligando pra te agradecer!* – tirei o celular da orelha e fitei o aparelho sem entender. – *Estou aqui... completamente nua... consolando um amigo!* – meu estômago deu um nó.

– Não estou entendendo, pode ser específica? – falei ligeiro.

– *Fiz um enorme favor pra você, já que acabou fazendo um por mim! Eu sempre quis o Silas, e você me deu* – que porra era essa?

– Oi?! O que você está dizendo? Não posso acreditar, vocês eram amigas, não foi o que me disse? – minha voz entrou em pânico, a Julia deveria estar sozinha, sei lá, perdida! Caralho.

– *Aff, eu tive que aturar por anos essa gorda depressiva, só pra ficar por perto!* – meu sangue ferveu e gritei a toda voz.

– Nunca. Nunca mais fale dela assim! Limpe essa sua maldita boca antes de falar o nome da Julia! – minha voz estava grossa e meu coração disparado. Tudo podia mudar. Tudo, porra.

– *Nossa, o que essa gorda tem que todo mundo quer?* – debochou. Esse foi o fim de conversa.

– Dignidade. Ela tem isso, coisa que passa longe de sua índole. Adeus!

Desliguei o celular e meu corpo todo tremia. Meu coração estava tão agitado que estava com medo de ter um infarto. Sou tão jovem para morrer do coração! Ainda mais por emoção ao saber que posso ter meu amor de volta! Será, meu Deus, que ela finalmente tinha largado daquele crápula? E estava livre para mim?

– Ahhhh! – gritei cheio de alegria. Ergui os braços para cima em sinal de vitória. Eu iria atrás dela. E a teria, custe o que custar! Seu amor era sim para mim.

Caralho, eu precisava correr urgente para o Brasil.

– Oi... – ainda estava com as mãos pra cima comemorando quando ouvi. Travei. Meu sistema entrou em choque e eu sabia que tudo que eu mais precisava estava ali, atrás de mim. Virei com calma, pois sei que meu coração estava empoçado ali aos meus pés.

– Como? – foi a única porra que saiu da minha boca idiota.

– Flora – ela deu lindamente de ombros. Deus, tudo que ela fizesse, qualquer gesto seria lindo. Eu era a porra de um cara completamente apaixonado.

– Filha da mãe de danadinha – não conseguia desviar meus olhos dos dela. Julia estava linda. Incrivelmente linda. – Ela me enganou direitinho! – bati as mãos uma na outra, porra, estava tão nervoso, que nem sabia por onde começar.

– Não, Thomas, fui eu que te enganei e vim me redimir. Estava completamente enganada sobre tudo. Eu menti pra mim mesma sobre meus verdadeiros sentimentos. Não posso deixar isso passar – parei de ouvir quando ela disse meu nome, mas saber que estava ali, não importavam os motivos, ela estava ali por mim, porra.

– Você ainda está noiva? – era melhor ter certeza, mesmo não vendo aliança em sua mão.

– Estava.

Uma palavra abençoada conjugada no passado.

– Então, não está mais...? – era medo, gente, só medo de não ser verdade.

– Não.

Que sorriso, que voz, que delícia!

– Veio aqui só pra dizer isso? – minha voz abaixou o tom, e vi que ela fechou os olhos. Era delicioso esse momento.

– *Maybe*... – gemeu, porra, ela gemeu esse caralho de palavra! Entrei em desespero, pois meu pau já estava ativado. Ela era minha, mas eu iria com cuidado.

– Diga, fale tudo que quiser! – implorei e se precisasse eu ajoelharia.

– Vim buscar meu coração. Você o trouxe junto – sua frase era uma canção aos meus ouvidos.

– Eu te quero pra sempre, Ju. Você vai ficar e aceitar que eu te amo? – por um segundo esse momento pareceu estar congelado. Ela me olhou, e eu vi seu amor. Sua aceitação por quem ela é.

– Eu te amo. E aceito passar dias perfeitos com você, pra sempre!

Porra! Eu ouvi isso mesmo?

– Eu moro aqui, minha vida é aqui... – não sei bem se isso era um pedido de alguma coisa, mas queria deixar muito claro sobre nossa realidade.

– Eu sei, mas acho que você se esqueceu de um pequeno detalhe sobre minha vida – fiz cara de confuso e me aproximei um pouco, ela não se esquivou, e chegou também bem pertinho. Quase colado. Estremeci por um delicado contato.

– O quê, Jujuba...? – deixei a voz em um tom melado e vi seu corpo se arrepiar. Aquele mesmo em que eu queria mergulhar, amar incansavelmente.

– Sou americana! – e o último barulho dos fogos de artifício estourou no céu acima de nossas cabeças. Era uma comemoração, era o nosso início! Destino, você não é um filho da puta!

Antes de deixar a ficha cair, e levá-la para meu quarto e mostrar como é tamanho o meu amor por ela, sentamos na varanda do hotel, acima do salão, e bebemos. Peguei uma garrafa do melhor champanhe e ficamos virando no gargalo mesmo.

Como Julia fazia tempos que não bebia, logo ela se soltou, ria de tudo e contava coisas terríveis. Eu só precisava que ela tivesse confiança suficiente para se entregar a mim, e nesse momento vi que ela tinha. Levantei, e seu sorriso ficou tímido. Ela olhava para mim como se eu fosse um monumento. Algo intocável, e não era essa a intenção. Quero ser algo tocável, real. Que ela acredite que possa ter tudo isso.

– Levanta – estendi a mão a ela, Julia ficou meio repreensiva, pois estava chegando o momento. Toquei em suas mãos, um choque nos atingiu. Eu sou louco por mãos, e desde que vi a dela, fiquei perdido. Já conseguia imaginar essas unhas grandes arranhando minhas costas...

Oh, cacete! Que gostoso. Fiquei duro gradativamente, mas ela não iria reparar, não ainda.

– Está com medo?

– Um pouco.

– Está com vergonha?

– Muita.

– Eu te amo, Julia.

– Oh, Tom... – já era, ela pediu demais em falar meu nome.

Dei um longo gole e devolvi a garrafa para ela. Antes que fizesse o mesmo, segurei seu rosto com ambas as mãos e fui com a boca até a dela. Ela abriu e recebeu o líquido gelado. Deixei minha língua vadiar de um lado ao outro, cruzando delicadamente com a dela. Julia gemeu baixinho. Totalmente rendida.

– Não acredito que deixei você me fazer beber! – falou, já meio alterada.

– Bebe mais um pouco que eu pego em seus peitos! – brinquei, fazendo-a gargalhar.

Foi algo tão espontâneo que não resisti. Capturei seus quadris de forma gentil, mas com certa segurança e vontade, mostrando exatamente o que eu queria com ela. A pegada sedutora fez seu corpo atingir com tudo contra meu quadril. E dessa vez ela sentiu a rigidez. Julia não se afastou e muito menos recusou. Fui devagar novamente até sua boca, atiçando com a língua seus doces lábios gelados. Tanto pela bebida quanto pela ansiedade. Mordi seu lábio inferior e ela gemeu que sim... não precisava de mais nada, mas era bom questionar sempre.

– Vamos sair daqui? – sua resposta foi o beijo mais intenso que recebi na vida. E estava disposto a descobrir o que mais ela teria para mim...

A única opção cabível do momento era o conforto da minha casa. Não existia lugar melhor para levá-la do que pra lá. Eu estava confiante, e ela precisava sentir o mesmo.

– Fique completamente à vontade, *mi casa es su casa*! – ela soltou uma risadinha linda.

– Uau, que bela casa! Imaginei que teria um apartamento bem pequeno, mas você é ostensivo.

– Não sou um metido a arrogância. Gosto de espaço, só isso! Já viu meu tamanho? Não caibo numa caixa de apartamento!

– Vi bem o seu tamanho... – isso foi uma indiretinha? Sorri em sua direção, gostando demais que ela esteja se soltando. – Não é o que está pensando, falei demais – ela corou, então fui até a parede e diminuí a claridade, deixando a luz bem baixa, praticamente na penumbra.

– Você nunca fala demais, Ju – caminhei até onde seu corpo estava parado. Encostei-a em meu sofá, ela o encarou e me fez sorrir. Nossa primeira não seria em um sofá, não mesmo.

– Tom, eu só queria te pedir algo – sua voz falhou, já que minha boca estava em seu pescoço e minhas mãos caçando o zíper do vestido.

– Diga o que quiser, a hora que quiser – deslizei mais um pouco a língua quente até o encontro do vão de seus peitos. Eram fartos e deliciosos. Eu iria me perder de tão gostoso que seria.

– Gostaria, bem, de tomar um banho antes. Cheguei correndo do aeroporto, não tive muito tempo. Você se incomoda? – Julia era ainda mais bela envergonhada.

– Vamos fazer o seguinte, também preciso de um, que tal? – deixei para ela escolher, mas ela sabia, isso não era uma escolha, era só um aviso.

– Tu-tudo bem – sua voz falhou copiosamente, entretanto eu vi fogo em seus olhos.

– Não tenha medo, Jujuba, sou eu, o seu Thomas. O de sempre, aliás, só um pouco melhor – pisquei e fui ajeitar as coisas para o nosso banho.

Ela ficou olhando a sala, depois foi para a cozinha. Acho que estava evitando o cômodo especial dali. E sei bem o porquê.

– Vá conhecer o quarto, menina! – apontei com o queixo a direção. Ela hesitou, deu um passo, mas travou. – Não tem bicho papão lá, bem, só daqui a pouco! – sorrimos juntos.

– Você deve ter tido todas as mulheres possíveis, por que eu? – parou no corredor e cruzou os braços. Fitei seu corpo e sua boca vermelha, eu iria beijá-la muito.

– Porque é você quem faz meu coração bater. É você quem me faz melhor. Não importa quantas já deitaram em minha cama, não importa com quantas transei, o que me importa é que será o seu cheiro que ficará dessa vez. Consegue entender isso? – falei, tirando a camisa de dentro da calça. Ela perdeu o ar. Fui desabotoando um a um enquanto ela observava ofegante. Eu a quero assim, louca por mim.

– Até que você não é tão cachorro assim! – jogou uma indiretinha que me fez gargalhar.

– Ai, Deus, essa é a melhor frase para se ouvir! E bem, eu posso ser só o seu cachorrão, que tal? Sei truques incríveis – lambi os lábios, ela me imitou. – Sei morder como ninguém – analisei o delicioso corpo cheio de curvas. Ela queria se esconder atrás do sofá, fiz que não com o indicador. – Vou morder cada curvinha, vou lamber cada canto de sua pele, vou te fazer gritar enquanto uivo. É assim que você quer? – ela levou a mão para garganta, e mal conseguia respirar. – Vem, vou te preparar para mim.

– Mais? – ousou.

– Oh, deusa, isso é apenas brincadeira de criança, a coisa toda começa agora!

– Minha nossa...

– Vai repetir isso sem parar quando me ver nu e te fodendo gostoso. Vem.

Estava com a camisa aberta e a gravata no pescoço. Ela estava toda vestida. Abri a porta do banheiro e deixei a luz também baixa. Queria deixá-la confortável. Jamais transaríamos no escuro, mas até ela acostumar comigo novamente, era bom sempre me ver pelas sombras. Tirei toda roupa, ficando apenas com a cueca boxer azul-clara.

– Posso tirar agora ou quer depois?

– Eu quero tirar – ela não conseguia desviar o olhar do meu pau por trás da cueca clara, estava tão duro que até as veias davam pra contar. E quando ouvi isso da boca dela, uma gota escorreu, molhando onde estava a cabeça inchada.

– Não me mate... – avisei antes da tortura.

– Minha nossa, você é imenso – um orgulho do caralho me atingiu. Meu ego explodiu.

– E você é gostosa pra caralho, quero te ver, Julia – ela voltou a me olhar. – Posso ter a honra de te despir? – ela apenas balançou a cabeça que sim.

Então mantive meu pau no lugar e dei dois passos para a frente. Segurei seu corpo e a fiz me encarar.

– Eu quero fazer amor com você na cama. Quero te mostrar todo o meu desejo, Ju. Quero que você me sinta, entendeu? Aqui, só vamos nos lavar, será uma porra difícil me controlar, mas, por favor, será assim, tudo bem?

– Você é perfeito.

– Não, mas posso chegar pertinho disso.

E eu iria. Coloquei as mãos na barra do vestido e fui subindo, levando comigo todo aquele tecido preto que sempre escondia seu corpo de mim. Ela foi retraindo, pude sentir, mas não dei brecha para ela desistir. Julia me ajudou a tirar o vestido pela cabeça, e o deixei escorregar sem notá-lo, pois o brilho dela não me deixava desviar de nada.

– Você é linda. Tudo em você é lindo – minhas mãos foram tomando cada espaço de pele. No busto, enrolei o sutiã nos dedos e o tirei, revelando lindos e perfeitos seios grandes com mamilos encantadores. Minha boca salivou, mas esperei. Pesei-os nas palmas, fazendo-a rir. Enquanto deslizava com as mãos, revezava meu olhar. Entre seu corpo e seus olhos. Eu queria passar confiança; ela precisava disso. E estava liberando. Cheguei à sua barriga, apalpei a cintura descendo pelas laterais até atingir a renda de sua calcinha. Enfiei os dedos ali e fui descendo junto. Julia colocou as mãos na frente da barriga, tentando tapar algo. Proibi com os olhos.

– Mãos pra trás! – ordenei e ela cumpriu. – Boa menina.

Acertei um tapa em seu púbis muito bem depilado. Minha língua descontrolada queria atingi-la naquele instante, mas iria esperar. Abri sua perna e tive a visão por inteiro de seu sexo ardente. Ela gritava por alívio, assim como eu.

– Está vendo, você é desejosa. Está tão molhada que quase escorre por suas coxas! – atingi meu dedo ali, e enfiei só um pouco entre seus lábios. Captando seu doce mel. Ela ofegou e quase despencou de prazer. Esperei seus olhos voltarem até os meus e enfiei o dedo na boca, mostrando como é bom seu desejo por mim. Estremeceu fechando as pernas, subi e a virei de costas para mim. Puxei um punhado de cabelo e levei minha boca até sua orelha. Mordi e lambi até ela gemer mais alto;

com a mão vazia, enchi seu seio de belisco até o mamilo, prendi entre os dedos e cutuquei sua bunda.

– É assim que você me deixa. Cheio de tesão, Ju.

Eu já tinha transado com ela anos atrás. Mas eu era um magricela inexperiente. Ela, a gostosinha assanhada. As únicas coisas que mudaram? Eu estava bombado e muito experiente. E ela não era mais a assanhada, estava completamente tímida. Bem, até ela atingir os dedos por cima da cueca. Então não pensei em mais nada, precisava do contato pele com pele. E ela leu essa necessidade em meus beijos.

– Vou tirar, preciso senti-lo.

Molhados e cheios de eletricidade, nossos corpos tomaram um choque ao primeiro contato. Era muito tempo longe, mas eu jamais esqueceria de seu calor. Peguei o sabonete líquido e comecei a lavá-la. Julia fez o mesmo processo. Enquanto estávamos em cima, beleza, tudo bem, mas quando ela desceu a barriga, chegando ao meu pau, precisei respirar e inclinar a cabeça. Sua mãozinha encaixava certinho, e subia e descia lentamente, fazendo-me ficar louco.

– Julia... – gemi em seu pescoço, logo em seguida soltei uma mordida, deixando uma mão nos seios e a outra escorregando loucamente até lá embaixo. E, quando meu dedo atingiu sua boceta molhada, eu gritei internamente. E ela gritou meu nome...

– Tom!

Enterrei meu rosto em seu pescoço e deixei meu orgasmo em sua mão, assim como ela deixou seu sexo pulsar e engolir meus dedos. Mal tínhamos nos encostado, mas já tínhamos gozado. Eu queria muito saber como seria minha vida daqui para a frente, e eu tinha medo de nunca mais querer sair de dentro dela.

– Você gosta de ficar nessa penumbra? – Julia questionou, ainda meio envergonhada. Analisei suas curvas que as sombras faziam. Ela estava tão *sexy*, mas isso me deixava perturbado, porque ela ainda queria se esconder de mim.

– Sim, acho confortável. Você não gosta? – sussurrei rente à sua orelha, mas vi em seus ombros o arrepio que brilhava na pele. Sorri sem ela ver.

– Gosto da escuridão total.

Você gosta de se esconder, isso sim.

– Aqui você não vai se esconder – arrumei um jeito educado para dizer a verdade. Senti sua pele esquentar por eu estar lendo-a, desvendando todos os seus medos.

– Não é por isso – sua voz cortou e me doeu saber o quanto ela estava distante dela mesma.

– Sei que é, Ju – virei seu corpo para mim, encarando-a de frente. Estávamos nus, mas eu queria prepará-la, deixar tudo de um jeito confortável para ela. Quero que Julia sinta um prazer sem igual, que se entregue, que se ame acima de tudo, pois só assim sentirei prazer em retribuir.

– Ok, era – abaixou os olhos e olhava para suas mãos. E também para meu corpo enrijecido.

– Assim está melhor. Você não pode mentir para si mesma – seus olhos me encontraram.

– Onde você esteve esse tempo todo...? Isso não teria acontecido se estivesse com você – confessou. E meu peito se encheu de amor. Como eu amava essa mulher.

– As coisas acontecem quando têm de ser. Talvez não fosse meu momento antes, sempre estive jogado ao vento, mas estava sendo preparado pra te receber de volta. Pra te aceitar como é. Você tinha que ter passado tudo isso, pois assim daria valor ao que tem. Você tem um coração lindo, você é linda. Só basta se aceitar e acreditar.

– Eu tinha medo antes, nunca te falei. Hoje sinto vergonha por ter tido pensamentos tão idiotas e infantis. Tinha vergonha de ser vista com você, pois o achava muito moleque pra mim... E hoje estou tomando na cara, pois você não tem um pingo de vergonha de ser visto comigo, de me amar. Mesmo eu estando tão fora de mim.

– Você só está fora de você porque quer, Julia – falei muito baixinho. – Nunca teria vergonha de você.

– Desculpa por ter feito tudo aquilo com você. Eu gostava de você de verdade, só nunca quis assumir.

– Você não vai a lugar algum. Ficará aqui, ao meu lado.

– Está disposto a me ajudar? A me consertar?

– Estou disposto a te amar dia após dia, Julia. E isso é que vai te consertar, meu amor que esperou tantos anos. Infinitos dias, Ju. Dez anos esperei para te amar com verdade. Para dizer que te amo desde que vi seus olhos pela primeira vez. Que meu coração sempre te pertenceu.

Fui teimoso e orgulhoso, mas quando te reencontrei, o que poderia fazer? Eu te amo. Simples, não há outro jeito.

– Mostre-me como posso ser, por favor. Tire-me desse tempo de escuridão, agora – fitei seus olhos que soltavam pequenas gotas sinceras de dor interna. Colhi com os lábios. Uma a uma. Não era possível sentir tanto amor e dor no mesmo instante. Eu queria tanto amá-la, mostrar toda a paixão existente dentro do meu coração só para tirá-la dessa escuridão que ela criou dentro de si. Não era nada bom, mas eu era. Eu era sua luz.

– Quero te ver. Te despir... – deixei-a paradinha perto da porta e fui acender todas as luzes da casa. Parei alguns metros dela e Julia se abraçava fortemente, tentando se esconder mais uma vez.

– Pelo que sinto, já estou despida – suspirou ao contar essa mentira.

– Não, você não está – encostei à porta e aguardei. Ela corou.

– Como não? – tirou os braços do corpo, abrindo-os, sorri e caminhei até ela.

– Isso, assim, continue... – sussurrei e parei, ela fitava meus movimentos. E meu corpo que reagia de encontro a ela. Meu pau crescia lentamente, como se quisesse só atiçar.

– Não posso ser o que você quer de mim! – voltou a se tapar.

– E o que eu quero, Julia? – ronronei encostando perto do sofá, ela não tirava os olhos agitados do meu corpo, ela estava perdendo a linha.

– Uma pessoa sexualmente ativa! – fiquei confuso, e gargalhei.

– Sério? Você não pode ser uma? – ironizei.

– Não, quero dizer, não sei ser *sexy* – confessou baixinho. Sorri mais uma vez, só que sensual.

– Entendi. Agora, me diga, você está com tesão ao ver isso? – segurei a ereção e me acariciei. Ela mordeu a boca.

– Muito. Minha nossa, estou queimando em febre – chegou até a gaguejar.

– Isso quer dizer o quê, então, Ju? – continuei a bater uma no meio da sala, enquanto ela se contorcia, apertando suas pernas uma na outra.
– Isso é ser sexualmente ativa! Se não sentisse tesão por mim, agora, nesse momento, eu daria outro jeito! Só me deixe conduzir, te mostrar como!

– Só deixe as luzes como estavam – era um pedido cheio de medo.

– Não, eu quero te ver. E vou fazer você me assistir te dando prazer – tirei a mão do meu pau, senão gozaria tão breve em apenas vê-la. – Mostre-se pra mim, por favor.

– Assim – tirou as mãos da frente do corpo. Concordei. Ela se remexeu levemente, tudo vibrou.

– Coloque as mãos acima da cabeça. Estou te despindo – levei a mão direita no queixo, ela ofegou.

– Isso é possível? Estar mais nua do que agora? – sua voz estava rouca, e ela sedutoramente foi levando as mãos acima da cabeça.

– Sim, estou despindo sua alma, fazendo-a se entregar pra mim. Você precisa me querer de todas as formas, certo? – ela concordou. – Mas precisa querer também, mostrar tudo pra mim, o que gosta e o que não gosta. É assim que funciona o jogo do prazer! – ela analisou as questões. – O que gosta em você? – perguntei ao me aproximar mais um pouco.

– Quase nada.

– Resposta errada! – pisquei e apertei seus lábios entre meus dedos. – Vem, vou te mostrar como está muito errada. Vamos brincar, menina – peguei em suas mãos e a conduzi para meu quarto. Ela veio silenciosa, mas sua respiração era agitada e ansiosa.

Deixei Julia na ponta da minha cama. Seus olhos se arregalaram ao que viu bem em frente ao seu corpo. Um imenso espelho. Pude ouvir sua garganta engolir forçosamente a saliva. Honestamente, isso me deixou com mais tesão. Segurei suas mãos e deixei ela me tocar. Em cada desenho e canto de pele. Precisava que ela me lesse também, e seu toque estava fazendo um efeito mágico.

– Nossa primeira será no claro. E de frente ao espelho. Vou te obrigar a me ver te dar prazer. Eu te acho linda e quero que veja o mesmo. Olha isso... – fui para seu lado esquerdo e nos mostrei no espelho. Ao primeiro contato ela fechou os olhos, mas com cuidado fui beijando seu ombro, seu pescoço, subindo pelas bochechas, até que, corada, ela abriu os olhos. E nos viu.

– Que demais, não? – encostei mais ao seu corpo, fazendo-a sentir como estava duro por ela.

– Isso é novo. Faz tempo que não faço com luzes acesas. Será que consigo? – virei seu rosto para ver meus olhos. A sinceridade é o caminho.

– Ei, sou eu. O Thomas. Não farei nada que não queira. Está em meu comando, mas é você quem controla o que é confortável. Tudo em seu limite, mas agora, só relaxa e aprecie. Tudo bem? – beijei sua boca, colhendo o doce de seus lábios. Ela aceitou silenciosa. Mas eu precisava saber se estava tudo bem de verdade. – Julia, você me quer?

– Sim, mais do que tudo que já quis na vida, Tom – uma flecha acertou meu peito. Ligando-nos mais ainda. Era muito amor, porra. Não parecia real, mas ela estava no mesmo quadrado que eu!

– Perfeito. Agora, me mostre onde você menos gosta – pedi encarecidamente.

– Pra quê? – assustou-se e afastou seu corpo de mim, agarrei sua cintura e a prendi no lugar.

– É sério, Ju, vai – encarei o espelho, e sorri malicioso. – Ou vou ter que adivinhar? – sorri travesso.

– Não precisa nem perguntar! – bufou e cruzou os braços. Dei um leve tapa em suas mãos que saíram logo dali. – Barriga, perna, braço, todas as celulites e estrias! Tudo – revirou os olhos.

– Tá vendo isso que acabou de fazer? – ela ficou sem entender, então emendei. – Revirar os olhos, você vai fazer com gosto quando eu te chupar ou me enfiar no meio das suas pernas! – apertei seu sexo, e ela gritou com o susto. Gosto assim.

– Tom... – eu não tinha tirado a mão de lá, Julia se contorcia agitada e ofegante.

– Eu quero que você vá apontando de baixo pra cima. Vamos, estou esperando! – abaixei até seus pés, e ela me fitou lá embaixo. Sorri malicioso pegando seu pé direito. – Mostre-me.

– Do pé eu gosto – confessou baixinho, como se aquilo fosse um pecado, ou algum monstro que ficava embaixo da minha cama fosse devorar suas verdades. Fechei os olhos e comecei a beijar cada parte do pé. Os dedinhos com unhas bem-feitas e entre os vãos. Lambi com cuidado, ela ofegou mais ainda.

– Também gosto deles – mordi o centro dele, fazendo-a urrar.

– Uau...

– Canelas? – subi arranhando os dentes, aguardando a resposta.

– Estranhas! – respondeu. Continuei os beijos e mordidas. – Mas estranho mesmo é sentir prazer aí – resmungou.

– Pode se dar prazer em qualquer lugar, basta saber – pisquei, ganhando sua atenção. – Joelhos?

– Tenho cócegas! – já se remexeu, mas consegui prendê-la no lugar.

– Rá! Ele não é nem um pouco ruim – sorri e a virei de lado. – Olhe pro espelho! – ordenei, e juntei suas pernas. Comecei devagar a lamber bem atrás do joelho, ela soltou fortemente a respiração e pendeu as pernas, sorri. Área perigosa do prazer. Mordi levemente e lambi, dando leves tremelicadas.

– Ai... isso é muito bom.

– Área erógena! Sou bom nisso – ela concordou. – Está vendo como é lindo ver o prazer? Está confortável?

– Sim... continue – um presente dos deuses. – Coxas, elas são enormes e gordas! – avisou antes de me ver chegando até elas.

– São carnudas! – mostrei a diferença entre as palavras. – Assim é gostoso, não é? – subi em uma massagem apertada e sensual. Ela grunhiu quando minha mão atingiu tanto a frente quanto atrás. – Elas são o quê, neste exato momento? – olhei para o espelho, ela me assistia.

– Tesão – sorri, ela enfraqueceu.

– Tá vendo, não há nada de feio em você. E, Julia, você é muito sexual, quente e perfeita. Olha o quanto você está molhada. Olha o quanto estou duro por você, mas falta muito até chegar aí em cima. Qual é o próximo? – minha mão já estava na região, apalpando.

– Bumbum... muita coisa.

– Abundância de que vou me fartar – brinquei e soltei uma forte mordida. Recheando minha boca.

– Ai... – acho que abusei da mordida.

– Doeu? – ironizei olhando pra ela no espelho. Ela fez que sim. Então, sem pensar, bati bem forte, fazendo a palma estalar contra sua pele, e isso a pegou desprevenida. Adorei o ardor de seus olhos.

– Por Deus, acabe com isso – era pedir demais, eu quero chegar até o céu! – Barriga! Horrorosa – falou rapidamente. – Seios, enormes! – ela estava morrendo de pressa, e foi acelerando meu processo, mas eu sei ser lento. Cuidadoso.

– Tá tentando me enganar, Ju? – levantei, mas fui lambendo cada canto da barriga até chegar aos peitos. Mamei sem dó, castigando ambos nas mãos. Apertei enquanto chupava, deixando-a rendida. Minha boca roubou toda a atenção daquelas belezas. Das curvas e do peso dos seios fartos e meus.

– Eu juro que vou enfiar meu pau enorme entre eles – urrei. Seus olhos vibrantes acreditaram nessa promessa. – Vão combinar certinho! – lambi seu meio até chegar à sua boca. Ela abriu para me receber, mas não a beijei. Segurei numa mordida seu lábio inferior. – Preparada? – ela balançou a cabeça dizendo que sim. Sentei-a na beira da cama, ainda sem soltar seus lábios.

Lambuzei minha vontade por sua boca. Em um beijo quente e delirante. Era pedir demais, porém eu queria curtir cada canto dela. Sentir todo seu sabor. O beijo era poderoso. Fiz novamente o processo de morder e chupar onde já havia passado, mas tinha um lugar que não tinha visitado, e foi exatamente esse pelo qual minha boca salivou. Abri suas pernas e enfiei minha cabeça ali. Mergulhei sem ver o fim. Minha língua nervosa captou o primeiro gosto.

E eu morri...

– Amor... Você é mar, é ar, é tão doce quanto mel, me perdi... – sussurrei contra seu clitóris, já que não conseguia sair mais dali. Ela despencou pela primeira vez, e tremelicou. Gozando e chamando meu nome. Eu nunca me cansaria disso. Nunca.

– Mais... – sorri subindo, e ela novamente se sentou. Não limpei minha boca e fui beijá-la.

– Teu gosto – gemi. – Delicioso.

– Quero o teu.

– Terá, mas antes eu quero teu amor.

Subimos mais na cama, ficamos atravessados, pois eu queria muito que ela me visse dali. Enterrando-me dentro dela. Fincando nosso amor.

– Julia, eu amo você.

Beijei sua boca na mesma intensidade com que a penetrei. E toda aquela maciez me engoliu e recebeu meu prazer. Meu pau vibrou tanto que tive medo de gozar só de respirar seu cheiro. Em nenhum instante deixei sua boca, e por nada queria sair de dentro dela. O movimento leve e lento me deixava anestesiado. Não pensei que existisse isso, nem em nossa primeira vez senti algo tão intenso e forte. Ela sempre foi minha, sempre foi meu encaixe... e conforme meu corpo entrava, saia, subia e afundava... eu me perdia, eu me achava, eu me apaixonava.

Estava flutuando, mas, quando desci pela última vez, gritamos juntos nosso prazer. E pequenas estrelas explodiram no céu. Espalhando beleza em nosso corpo, fazendo o arrepio tornar-se parte da pele, fazendo o beijo se intensificar e marcar o momento.

Explodi e delirei. Queria mais... Ela transbordou e relaxou... Oferecendo tudo. Vi em seus olhos, aqueles azuis que pipocavam felicidades. Ela me amava, e se amava! Porra. Que demais.

Depois de alguns longos minutos, levantei e fui até o banheiro me ajeitar. Ela ficou ressonando. Vi o celular na mesinha, e pensei em avisar para alguém minha felicidade. Foi o que fiz, sei que ela só verá amanhã, mas não poderia deixar isso passar. Não agora. Então enviei.

"Passei a noite em claro...!"

Apertei para enviar, e deixei o celular no balcão, iria deixar algumas coisas aqui em cima e ela escolheria o que gostaria de comer. Só que, segundos depois, recebi uma mensagem de volta. Quase gargalhei, e abri curioso para ler.

"Oh, Tom... sinto muito... tentei ajudar de alguma forma, mas acho que não deu certo! Vamos nos encontrar para conversar, ok?

Sorri agitado.

"Estou namorando. Bem, eu acho. Deu supercerto seu plano. Te amo, sua maluquinha!"

Não recebi outra de volta, mas sim uma ligação.

– *Ahhhhh!* – e com ela o grito de alegria. – *Que demais, Tom! Eu sabia que essa moça não me desapontaria!* – falou com firmeza, me fazendo rir alto.

– Fico realmente feliz e agradecido por sua ajuda. Nossa, nem acredito no que está acontecendo! Você me pegou certinho – minha felicidade não cabia no peito.

– *Não podia deixar isso passar, assim que vi que teríamos a chance de ficar aqui, resolvi tentar. Liguei pra ela, e ameacei: se você o quer, vem pra cá agora; senão, por favor, suma do mapa! Ou darei um jeitinho disso acontecer* – brincou, mas não duvido que tenha mesmo feito isso.

– Você é doida. Mas uma doida que amo, valeu!

– *Você fez o mesmo por mim. Mesmo sem saber o que rolaria aqui, precisava te ver feliz.*

– Estou completamente – suspirei apaixonado.

– *Transou a noite toda, né? Seu safado!* – abusou rindo alto.

– E tenho certeza absoluta de que não fui apenas eu! E por falar nisso, cadê teu marido?

– *Está aqui me chamando de volta pra cama! Ele mandou você ir tirar o atraso! E nos deixar transar loucamente em nossa* honeymoon*!* – falou daquele jeito agitado que só ela tem.

– Ok, perversos, eu só queira dizer obrigado! – falei sincero.

– *Estamos quites agora* – pude imaginá-la piscando aquele olho mágico. – *Aproveite seus dias agora. Ela tá aí?*

– Sim, tá descansando. Destruí! – gargalhei e pude ouvi-la ofegar. Sorri disfarçando.

– *Sua cara...* – pude ouvi-la engolir a saliva. – *Ei, você disse namorando? Achei que iria pedi-la em casamento* – disfarçou toda a conversa.

– Era? – perguntei confuso.

– *Não sei, pensei que fosse o que quisesse... sei lá.*

– Ela vai ficar aqui comigo – um novo medo me consumiu.

– *Ah, então namore bastante, depois pense em algo sério* – aconselhou.

– Mas é sério!

– Quero dizer casamento, Thomas!

– Hum, entendi.

Eu queria mais do que tudo estar com ela. Não importava se haveria casamento ou não. Agora, será que ela se importaria disso tudo? Ou só queria estar comigo?

– *Thomas, agora eu preciso ir. Seu amigo tá chorando!*

– Obrigado por tudo. Te amo, *cherry* – falei cheio de sinceridade.

– *Te amo,* bomb. *Beijos.*

Desliguei e, quando iria voltar ao preparativo, vi Julia saindo do quarto. Ela estava ainda nua, sem vergonha alguma de mostrar tudo aquilo. E vi a confiança em seus olhos. Endureci. E não foi de uma forma lenta, não! Foi com tudo! Ela viu como eu estava e travou.

– Vem! – chamei-a com o indicador. E vi a leoa crescer e sair de dentro dela. Julia veio sem medo e sem se restringir. Ela se jogou pra cima de mim.

– Parece que nunca vou me cansar de você! Quero tudo – gemeu dentro da minha boca.

– Você não sabe o quanto isso me deixa louco pra te dar tudo de mim.

– Só vem – ela me agarrou num beijo esfomeado. Joguei seu corpo na mesinha de centro, ela contraiu o corpo e queria levantar dali. Mas, antes de isso acontecer, montei sobre seu corpo, enfiando-me entre suas pernas, seu meio incandescente. Delicioso.

– Isso vai quebrar! – resmungou, mas não parei de penetrá-la, e gemer muito alto. – Thomas, tá ouvindo? Eu vou quebrar isso – afundei mais firme e fingi não ouvi-la, até que ela segurou meu rosto e sorriu travessa. – Seu abusado! – meti mais firme.

– Sem problemas, *chica*, se isso acontecer ou não, será sua melhor transa de mesinha! – afundei mais e mais, até obter o melhor prazer que poderia dar numa rapidinha.

Ela revirou os olhos e gritou meu nome, me fazendo gozar e virar meu mundo do avesso, pois ela sabia exatamente o poder que exercia sobre mim. Amor, paixão, prazer! E minha última visão antes de afundar no abismo do orgasmo foi seu sorriso deslumbrante, naquele rosto que a partir de hoje seria admirado e amado. Julia abriu os olhos de um azul brilhante, confirmando toda essa verdade.

Nosso amor era uma verdadeira explosão.

– Meu voo de volta é mais tarde – meu corpo congelou.

– Cancele, pensei que ficaria mais tempo aqui.

– Sim, vou ficar. Quero ficar, aliás, é o que quer? – em sua pergunta havia um medo mais do que o meu, sorri aliviado.

– É claro, Julia! Por mim, nem voltaria pro Brasil.

– Preciso voltar e ajeitar as coisas. Avisar meu pai, sei lá. É uma mudança e tanto. Mas estou disposta. E quer saber, meu pai irá me agradecer por essa decisão – falou mais para si do que compartilhando comigo essa informação.

– Por que fala isso? – encarei seus olhos, ela desviou. – Bem, se quiser contar, claro! – dei de ombros. E ajeitei seu corpo ao meu. Sua cabeça estava na minha barriga, ela me encarou.

– Meu pai é americano, não sei se lembra disso, talvez só uma vez que questionou meu sobrenome – falou pensativa. – Nasci em Manhattan, mas cresci no Brasil, passei minha vida toda lá. Nunca pensei em vir pra cá, meu pai tem empresa e tudo mais aqui. A mesma na qual trabalho no Brasil. E se eu decidir morar em LA, bem, assumirei o que ele sempre quis. Pois só não voltou ainda para cá por minha causa. Depois que minha mãe faleceu, era a vontade dele – isso parecia ruim em suas palavras.

– Mas é o que quer? – falei apenas para seu conforto.

– Não se for em New York. Mas se ele estiver disposto a montar uma em LA, quem sabe... – entendi sua questão. Ela ficaria nos Estados Unidos, mas não aqui comigo caso aceitasse o cargo. Engoli em seco, sem saber o que fazer. Eu estava ganhando e perdendo novamente.

– Ju, faça o que te fizer feliz. Se quiser assumir esse cargo, não será ruim, ainda sim, estaremos juntos – falei com cuidado.

– Eu sei o que quero, Thomas, já tomei minha decisão – engoli em seco. Ela se sentou de frente comigo, tomou minha mão e levou ao coração. Ele estava disparado, assim como o meu.

– Então?

– É você – beijou os nós dos meus dedos. – Você nunca mais estará fora de questão. Quero você, só você! – beijou minha boca cheia de amor. Retribuí mais apaixonado.

– Então você terá! – pulei para seu colo, e aprofundei meu beijo. – Tenho só algumas horinhas, certo? – ela fez que sim.

– Mais ou menos umas três horas – sussurrou nos meus lábios.

– É o suficiente – falei convencido, mesmo odiando deixá-la ir.

– Jura? – desafiou.

– Rá, não se brinca comigo, garota, eu vou te fazer enlouquecer em segundos, depois minutos e no total por três horas... incansáveis! – afundei meus dedos em seu sexo, ela se contorceu. – Preparada?

– Faça seu melhor, *boy* – gemeu melosa.

– Vire de quatro, vou te mostrar como é que o papai ganha respeito – preparei o momento, ela sorriu nervosa, mas o que sempre faço é o melhor. Vi pelo espelho ela revirando os olhos e mordendo a boca. Agarrei um tufo de cabelo e acertei um tapa em sua bunda maravilhosa.

– Olha do que sou capaz! Revira esses olhos, menina. Irrá! – afundei sem dó, e o que vi foi nosso desespero por mais daquilo. Calibrei minhas emoções e deixei vir tudo, explodindo de dentro pra fora.

Ela é a faísca perfeita, e eu sou sua bomba... Bummm.

– Desculpa, aí! Enquanto fico com meu cartãozinho verde, você logo me saca da bolsa um bloquinho azul! – brinquei só para distraí-la.

– O que ganho com um passaporte americano? – falou enquanto a atendente fazia seu *check-in*.

– Sua passagem para a felicidade! – a resposta foi tão espontânea que nem eu mesmo esperava que tivesse tanta emoção.

– Eu amo a forma que você me ama – ganhei um abraço ali mesmo e a atendente ficou sorrindo pra gente. Sabendo que era uma despedida.

– Nunca esqueça o tanto que te amo, e volte logo! – fiz beicinho, abraçando-a fortemente.

Despedida era sempre um saco. E como já saímos de casa tarde, por motivos óbvios que nos atrasamos no chuveiro, depois em pé no aparador, e quase dentro do estacionamento do aeroporto, ela precisava correr, pois logo começaria o embarque.

– Vai me ligar pra avisar quando virá? Me liga quando chegar? Só não fique sem contato, por favor, promete? – estávamos perto da entrada de embarque. Meu coração disparava com cada questão.

– Sim, ligarei sempre. Todos os dias, pelo menos cinco vezes, tudo bem? – prometeu com um sorriso travesso. Ela mudou tanto em apenas algumas horinhas.

E não era mais nem de perto a Julia que reencontrei alguns dias atrás. Essa aqui é a minha Julia. A que vai ainda mudar muito mais, que vai esquecer suas dores e vivenciar apenas coisas boas. Pois só o seu sorriso era um brinde à minha felicidade. Eu a tinha trazido de volta.

– Pelo menos sete, não menos que isso, de acordo? – joguei a questão. Ela gargalhou nervosa e olhou o cartão de embarque.

– Prometo vir o quanto antes.

Era o momento de dar tchau. Mas meu coração só conseguia pensar que era por algumas horinhas. E deveria permanecer assim. Não era uma mentira, mas era confortável.

– Contarei os dias – abracei apertado e senti nosso coração dar tchau juntos. Batendo no mesmo ritmo. – E você também, meu amor.

Tirei algo do meu bolso para entregar a ela. Sei que ficaria alegre, e aquilo diminuiria nossa dor. Julia aceitou a caixinha, e vi suas lindas mãos tremendo.

– O que é? – mordeu a boca ansiosa.

– Abra! – instiguei, e vi na tela que seu voo já tinha começado o embarque. Ela precisava correr. Droga. Julia abriu a pequena caixinha, e sorriu. – Não é um presente, uso em meus treinos, mas isso contará nossos dias, e fará com que você venha mais rápido.

– Sei, um contador! Perfeito. Contarei nossos dias, e farei com que não sejam muitos – beijou mais uma vez minha boca.

– Te amo, volte logo – segurei seu rosto lindo, e limpei suas lágrimas.

– Voltarei pra você, muito em breve. Conte os dias... Te amo, Thomas – ela soltou enfim minhas mãos, me dando as costas para entrar no portão em que sumiria de mim.

– Ei... – gritei e corri atrás dela.

– Oi, eu preciso ir, Tom. Vou perder o voo! – falou toda lacrimosa. Beijei sua boca.

– Achou mesmo que eu deixaria você ir sem algo nessa mão linda? – seu olhar ficou confuso. Então a beijei novamente e mais uma porção de vezes. – Não precisava pedir, né? Pois você sabe que é minha, mas, um charme ajuda! – ela estava trêmula, e eu chorei sorrindo. – Quer namorar comigo? – tirei a aliança do bolso traseiro. Tinha substituído o contador na caixinha, só para ela não desconfiar. Deu certo.

– É claro que quero! Sou sua – estendeu a mão e coloquei a aliança. Algumas pessoas que passavam viram a cena e sorriram em nossa direção. Talvez não entendendo bem, pois falávamos em português.

– Duas palavras que falará em toda ligação – beijei sua mão depois que coloquei a aliança. Ela fez o mesmo na minha. – Vou te ensinar a brincar no telefone, com esse dedinho em que tá o anel – gemi em seu ouvido. Ela ronronou.

– Não me excita agora, tenho 12 horas de voo. Você é do mal, Thomas! – acertou um leve tapa em meus ombros. Abracei só mais uma vez e a deixei ir. Agora, como minha namorada.

– Se quiser, me ligue. Faço milagres no ar.

– Seu bobo! – ela saiu cruzando as pernas. Vi seu rosto alegre e choroso; enfim, era verdade, ela estava indo, mas para logo estar de vez comigo. – Te amo, Tom – acenou um tchau. E gritei a toda voz dentro do aeroporto, não me importando com nada.

– *I love you*, Jujuba! – e um monte de gente bateu palmas para a gente. E quando vi seus olhinhos pela última vez naquele dia, eu desabei. Saudade também pode matar.

Treze dias depois e uma saudade dos infernos.

Passei duas semanas desejando sua volta, mas estávamos apenas a algumas horas de distância. Sentia falta do cheiro dela, do carinho, do olhar, de sua timidez.

Em toda a minha vida fiz promessas que sempre cumpri, e uma delas era sempre tratar bem as mulheres. Fazê-las me adorar e querer repetir até se esgotar. Eu amo esgotar uma mulher, mostrar sua sensualidade e, acima de tudo, prová-las. Eu amo mulher, e meu melhor objetivo na vida é fazê-las se amar. Com Julia seria um pouco mais difícil, pois ela não se aceita; mas, pelo que vi em seus olhos, ela estava começando a ceder. Seria um trabalho árduo, mas a faria dizer o quanto se ama. Em todos os sentidos. Eu vou tirar aquela maldita depressão do seu sorriso. De sua alma. Ela terá cores, sabores, prazeres, e todo o meu amor. Todinho.

Eu serei aquele homem que abraçará quando sentir medo e precisar de proteção contra os monstros de sua mente; tomarei cada dor que sentir quando se derramar em lágrimas sofridas; serei aquele homem que grava cada detalhe de suas falas maliciosas, seu sorriso perigosamente tímido, e seus olhares fervorosos sobre meu corpo; que sentirá minha língua deslizar pela boca e degustará mil estrelas explodindo; serei o homem que a deixará corada quando disser sacanagens ao pé do ouvido e vê-la se contorcer de tão úmida. Eu poderia ser mil opções diferentes para amá-la, mas serei apenas eu, o homem que a ama... será suficiente para ela se amar e me amar... intensamente.

Olhei para o teto e me peguei com um sorriso sincero. Adoraria que Julia estivesse aqui só para lhe dizer todas essas verdades. Mas terá o momento certo, sempre tem.

Nesse momento, estava caindo uma forte chuva, estava esticado na cama somente ouvindo os gritos dos trovões e as gotas castigando a janela. Relaxei depois de um gostoso banho; hoje o treino foi foda e muito pesado. Teria algumas lutas no começo do ano, então a preparação estava carregada. Só que uma das melhores sensações que posso ter ao chegar em casa é o cansaço físico. Isso mostra que trabalhei, que senti todo o meu corpo rasgando e buscando seu limite. Chegar cansado não é motivo para desânimo, mas sim uma satisfação e realização de trabalho bem-feito.

Quando meu corpo entrou em um estado de relaxamento total, ouvi meu celular tocando. Meu coração disparou, porque tinha colocado um toque especial só para ela.

– Oi, deusa – ronronei e já tirei o lençol de cima da barriga. Aquilo ultimamente só esquentava. Sempre acabava com a barriga cheia de gozo.

– *Oi, Tom* – ela sabe me foder mesmo estando longe.

– Você está muito longe, Jujuba, então, por favor, não provoque ainda... Apesar de que vou adorar brincar, vamos? Estou prontinho... – vi a ereção se formar na cueca. Toquei na extensão, fazendo-a aumentar.

– *Tom, eu estou indo pro aeroporto, a Flora está me levando!* – uma caixa d'água caiu sobre meu corpo.

– Droga! – grunhi, e pude ouvir a risadinha das duas. – Está no viva-voz, Ju? – questionei.

– *Não...* – ufa, ainda bem. Não seria nada elegante tudo isso.

– Que bom, então posso dizer umas sacanagens só pra você...? – deixei a proposta, ela nunca recusa.

– *Melhor não, Tom* – sua voz baixa me deixou perturbado.

– *Pare de atiçá-la, seu safado!* – Flora gritou do outro lado.

– Pede pra essa maluquinha ficar quieta, Ju! Será só um pouquinho, só me escuta, ok? – precisava ouvir um sim. Oh, Deus, quem mandou ela me atiçar tanto!

– *Irei chegar de madrugada, amor. Irá me buscar ou quer que eu alugue um carro?* – ouvi sua questão muito distante, só seu timbre me prendia.

– Estou imaginando o gosto de sua boceta, rainha – deixei escapar, lambendo os lábios. A cabeça de meu pau escapou pela cueca, implorando para ser tocado.

– *Thomas! É sério.*

– Meu pau tá gritando, *baby*. Consegue imaginar o quão grande ele está te esperando? Será que consigo esperar tanto tempo? – apertei com delicadeza meu pau, ele soltou gotas necessitadas dela. - Oh... - gemi, ela pigarreou.

- *Também sinto sua falta* - ela não conseguia disfarçar e inventar assunto. - *Logo estarei aí.*

- Você está me torturando! Essa sua voz maldosa. Adoraria estar te chupando, Jujuba. Tê-la todinha em minha boca gulosa! Você sabe o quanto sou guloso. Está molhada, me conta, pelo amor de Deus! - minha voz estava engasgada, já que me tocava com fervor.

- *Sim, aqui está chovendo. Tudo muito molhado!* - pude ouvir a gargalhada que Flora deu, mas não tirou nosso momento.

- Que mais...? - toquei mais intensamente meu pau, ele estava todo esticado e gritando por alívio. Era só uma palavra, uma maldita palavra que ela sabia muito bem.

- Preciso ir, assim que estiver chegando, te ligo.

- Não!

- Sim!

- Diga, por favor... - implorei me sentando, mesmo sabendo que o jato seria longo.

- *Depende de quanta saudade está sentindo* - brincou com todos os meus sentidos. Grunhi e comecei a gemer muito alto, só para ela escutar o quanto eu me tocava.

- Mesmo com toda essa distância e saudade que só me deixa louco, sei que essa sua boceta quente e deliciosa está muito molhada, *rainha*, eu sei! E minha boca está seca, sedenta por seu úmido. Eu vou te chupar por horas, até te esgotar, e quando não tiver mais forças, vou continuar te chupando, até minha boca matar toda a saudade da sua boceta! Está me ouvindo, Jujuba. Porra, agora diga! - ao subir pela última vez, apertei com firmeza ao ouvir.

- *Tom...*

Gozei até a porra atingir meu peito. Gargalhei satisfeito enquanto ela me ouvia gozar.

- *Te amo* - despediu-se com a voz embargada, mas recheada de tesão.

- Te espero!

Ao desligar o telefone, caí pra trás na cama, relaxando totalmente com um sorriso ordinário. Ela logo estaria aqui para cobrir minhas noites frias com seu corpo sedutoramente quente, intenso e explosivo!

Três Meses Depois...

Rapidinhas

Eterno é tudo aquilo que dura uma fração de segundo,
Mas com tamanha intensidade, que se petrifica,
E nenhuma força jamais o resgata.

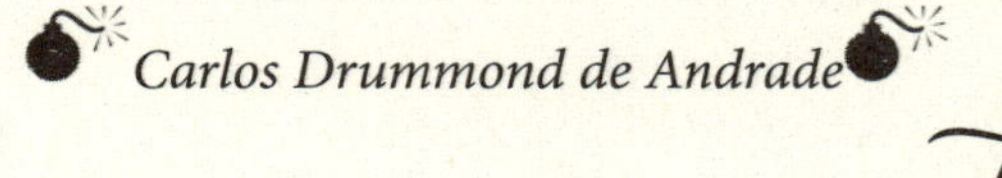

Carlos Drummond de Andrade

Thomas

– *Ai, Tom*, isso está enorme! – ouvi num gemido lascivo.

Ela conseguia me deixar louco com suas frases perigosas.

– Eu sei, *sweet*, *enorme*... – gemi dando credibilidade ao meu ego.

– Preciso de roupas novas! – resmungou agitada, esticando o tecido do vestido folgado em seu corpo delicioso. Só que, quando virou para mim, franziu a testa ao ver meu corpo relaxado na cama. E algo tentador brincando com seus olhos. Meu pau duro. Julia cruzou os braços abaixo dos peitos grandes e minha boca salivou.

– Tom, você não está levando a sério o que estou falando – eu podia sentir seu desejo. Ela tentava ser séria, mas sua voz a enganava. Mordi o lábio e apertei minha ereção, deixando-a mais desejosa.

– Jujuba, claro que estou! Não está vendo, amor... *enorme*! – gemi ganhando mais sua atenção.

– Seu bobo! É sério, preciso de roupas novas. Urgente.

Julia bufou teatralmente e voltou a caçar uma roupa. Ao tirar o vestido imenso em seu corpo, vi a calcinha enfiada naquele rabo delicioso que estava me chamando. Não, ele gritava!

– Porra, menina, vai me deixar duro sem fazer nadinha a respeito? – pude ouvir seu sorrisinho safado.

– Acalme-se, *boy*, tem meia hora que transamos!

– Faz assim, gata, fica aí, do jeito que estava. Eu vou bater uma e, se você sentir vontade, não vai chegar perto... vou te castigar! – ameacei. Ela nem se mexeu, mas me olhou pelo espelho.

– Você vai guardar esse seu lindo pau imenso agora! E vai comigo comprar um vestido. A gente tem aquela reunião e não tenho nada pra vestir, entendeu?

– Jujuba, você está gostosa pra caralho nessa posição com essa bunda deliciosa apontada pra mim. Não quero menos que isso! Vire-se e me deixa gozar! – ameacei tirá-lo pra fora, mas ela não estava brincando.

– Vinte quilos a menos fazem toda diferença. Não tenho nada! E se você não levantar daí *agora*, eu vou sozinha! – anunciou fervorosa. – E na reunião também, você quem sabe! – seus olhos eram desafiadores. Ela só queria me deixar com ciúmes.

– Ok – resmunguei guardando o garoto. Ela que me aguarde.

Saímos para comprar o tal vestido. Ela quem dirigia confortável pelas ruas de LA. Deixei o vidro aberto e o vento forte batia em meu rosto. O tempo estava ameno, mas minha temperatura a mil graus. E Julia sentia de pertinho o fervor.

Olhei para suas coxas que estavam levemente apertadas. Isso se chama vontade, gata. Sorri fingindo que não estava notando seu tesão. Ela queria ceder, mesmo fingindo não estar. Esse é um jogo que faço muito bem. Sei deixar na vontade, mas quando eu pego para realizar, não largo.

– Tá muito quietão, tô estranhando, viu! – estacionou em frente a uma loja e desci sem falar nada. Só queria deixá-la curiosa.

Entramos e uma vendedora se aproximou de nós. Como era uma loja feminina, Julia tomou a frente e saiu conversando com a vendedora. Já tínhamos ido ali milhares de vezes desde que chegou, e eu conhecia bem cada canto. Até que segui sem ela avisar para o provador. E aguardei Julia escolher um milhão de peças diferentes para provar. Mulheres, meu irmão! Paciência.

Julia voltou com a vendedora cheia de roupas penduradas em cabides brancos em seus longos braços. A morena deixou os vestidos todos pendurados e saiu logo, puxando a cortina que separava o provador do resto da loja. Meu lado esquerdo tinha um imenso espelho, que seria minha diversão.

– Você é tão cretino! – jogou sua frase toda errada.

– Julia, eu estou duro ainda! – também joguei a questão, ela estava de costas e iria tirar sua roupa. Ela não se virou, apenas tirou lentamente as peças e pegou o vestido vermelho do cabide. Essa pecinha deveria ser curta demais. Só pelo pedaço miúdo de tecido. Faltava pano ali. Não iria reclamar, pois adoro vê-la linda. Porra, ela é minha, e quero mais que os homens olhem mesmo a beleza que tenho, pois só eu entro ali. Antes mesmo de me concentrar, ela virou em minha direção vestida para matar.

– Caralho, Ju.

– Gostou?! Tá curto, né? – ela puxava o tecido em sua coxa, e o franzido no abdômen. Engasguei com as palavras.

– Tá gostosa pra caralho!

– Esse é o problema, não posso estar gostosa numa reunião! – bufou brincalhona. – Vou ver esse outro, a cor creme é mais discreta, sim? – concordei.

– Ok, esse você pode levar para brincar comigo em casa. Pode ser minha *boss*.

– Bobinho – mordiscou a pontinha da imensa unha rosa.

– Ou podemos brincar aqui mesmo.

Levantei antes que ela pudesse pensar em respirar, virei sua bunda em minha direção, subi com uma mão até as bandas o tecido, e com a outra já abria meu zíper. Tudo muito rápido.

– Thomas, não. Você tá maluco? Se alguém vir? – o seu *não* era *sim*. Eu não podia parar, não conseguiria tal façanha.

– Vai achar a coisa mais deliciosa do mundo.

Então meti. Sem pedir ou avisar. Eu meti forte dentro dela. Enquanto ela se remexia atiçada, evitando gritar prazerosamente seu maior prazer pelo proibido. Minha ação era rápida e constante. Meu pau afundava em sua carne doce e quente e molhada e atiçada e *minha*.

– Ahhh – grunhi mordendo seu ombro. – Olha que delícia, Jujuba. – nos mostrei no espelho da frente, e ela me fazia louco com sua cara de mulher fogosa. Ela tinha se transformado tanto! Apaixonava-me toda vez sem moderação. Em cada sexo, cada amorzinho, Julia roubava completamente meu amor por ela. Meu coração batia conforme meu pau afundava. Isso não era romântico, mas era nosso.

– Vou gozar... vou gozar... – ela gemeu contra o braço, então me afundei dentro dela, roubando seu orgasmo e deixando o meu! Que rapidinha mais intensa e gostosa. Limpei o bonito na saia com que ela tinha vindo, sua cara foi desaprovadora.

– Você sabe que eu vim com essa merda, não sabe?

– Você vai embora com esse. Porque, quando chegar em casa, eu vou te foder de novo com ele, até me cansar! – uma promessa verdadeira.

– Eu te amo.

– Eu sei – sorri arteiro e saí do provador, mas dei de cara com a vendedora que estava roxa de vergonha. Ops, eu acho que alguém assistiu essa ceninha *hot* inteira.

Ouvi Julia falar algo com a Srta. Berinjela, então resolvi aguardar no caixa. E quando olhei pra trás, puta merda. Dava para ver através de outro espelho que tinha no teto! Caralho! A loja inteira nos viu transando. Engoli em seco, e não mencionei nada a Julia, que fingia inocência com um vestido vermelho ao meu lado.

– Essas putinhas ficam te olhando com cara de safadas – resmungou em português, forçando um sorriso muito falso, já que nenhuma delas entenderia. Sorri e disfarcei mexendo no vestido. Como se estivéssemos falando dele.

– Estão com inveja de você, de como eu te olho e te amo. Não é exatamente por mim, não vê? – sorri mais aberto.

– Você sabe desviar um assunto, não é, cretino?

– Não fala assim, gosto mais do outro!

– Cachorro!

Depois que ela pagou e saímos da loja, fitei seus olhos azuis fervorosos e brinquei.

– Auuuu... – tomei um soco sedutor na barriga, agarrei seu delicioso corpo contra o carro. – Quer me chupar enquanto eu dirijo? – ofertei ofegante por sua resposta.

– Conseguiria essa façanha perversa? – provocou me desafiando.

– Ah, gata, por sexo com você, ou ter essa sua boquinha em volta do meu pau... eu faço de tudo! De tudo mesmo – pisquei, Julia ofegou, e ela iria fazer! Irrá!

Fazia uns 15 dias que a gente não transava. Isso é dia pra caralho! Julia teve cólicas bem complicadas esse mês e o médico aconselhou a ficar alguns dias sem fazer sexo. Claro, eu odiei fatalmente essa ideia, mas a respeitei por sua dor. Tentei me manter ocupado e afastado em momentos em que ela estivesse só de lingerie ou mesmo durante o banho. Era foda, mas me mantive quieto. Até porque meus dedos ansiosos, minha língua descontrolada e, principalmente, meu pau devorador são teimosos demais.

Mas hoje acabava toda essa espera!

Cheguei mais cedo do treino, Julia não tinha chegado ainda. Então foi a razão pela qual tive uma ideia perfeita. Prepararia algo muito especial.

Liguei para Jane, a moça que arrumava aqui em casa, pedi para me ajudar, e claro, ela veio ligeira. Enquanto ela ajeitava a casa, fui até nosso restaurante japonês favorito e fiz um pedido completo! Eles entregariam em casa e ainda deixariam tudo em uma perfeita harmonia. Jane ajudou a galera no que precisava, enquanto isso eu fui tomar um banhão!

Saí de bermuda e camiseta, só porque tinha gente ajeitando ali ainda, pois meus planos eram outros para Julia.

Agradeci e paguei todo mundo. Enfim, estava sozinho à espera dela. Minha deusa.

Tirei da geladeira uma garrafa de vinho e deixei na mesa dentro do balde. Tinham deixado as coisas no centro da sala, em uma mesinha baixa harmoniosa. Espalharam algumas almofadas e ficou tudo muito bonito. Julia iria amar. Como já havia uma garrafa aberta, enchi uma taça e me sentei no sofá. Totalmente relaxado, mesmo tendo um tiquinho de ansiedade por saber o que ela acharia. Pensei em ligar para saber onde estava, mas deixei a ansiedade de lado ao degustar o vinho à sua espera.

Essa semana eu tinha falado com Flora e Paulo, os dois estavam tão felizes que eu nem acreditava que seria possível ficar nessa mesma proporção de felicidade, mas eu também me encontrava. Deixei um convite, ao menos um final de semana para nos divertir em Vegas! Tenho certeza de que Flora acendeu como uma maldita árvore de Natal. E a risada profunda de Paulo concordava nas entrelinhas.

Deus, já pensou uma safadeza entre nós quatro? Caralho...

Claro, não ofertei nada, mas nosso silêncio intenso dizia muitas coisas. Julia não tinha noção do que já tinha acontecido com a gente.

Não que eu fosse esconder, mas sei lá, acho que Flora não ficaria confortável com isso. E muito menos Julia. Cabeça de mulher ferve demais.

Virei o último gole do vinho saboroso e deixei essa história para outro dia. Não queria me agitar com as possibilidades. Ter Julia já era mais do que suficiente.

Levantei para colocar mais um cálice de vinho antes de a rainha chegar. Não que eu precisasse, mas estava gostoso curtir a brisa suave que ele deixava. Tirei a camiseta e a bermuda, ficando apenas de boxer. Liguei o som, e as músicas de sexo da Julia começaram ao fundo. Várias delas tinham marcado momentos incríveis, fodas inesquecíveis. A batida suave e sensual começou a aguçar meus sentidos. E as lembranças de seu gosto em minha língua tornaram-se nítidas. Lembro que nessa canção havia feito uma oral digna, pois era a melhor oferta que tinha para ela. A música dizia quase a mesma coisa.

Assim que voltei ao sofá, fechei os olhos ao degustar um gole de vinho, o sabor da boceta dela me invadiu. Julia era tão deliciosa, molhada, quente... Senti meu pau começar a ferver, e subir. Toquei por cima da cueca, endurecendo-o mais ainda. Isso aí, moleque...! – brinquei com ele mesmo sem um contato de pele. Ele estava muito duro, e me deixando inebriante com a sensação.

Foi então que ouvi o barulho do carro dela chegando. Três minutos e ela estaria ali dentro. Meu pau vibrou ansioso por reconhecer quem chegava.

O portão da garagem não abriu, estranhei, pois ela sempre o guarda. Mas acho que deixou na frente de casa, deveria estar a fim de sair para jantar, mas mal sabia que a refeição estaria todinha aqui. Tirei a boxer e alonguei o menino. Deixando-o todo imponente. Voltei para o meio do sofá, nu e com a taça em mãos. Totalmente charmoso. Entreabri as pernas só para sua visão focar nele. No todo-poderoso.

Vi sua sombra na porta, e o barulho do chaveiro carregado de coisas. E assim que ela abriu... Meu mundo ruiu.

Caralho!

– Ai, Meu Deus! – duas vozes disseram ao mesmo momento. Minha alma fugiu ligeiramente de mim. E fiquei congelado, mas a única coisa que fiz foi soltar a porra da taça e tentar cobrir com as mãos meu pau megaduro. Julia estava com uma amiga.

– Julia! Desculpa! – puxei correndo uma almofada do chão e cobri a frente do corpo.

– Tom, o que é isso? – Julia estava desconcertada pela amiga, mas sua voz era de alegria, apesar do desastre.

– Desculpa o desconforto, depois nos falamos, Ju! – a moça virou-se de costas para a gente. Julia segurava um sorriso e eu ainda com a almofada na frente do pau, que amoleceu como uma bexiga furada! O susto da porra o fez murchar, mas o olhar de Julia estava me desconcentrando. Ela estava excitada com a situação.

– Nanda, mil desculpas. É que Thomas adora surpresas! – tocou no ombro da garota que trabalhava para ela. Era uma brasileira que morava havia alguns anos em Los Angeles, e quando Julia abriu o escritório, ela foi a primeira a se candidatar, então Ju a contratou.

– Sinto muito. Vou indo, e... – ela não disse mais nada, nem me olhava. Também, pudera, né? Completamente nu e duro! Por Deus, que situação. Julia acompanhou a moça até lá fora e demorou uns cinco minutos, talvez esperando um táxi para a coitadinha ir embora. Porra.

Joguei a almofada novamente no chão e sentei no meio do sofá, agora somente Julia entraria por ali. Virei a taça nos lábios e engoli ligeiro o líquido que esquentou. Até que enfim. Vamos lá, Tonzinho...! – toquei no meu pau, que subiu com o contato dos dedos. Estava pronto para ela.

Julia entrou mordendo os lábios. Encostada na porta, sua respiração permaneceu agitada. Segurei a ereção em sua direção, e apenas nossos olhos diziam o quanto aquilo era delicioso. A música de sexo de Julia tocava ainda ao fundo. E o arrepio corria por sua pele.

– The Weeknd e Lana Del Rey, melhor combinação! Sou sua prisioneira hoje, Tom... – murmurou abrindo o primeiro, segundo e terceiro botões da camisa social rosa. Deslizei a mão da cabeça até a base... gemi. Ela cantava baixinho a canção gemida.

– Vem, rainha! – sussurrei, sem parar de me tocar.

– Amei tudo! – veio caminhando devagar.

– Até a parte desconfortável? – mordi minha boca, querendo fazer isso naquela coxa dentro da saia.

– Não queria que ninguém visse o tamanho do pau que me faz feliz, mas saber que estava nu me esperando me encharcou, Tom...

– Deixe-me bebê-la – chamei-a para pertinho. Julia jogou a camisa para trás, toda charmosa. Remexeu o corpo na batida da música, tirando a saia. E quando foquei no que tinha à minha frente, quase morri. Ela. Estava. Sem. Calcinha!

– Por Deus, rainha...

Deslizou as unhas imensas nos seios, barriga, descendo até aquela boceta linda. Abriu seus lábios vaginais e brincou com seu botãozinho carnudo.

– Olha só isso – levou seus dedos até minha boca. O manjar que escorria me deixou enlouquecido. – Estou derretendo com seu olhar, Thomas.

– Estou explodindo – consegui dizer com seus dedos enfiados na boca. – Doce sabor. Minha! Você é só minha.

– Ah, é? Então prove – provocou.

Não pensei duas vezes, pulei do sofá, virei Julia de quatro ali mesmo e me enfiei dentro dela. Profundo, intenso, rápido e constante. Deixando-a urrar. Meu sexo selvagem, quente, dinâmico e o melhor... vulcânico!

– *Auuu...* – gritei ao gozar intensamente dentro dela. E foi a vez de Julia reinar sobre meu corpo! Em uma oral pra lá de demorada e gulosa!

Essa é a doce sensação arteira da vida! Rainha e Cachorro podem dar certo! Muito certo.

Julia falava havia dias sobre o novo filme do *Star Wars* que estava em cartaz. E sua maior reclamação era que não tinha tempo nem para comprar ingresso para ir assistir. Fiquei sabendo por Thiago – meu irmão que enfim consegui trazer, e que estava trabalhando com ela – que Julia iria sair cedo, pois estava com dor de cabeça.

Sei, às vezes isso é uma boa desculpa para sexo.

Então fui até o shopping e comprei dois ingressos para a última sessão. Julia iria surtar, já que sempre foi fã e estava megacuriosa, evitando até a internet para não ver *spoiler*. Achei loucura, mas se ela gosta, então faço tudo por ela. Jujuba chegou logo, deu-me um beijo carinhoso e foi tomar banho. Realmente ela parecia com dor, pois a vi tomando remédio. Deixei-a deitadinha no sofá descansando um pouco, depois iria acordá-la e dar a grande notícia.

Duas horas depois, preparei um chá Lady Grey que ela tanto gosta e o coloquei em sua xícara com a cara do Darth Vader.

– Princesa, você está melhor? – ajoelhei à sua frente, ela se remexeu no sofá e soltou um sorriso incrível ao ver o que tinha em mãos para ela.

– Melhor agora! – bocejou e deu um gole no chá.

– Que ótimo, pois eu tenho uma notícia boa! – beijei seus lábios doces e quentes.

– Hum... – sua cara de assanhada já me deixou semiduro.

– Vamos ao cinema hoje! – dei duas levantadinhas de sobrancelha. Ela sentou-se ligeiramente.

– Jura? – apontou com o pequeno indicador e a imensa unha vermelha na cara medonha do Vader. Fiz que sim sem dizer. Segurei um sorriso, mas ela explodiu! – Você é o melhor! – gritou, me abraçando.

– Você merece, queria tanto – falei singelo. Mas tinha outro plano sujo em mente.

– Tom, eu te amo muito! – minha boca foi preenchia de beijos. E tudo esquentou de vez.

– Podemos fazer uma rapidinha antes de ir. Temos tempo – sugeri com os olhos ardentes. Ela acatou e já foi tirando o vestidinho leve do corpo.

– Faço o que quiser... – isso era muito sugestivo. Levantei e fui até o outro lado, no balcão. Envolvi dois elásticos de cabelo no pulso e peguei o pacotinho surpresa.

– Olha, *princesa*, isso vai soar estranho, mas fiquei pensando, não sei direito como as coisas funcionam, mas sei o que importa. Você ama a Princesa Leia, certo? – ela balançou a cabeça que sim, e seu sorriso alargou. – Ela é toda caidinha pelo Solo, não é? – seu sorriso se esticou mais, sem entender. – Só que ele não é um Jedi, tô errado? – ela concordou.

– Aonde quer chegar? Podemos falar a noite toda sobre *Star Wars*, mas agora eu quero transar! – mordeu a pontinha da unha. Isso foi excitante pra caralho.

– Sei... então, o Luke é Jedi e irmão dela, tinha um sabre azul; Darth Vader era Jedi, pai dela e agora está no lado negro da força com o sabre vermelho! – falei tranquilo, e Julia tentava compreender esse assunto maluco. – Gosto do Vader! – levei as mãos na boca e imitei a respiração abafada dele. Julia gargalhou.

– Amo o Vader! – piscou com a xícara em mãos.

– Pois é, só que eu tinha ficado numa dúvida cruel – falei, chegando perto dela.

– Sobre? – questionou, arteira.

– Sobre que cor seria o *meu* sabre – falei com a voz carregada de tesão. – Se comprasse azul, não poderia foder com a Princesa, porra, ela é irmã! E pior, se comprasse vermelho, como foderia a filha? – falei rindo alto, mas a voz tinha muita sensualidade.

Deixei entre os dentes um pacotinho. Ela fitou com os olhos brilhantes. Tirei de sua mão a xícara e a sentei. Soltei seu cabelo, fazendo dois coques divididos com os elásticos que tinha em mãos. Igual o da Princesa Leia. Ela ficou quietinha, me deixando fazer o serviço, mesmo torto era minha princesa. Joguei o pacote de camisinha em seu colo. Julia abaixou a samba-canção, dando de cara com a dura ereção.

– Então comprei verde! E serei o seu Jedi, *Princesa*! – mordi sua boca que estava deliciosa!

– Tom, você é muito sacana! E, confesso, muito esperto, mas... – beijou minha ereção melosa. Curvei a cabeça pra trás e a deixei me lambuzar. – Só que verde era o Mestre Yoda! – piscou, brincalhona.

– Serei o seu Mestre *Rola*, princesa! – rimos muito alto com o improviso.

Julia o agarrou com destreza, encaixando a camisinha, e como estávamos na penumbra da sala, a camisinha já brilhou. Imitei o som do sabre, mesmo com todo tesão no momento; nós dois rimos.

– Vem, princesa, toma seu sabre em sua boquinha gostosa e me faça viajar para outra galáxia! – novamente imitei o som do sabre, e Julia se ajoelhou à minha frente, engolindo meu pau e me levando para seu mundo.

Agarrei seu coque e gemi; antes de ir assistir ao filme, a gente teria nosso episódio principal: *Ver estrelas ao orgasmo extremo!* Parte I.

Parei de frente à sua mesa. Joguei em um canto as papeladas que tinha ido buscar no cartório, já que era ao lado da academia. Tinha começado o treino às 6 horas da matina e quando cheguei ao seu escritório era quase meio-dia. Hora de traçar! Quero dizer, almoçar.

– Esse seu olhar, Thomas, é perigoso!

– É exatamente isso. Eu sou perigoso!

– Não, você é um cachorro por chegar aqui e me deixar excitada. É meu trabalho, Tom! Deixa pra fazer em casa! – sussurrou, pois do outro lado da sala estavam meu irmão e a mocinha que me flagrou nu semanas atrás.

– Ah, qual é... tá achando que vou aguentar esperar até de noite? Eu vim até aqui, Jujuba, o mínimo que cobro pelo serviço prestado é estar dentro de sua boceta quente. Agora.

– *Cachorro...* – quando ela sussurrava isso era uma liberação.

Cruzei os braços ainda de frente à sua mesa. Vi Julia se levantar, caminhar com aquele salto alto e saia apertadíssima em sua bunda. Ainda de costas, mexia numa sacola grande pink. Eu não sabia ao certo o que viria dela, mas aguardei. Em um momento de distração na sua bunda empinada, estava quase correndo, rasgando aquela saia e me enfiando dentro daquela bunda. Rosnei e ela se virou, e quando fez isso, um sorriso rasgou minha cara.

– Safada! – rugi indo de encontro a ela, mas Julia me proibiu com a mão em riste.

– Fique aí. Estou tão excitada que, se me mover, eu gozo! Você é um mundo cheio de possibilidades, e eu ainda quero mais, Thomas! Quero provar tudo com você... é o que quer, *Cachorro...*? – a voz do pecado. Recheada de luxúria.

– Quero fazer de tudo com você, rainha. Tudo! – deixei a oferta. Pro cacete, eu faria de tudo por ela. Era só pedir, só deixar avisado.

– Ótimo – bateu levemente o chicote que estava em sua mão. O barulho aguçou o monstro que deixo guardadinho para esse tipo de momento. Estremeci, remexendo o corpo agitado. Ele rugia dentro de mim. Senti a pele arder. O poder de dominação explodir como borbulhas na pele. – Porque eu vou ser sua Submissa... Você está com cara de Dominador nesse exato momento. Eu queria dominar, mas adoro ver essa flama em seu olhar.

– Eu gosto de dominar – falei automático. Um medo se apossou, e se eu não conseguisse parar? – Odeio gostar, mas de verdade, eu sei fazer isso!

– Eu sei – murmurou e levantou a bainha da saia, revelando a cinta-liga. Apertei as mãos olhando para aquele chicote. – Estou sem nada por baixo – gemi, aliás, rugi. – Comprei coisas tão malucas, mas usaremos somente esses dois. Em casa, quero completo! Promete me fazer delirar? – seus olhos estavam vidrados, era loucura.

– Prometo te fazer gostar e querer repetir! – não creio que falei isso.

– É assim que se fala, *boy*. Agora, *please*, faça seu melhor! – jogou a mordaça e o chicote em minha direção. Agarrei sem esforço as duas peças. Puxei seu pulso fino e a levei até sua mesa. Deitei seu corpo no meio, comecei tirando as finas meias com os dentes, depois no puxão. Sem nenhum tipo de destreza, eu estava atiçado, porra! Ela tinha me liberado a isso.

Com as duas tirinhas, estiquei suas mãos à frente e amarrei cada uma com a meia ao pé da mesa. Ela soltou um risinho sedutor. Rapidamente coloquei a mordaça em seus lábios. E seus olhos intensos soltavam faíscas.

– Rainha, eu gosto disso! – era uma visão do caralho.

Abri o zíper, e com todo um cacete de esforço, levantei sua saia até o cóccix. Não tirei sua roupa, mas deixei aquela bunda deliciosa à vista. E o primeiro contato do chicote estalou contra sua carne. Não tinha como ela gemer alto, mas pude ouvir seu prazer. O vergão rosado fez uma gota sair do meu pau.

– Que visão! Você é a melhor. E eu *gosto* disso – outra vez o chicote estalou contra a carne e mais uma vez. Agora era minha vez de entrar antes que gozasse vendo aquilo. – Vou fazer isso tantas vezes que você vai enlouquecer, rainha! – abri apenas o zíper e tirei o menino melado pra fora. Excitado pra cacete, me enfiei dentro dela. Puxando seu rabo de cavalo conforme me enterrava!

Um tapa ardido, duas bombeadas, uma puxada e outra lambida, intensidade e cheiro de prazer rodeavam a sala. Meu pau afundava tanto que parecia que iríamos varar a sala. E por pouco isso aconteceu, já que a mesa fez um barulho estranho. Molhei meu polegar em seu líquido meloso e enfiei em sua bunda. Ela arqueou, me recebendo muito bem. Os dois lugares preenchidos completamente, nosso tesão no ar. E, quando pensei em me enfiar dentro do seu rabo lindo, a porta se abriu! Caralho, que merda.

– Porra, Tom! – gritou a voz grossa do meu irmão.

– Caralho, moleque! – ele já estava saindo, mas vi em seus olhos a diversão por ter nos pegado transando pesado. Julia se remexeu assustada, mas eu não seria louco em parar. Não mesmo.

– Shh... ele já saiu. Agora se concentra, pois só de castigo por não ter trancado a maldita porta, eu vou entrar em outro lugar, você quer?

– ofertei com a voz pegando fogo. Ela fez que sim. – Menina perigosa... – saí de dentro dela e, antes de entrar nos fundos, afundei minha língua em seu sexo e fui subindo até chegar a seu magnífico ânus que me receberia. Ele merecia carinho, pois o que entraria ali faria estrago! Deslizei mãos por todo o seu corpo. Dando atenção e cheirando seu prazer. Ela era divina ao se entregar. Sua submissão era natural e um perigo para meu ego. E se a gente gostasse de brincar de vez em quando? Seria perfeito.

– Preparada? – avisei. Ela balançou a cabeça que sim. Acertei o chicote em sua área perigosa, entre sua boceta e o ânus. Ela se curvou arrepiada. Então me enfiei dentro dela. Roubando de vez nosso prazer infinito.

Assim que saí da sala de Julia, fingi que nada tinha acontecido. Thiago fez o mesmo, e até Julia estava tranquila sobre esse fato. Falei a ela que se fôssemos conversar sobre isso seria mais embaraçoso, então era fingir que nada tinha rolado. Ela concordou. Thiago é muito discreto, e jamais faria gracinha com Julia em relação a isso. Saí para almoçar com ela, e depois voltei para a academia.

Thiago já tinha começado seu treinamento, e estava radiante pra porra com tudo que vinha aprendendo. Ele treinava à noite, pois ajudava Julia de dia no escritório. Eu disse que não precisava trabalhar, mas ele insistiu em fazer algo. Estava morando aqui com a gente, e tudo estava entrando nos eixos. Era muito divertido vê-lo crescer.

Saí da academia perto das cinco, e a dois quarteirões de casa, vi o carro do moleque na porta de uma casa. Estranhei, pois nem sabia que Thiago já tinha amigos aqui. Fazia quase um mês que estava com a gente. Ele era tão tímido que nem achei que faria amizade, mas se o carro dele estava ali, então tinha coisa. Cheguei em casa desconfiado, e Julia já estava lá, fazendo um jantar espetacular. Dei um beijo e apertei seu corpo contra a pia. Ela gemeu.

– Que bundinha sensacional! – apertei o quadril contra ela, Julia se arrepiou, pois aquela mesma bunda tinha me recebido mais cedo. E eu tinha gostado pra cacete. Ela também.

– Estou fazendo estrogonofe!

– Meu preferido! – beijei sua nuca e mordi seus ombros nus, ela estava com tomara que caia. Julia virou em minha direção, agarrando meu pescoço e dando um beijo decente. Puxei com o indicador sua blusinha para baixo, revelando seios perfeitos. Lambi o vão entre eles. Ela começou a ceder, derreter.

Então escutamos a porta bater. Thiago.

– Uma vez já foi o bastante! – Julia se afastou e arrumou a blusinha. Meus olhos ferviam. Ajeitei meu pau no jeans antes que ele entrasse.

– E aí? – falou todo risonho. Fitei aquela cara cretina, eu já fui assim.

– Você estava onde? – questionei rindo, ele travou com a mão em uma maçã. Julia me fitou sem entender.

– Estudando – falou despreocupado dando de ombros. Lavou a maçã e deu uma generosa mordida.

– Sério mesmo? – cruzei os braços procurando algum vestígio de safadeza nele.

– Sim, a Sophie está me ajudando no inglês.

Rá! Não era uma porra de amigo, náh, era uma garota! Sorri em sua direção, ele mordia a fruta fingindo que eu não sabia o que fazia descaradamente embaixo do meu nariz.

– Porra, moleque, você é fluente! – fitei seus olhos, que brilharam em cretinice.

– Estou praticando mais, qual é o problema? – pisou no lixinho e jogou o resto da maçã. – É uma língua específica, preciso me aperfeiçoar, mesmo sendo fluente.

Eu sentia o cheiro de sexo. Ele não era uma porra tímida, ele era safado. Aquele da pior espécie, pois é aquele que engana que é o bom moço, mas deve ser terrível com a mulherada. Sorri alegre.

– Está certíssimo, Thi! – Julia concordou.

– Isso aí! – ele saiu rindo, pois meus olhos diziam a verdade para ele. Eu sei.

– Esse moleque tá fodendo por aí! – falei do nada. E Julia gargalhou.

– Ai, Tom, pare com isso, Thi é um anjo! Acho até que é virgem. – falou pensativa e voltou para as panelas. Tô dizendo, ele consegue enganar qualquer um, menos eu.

Depois do jantar Thiago tinha saído de novo, fiquei sentado com Julia assistindo qualquer coisa. Ela adormeceu ali, então a levei para o quarto.

Quase perto de meia-noite, Thi chegou todo desconfiado, sentou no sofá comigo. Ofertou uma partida de videogame. Estava selecionando os lutadores enquanto ele mexia no celular. Seu sorriso preso na boca me deixava curioso para saber mais. Queria ser seu melhor amigo e dividir experiências, mas o deixarei chegar. Meu celular apitou ao lado, puxei debaixo da almofada e abri. Era uma mensagem dele. Fitei-o de lado e estranhei, mas assim que abri a mensagem, vi um vídeo. E era a cara dele.

Thiago do meu lado queria rir, mas ficou segurando o controle como se eu não estivesse ali, prestes a ver um vídeo dele. Abaixei o volume e apertei o *play*. A cara de idiota do meu irmão mais novo apareceu. Ele ajeitou os óculos nerd dele no nariz e começou a dizer:

"Tom, como eu te falei, estou aqui estudando e me aperfeiçoando na língua... Olha o material, brother!"

O maldito cretino estava com duas mulheres chupando seu pau! Não pude acreditar no que tinha visto! Ele gargalhou do meu lado. Soquei seu ombro e o empurrei brincalhão.

– Foda, não?! Aprendi com o melhor como fazer isso! Não fique em choque – concordei geral.

– Você é sacana! Essa sua carinha consegue enganar qualquer uma, menos eu. Sinto o cheiro de safadeza no ar!

– Estou curtindo. Fazendo o que há de bom na vida! – piscou, arteiro. Fiquei cheio de orgulho. Ser safado é uma arte. Fiz isso por muito tempo, até achar a pessoa certa. Agora sou somente o safado dela.

– Sortudo do caralho! – mencionei sobre o vídeo. Logo duas! – Moleque roludo da porra! – soquei novamente seu ombro. Ele retornou na mesma intensidade.

– Herança de família, né não? – falou orgulhoso. E se havia uma coisa que nossos pais tinham feito bem foram filhos bonitos e roludos!
– Abençoados sejam nossos pais! E nossa santa rola! – concluiu alegre.

– Amém! – finalizamos com nosso toque de irmão. E tudo seria perfeito a partir de hoje, pois ele podia contar sempre comigo. Eu era seu melhor amigo.

Quando cheguei ao quarto, vi a cena mais linda do mundo. Julia adormecida. Estava com sua doce respiração tranquila, pois ela tinha a mim para protegê-la de tudo. Seu corpo esguio e gostoso estava encolhido à minha espera, para me encaixar em uma conchinha deliciosa.

A luz da noite entrava no quarto pela janela aberta. O vento carregava a cortina e deixava o lugar com cheiro de brisa da noite e cheiro de Julia. Era o melhor cheiro do mundo.

Fiquei apenas de cueca e me encaixei atrás dela, agradecendo a Deus por tê-la entre meus lençóis. Na minha vida por completo. Eu era um cara abençoado. Tinha a única mulher que sempre amei. Tinha seu amor. Seu olhar apaixonado. E melhor, eu era o seu mundo. Tinha o meu para sempre.

Nesse exato momento que deitei ao seu lado, sentindo seu cheiro, ouvindo as batidas calmas de seu coração, é que pensei... eu preciso tê-la de verdade.

Eu quero dar a ela o mundo sem limites. Quero ser sua *explosão* de sentimentos em meio a um mar de emoção. Quero ter todos os dias seu sorriso sincero. E quero mais ainda... Quero ter filhos com esses olhos, quero ter filhos com ela. Com o jeitinho dela.

E aquela pergunta, em que havia um milhão de dúvidas se eu *deveria* fazer, passou a ser totalmente compreendida. Eu teria de fazer isso.

Eu iria pedi-la em casamento.

Em breve.

Epílogo

Faltava um mês para a luta. Paulo e Flora vieram para nos apoiar. Paulo queria estar perto para me ajudar em tudo. Ele tinha sido meu primeiro treinador, e estava tão ansioso quanto eu para essa importante luta. Era muito dinheiro rolando com todos os patrocinadores. Então não poderia perder por nada. E, claro, minha cara estava em todos os lugares para propaganda.

Quando cheguei ao aeroporto para buscá-los, muita gente já me cercou. Nós dois falamos um pouco sobre a carreira e Paulo mencionou todo confiante o quanto acreditava que essa luta já era minha. Disse que veio me apoiar e ajudar no que fosse preciso. Tiramos diversas fotos e logo fomos embora pra casa.

– Nossa, eu adoro vir aos Estados Unidos, pois amo ouvir Paulo falar em inglês – Flora disse do nada no carro. Fomos eu e Julia na frente, Paulo e ela atrás. Thi foi com o carro dele com as malas.

– Mas eu falo de vez em quando umas safadezas pra você – soltou, e vi as bochechas de Julia corarem. Gargalhei e encontrei os olhos radiantes de Flora no retrovisor. Mordi os lábios.

– Sim, é excitante – exclamou baixinho, mas ouvimos. Tô achando que esses dois estão querendo safadeza. Sei não, sinto o cheiro no ar.

Será que Julia brincaria... – pigarreei, esquecendo.

– E aí, gente! Quando vamos brincar em Vegas? – engoli em seco com a proposta escondida nas entrelinhas de Flora. Paulo achou meus olhos radiantes pelo retrovisor. Engoli em seco, mas sim, eu vi a confirmação nos olhos dele. Caralho.

– Quando vocês quiserem, estou louca pra conhecer! – Julia falou virada para Flora.

– Não conhece Vegas? – Flora disse curiosa. – Então será nossa primeira vez, gata! – o segredinho em sua fala não deixava a desejar. Julia acatou.

– Adoro primeira vez! – Julia disse, piscando para Flora, que também concordou. Porra, essas duas estão me deixando duro.

– Reservei um bom quarto – Paulo exclamou, e eu estava tão quieto, estranhei.

– Pesquisamos o melhor – Flora animou-se.

– Ai, que demais, vamos nos divertir tanto. Estava contando as horas pra isso – Julia estava me assustando, tudo isso era novo, e parece que a surpresa era para mim. Será que eles combinaram sexo louco pelas minhas costas?

– Está tão quieto, Thomas...! Diga-nos, o que tem de errado? – Flora se aproximou ficando no meio do banco. Tocou as mãos de Julia e me fitou com um sorriso ordinário.

– Estou feliz pra caralho! Não existe nada melhor do que isso – sorri e a vi olhando para minha boca.

– Porra, não creio. Você fez isso? – socou levemente meu ombro.

– Um segredinho de prazer na ponta da língua! – Julia gemeu brevemente.

– *Piercing* na língua... hum, sei – Paulo resmungou sorridente.

– Um milagre divino, não é, Jujuba? – minha mulher quase ficou roxa de vergonha. Mas eu iria fazê-la virar sem-vergonha rapidinho.

– Ohh... – as duas riram juntas e compartilhavam um olhar incrível. Aí tem coisa, porra. – O paraíso! – Julia mordeu a ponta da unha. Morri.

Acelerei mais o carro, e queria muito que tudo explodisse de vez. Com os quatro em um quarto só!

Não sei se seria errado oferecer dessa vez, mas quem sabe. Os dias vão rolar.

– Estou pensando em pedir Julia em casamento – falei baixinho para Paulo e Flora. Os dois ficaram radiantes. Estávamos arrumando as malas no carro, pois hoje partiríamos para Vegas. Um final de semana completo de jogos e safadezas.

– Ai, que lindo! – Flora suspirou, animada. – Ela não desconfia, né?

– Não, estou programando algo diferente para isso.

– Que demais! – animação de mulher para casamento é bom demais.

– Isso merece uma festinha – Paulo jogou do nada, me fazendo tossir.

– Uma despedida! – Flora piscou para nós dois.

E o olhar dos dois me fez entender perfeitamente. Era minha vez de ofertar.

– Fariam isso? – perguntei com a voz falhando. Meu nervosismo por ter mais disso era intensamente descontrolado.

– A questão é: *por que não?* – Flora disse se aproximando, grudando o corpo entre Paulo e eu. Julia estava lá dentro terminando de se ajeitar.

– É só você convencê-la e estaremos esperandos. – Paulo concluiu.

– Acho que não será difícil de convencê-la, sinto o cheiro de mil possibilidades nela. Reconheço a vontade – Flora piscou, mordendo aquela boca carnuda.

– Sério? – falei do nada.

– Onde estão as habilidades cretinas do meu amigo? – Paulo jogou a última bolsa e Julia estava descendo.

– Shh, não comentem nada por enquanto. Vamos deixar rolar – concluí antes de ela descer.

– Olha só o corpo que ela ficou. Isso será divertido! – Flora jogou a imagem de brinde. Consegui visualizar as duas nuas brincando. Endureci.

– E aí, vamos para um mundo aberto de possibilidades e loucuras? – Julia falou assim que chegou à roda. Flora piscou, pois acertou em cheio. Paulo concordou.

Entramos no carro, os quatro pra lá de atiçados.

– E aí, como vai ser? O que acontece em Vegas fica em Vegas? – Flora ofertou cheia de luxúria na voz. Nós quatro nos entreolhamos, concordando em silêncio.

Porra, eu explodi!

Aguardem em breve mais um pouco de
Thomas e Julia, no *spin-off*...

EXPLOSIONS

Meu doce êxtase

O que acontece em Vegas fica para sempre...